叫ぶ臓器

麻野　涼
Asano Ryo

文芸社文庫

目次

プロローグ　不通渓谷《とおらず》

ゴールデンウイーク直前だった。

群馬県前橋市で石野紘子は母親の聡子とともに石野調剤薬局を営んでいる。薬剤師は他に二人いる。大型連休前に診察を受け、薬を処方してもらおうといつもより多くの患者が病院を訪れる。

近くに前橋K総合病院と協和会病院がある。診療が開始され十分もすると、診察を終えた患者が石野調剤薬局に処方箋を手にしてやってくる。十席ほどある待合室のソファがすぐにいっぱいになってしまった。

石野紘子は処方箋を患者から受け取り、調合室をせわしくなく動き回っていた。

受付が子機を手にして、調合室に入ってきた。

「紘子さん、前橋警察署から電話なんですが……」

少し怯えた表情をした受付から子機を受け取る。

「石野ですが……」

紘子の言葉にかぶせるようにして、相手の声が聞こえてくる。

「下仁田総合病院にすぐに行ってください」

不安で急に息苦しく感じられる。

「どういうことでしょうか」

不吉な予感が脳裏をよぎる。

「とりあえず病院に行ってください。管轄の富岡警察署の警察官がいるので、そちらで詳しい話を聞いてください」

前橋警察署の署員はそれ以上の説明はしてくれなかった。

「母さん、薬局の方、お願いね」

石野紘子は母親の聡子に告げた。

母親には前橋警察署からの電話だったことは伝えなかった。余計な心配をさせるだけだ。

石野調剤薬局の近くにある駐車場にホンダのフィットが止めてある。駐車場に紘子は走った。

石野調剤薬局を訪れる患者の中には薬物依存症患者もいる。精神的に不安定で向精神薬を服用している者がいた。自助グループには女性リーダーがいて、他の薬剤師が薬を用意している間に、紘子は女性リーダーと話したことがある。

グループのメンバーには自暴自棄に陥り、自ら命を断とうとする者もいる。

自助グループの施設から時々仲間がいなくなり、いそうな場所を必死に探すが、見つけ出すことができない。万が一のことがあってはならないと、女性リーダーが警察に捜索願を提出する。それでも失踪した仲間を見つけることができない。

「明け方近くになって見つかったって連絡をもらうんです。その連絡が病院からなら、失踪した仲間はまだ生存していて、警察から来た時は、死んでいるんですよね」

石野紘子は、駐車場に急ぎながら、女性リーダーの言葉を思い出していた。

二週間前。石野紘子は兄、勁の捜索願を前橋警察署に提出した。石野勁は全日健康薬品の社員で、三月末までは中国の上海工場で薬品管理部の責任者として上海に駐在していた。

四月十一日に成田空港に着くと連絡が入っていた。上海駐在は四年間に及ぶ。

全日健康薬品は、都内中央区新富町に本社ビルをかまえ、群馬県富岡市に薬品生産工場がある。本社勤務になるか、富岡工場勤務になるか、帰国後に決まるので、ひとまず実家に戻ると勁は紘子に伝えてきていた。

しかし、勁は帰国予定の日になっても帰宅しなかったし、連絡もなかった。

帰国の四日前、緊迫した声で勁から電話が入っていた。

「その日のうちに戻らなければ、捜索願を出してくれ」

紘子には勁の言うことが理解できなかった。しかし、兄がただならぬ状況に置かれていることだけは伝わってきた。事情を尋ねようとすると電話は切れ、それ以降は何度連絡してもつながらなかった。

翌日、紘子は前橋警察署に駆け込み、兄、石野勤の捜索願を提出した。前橋警察署が半信半疑でいるのが、紘子にも伝わってくる。

上海に四年間駐在した社員が成田空港から失踪したなどという話を、信じてくれという方が無理なのだ。しかし、実直な兄の性格から判断すれば、冗談でそんな電話をかけてくるはずがないのだ。

全日健康薬品本社の人事部に連絡すると、「失踪だなんてありえない」と端から相手にしてもらえなかった。

上海勤務での疲れもあるので休暇を取りたいと申請が出され、本人の希望通り一ヶ月間は有給休暇扱いになっていると知らされた。

「東南アジアでも回って帰国されるのではないでしょうか」

全日健康薬品からも捜索願を出してほしいと懇願したが、まったく無視された。

前橋警察署は念のために、成田空港の入国管理局に石野勤の入国の事実を確認したが、石野勤の入国記録はなかった。

苛立ちだけをつのらせた二週間が過ぎ、突然前橋警察署から紘子は連絡を受けたのだ。

関越自動車道前橋インターから藤岡ＪＣＴを経由して下仁田インターで下りた。下仁田総合病院はすぐにわかった。病院前の駐車場に車を止め、受付に走った。受付横には制服姿の警察官が立っていた。受付で石野紘子と告げると、その警察官が紘子に話しかけてきた。

「ご案内します」

警察官は階段を使って地下二階へと下りていった。

地下二階に霊安室があり、その前の長椅子に五十代と思われる男性が座っていた。制服警官はその男性に敬礼し、「お連れしました」と言った。

「石野勤さんの妹さんですね」

「そうですが……」

「実は申し上げにくいのですが、昨晩遅く不通橋から身を投じたらしく、今朝早く通行人によって、遺体が発見されました」

男性は富岡警察署の刑事だった。

刑事の説明によると、財布、免許証、クレジットカード、旅券などからすぐに石野勤と判明し、前橋警察署に捜索願が出されていることもわかった。

「旅券などの写真から本人であることには間違いないと思われますが……」

紘子が何故呼ばれたのかすぐに察しがついた。遺体が確かに石野勤かどうかを確認させたいのだ。

刑事は事件、自殺の両方の可能性が考えられ、遺体は死因を特定するために司法解剖に回され、安置室に戻ってきたばかりだと説明した。

安置室のドアを制服警官が開け、その後に刑事がつづいた。

ストレッチャーに載せられた遺体は全身を包帯で巻かれていた。顔の部分だけが出ていたが、頭部も顎の部分も包帯で覆われていた。しかし、兄だとすぐにわかった。

「兄に間違いありません」

不通渓谷は名前の通り、深く切りたった渓谷で、谷底を流れる鏑《かぶら》川を対岸から対岸に渡るのが極めて困難なことから、その名前がつけられたと伝えられている。その渓谷に架かるのが不通橋で、自殺の名所としても知られるようになった橋でもある。

ストレッチャーに載せられているのは確かに兄の勤だが、あまりに突然のことで悲しいという感情も湧いてこなかった。

石野勤の遺体は前橋市にある実家に無言の帰宅をする。母親の聡子にどう告げたらいいのか。結局、携帯電話で不慮の事故で亡くなったとだけ告げた。母親も突然のことに押し黙ってしまった。

実の兄なのに、死んだという現実が受け止められずに、まるで遠い親戚が亡くなったくらいにしか思えないのだ。葬儀社を呼んでおくようにといつもの口調で指示するしかなかった。

身元確認が終わった。身元確認が意外に簡単にすんだので安堵したのか、五十代の刑事はホッとした表情を浮かべた。

「さきほどご説明では、事件の可能性もあるとおっしゃっていましたが、何者かによって殺された可能性もあるっていうことですか」

紘子が尋ねた。

「死因を特定するために、落下したと思われる地点の現場検証と、不通橋周辺の聞き込みと目撃者を探しています。司法解剖したのも、具体的な死因をはっきりさせるためです。結論が出るのは、すべての捜査が終了した時です」

事務的な返事が戻ってきた。

紘子は兄が最後の瞬間を迎えた正確な場所を知りたいと思った。それを刑事に告げると、パトカーで案内してくれるという。下仁田総合病院から距離的には車で十分もかからないところに不通橋がある。

詳しい道順を紘子は知らないが、自殺の名所だの、心霊スポットだのと言われているのはわかっていた。不通橋は車一台がようやく通れるほどの幅しかない。橋の両側には非常線が張られ、通行禁止になっていた。

現場検証などはすべて終了していたのか、橋の中ほどに二人の警察官が立っていた。橋の入口で非常線のロープをくぐり、警察官の立つ場所までは歩いて向かった。

橋の欄干は一メートル五〇センチほどの高さしかなく、成人であれば簡単に乗り越えられる。橋の下を見下ろすと、勤が落下した地点には、黒いロープのようなもので、その格好が縁どりされていた。上から見下ろすと、背中を丸めていたように見える。

警察官が立っている場所から、自ら飛び降りたのか、何者かによって落とされたのか、現時点ではわからないらしいが、欄干を乗り越えた地点は判明しているようだ。

「ここにお兄さんの指紋が残されていました」

案内してくれた刑事が教えてくれた。欄干から身を乗り出して眼下を見る紘子を下からは警察官が見つめていた。

川の水量は少なく、川幅も極端に狭かった。勤は河原にそのまま落下し、おそらく即死だっただろう。橋から鏑川の流れに目をやると、吸い込まれるような錯覚に陥る。

「鑑識班がくまなく捜査しましたが、この付近の欄干からはお兄さんの指紋しか検出されていません。特に争った形跡もなかったようです」

司法解剖の結果、死因が特定されると言っていたが、石野勤の死は自殺として処理されるのではと紘子は思った。

1　新製品開発

司法解剖の結果、石野勤の体内からはアルコールも薬物も検出されなかった。自殺なら遺書が残されていることが多い。遺書はなく自殺とは考えにくい。しかし、争った形跡もなく事件の可能性も低い。富岡警察署から説明を受けた。事件ではないと明確に断定したわけではなかった。自殺と断定できる決定的な根拠も見いだせてはいなかった。

遺体が発見される十八日前に兄から緊迫した声で、日本に着いて連絡がなければ捜索願を出せと、謎めいた連絡が入っていたことも、事件性はないと断定できない理由の一つになっているのだろう。

富岡警察署、そして捜索願が出されていた前橋警察署の捜査から、亡くなった当日の石野勤の足取りがわかってきた。北陸新幹線を使って新幹線高崎駅に降り、上信電鉄のホームに乗り換えようとしている勤の姿が確認されている。その時刻から乗車していたのは、東京駅を午後九時台に発車した長野行きと思われる。

高崎から最終の下仁田行きに乗車している。下仁田駅の防犯カメラには改札口を出る姿が捉えられている。高崎駅も下仁田駅でも一人で、同伴者と思われる人間はいない。そして、尾行していると思しき人間もいない。

終点の下仁田駅を降りたのは日付が変わる頃だった。石野勤らしき男性を駅員が目撃しているが、そこから先の目撃者はいない。

土地勘があったので、人目につかないように不通橋に直行したのではないかとみられている。

兄が予定通り帰国したのなら四月十一日に成田空港に降り立っていたはずである。しかし、成田空港の入管には入国記録が残されていない。では、日本のどこの空港にいつ戻ったのか、まだ明らかにされていない。予定通り帰国していたのなら、遺体が発見されるまでの二週間、どこに滞在していたのか。家族を不安に陥れるような電話をしているのだ。帰国していたのなら、必ず連絡は取ったはずだ。それとも電話もかけられないような緊迫した状況に追いつめられていたのか。

いくら考えても、兄の帰国後の足取りは、紘子一人の力では探りようがない。警察からの情報を待つしかなかった。母親の聡子は勤の死に、明日から世界が消えてなくなってしまうような悲痛な表情を浮かべ、誰とも話をしなくなってしまった。

前橋市内の葬儀場で石野勤の葬儀が行なわれた。勤は地元の県立高校を卒業した後、K大学薬学部で学んだ。親しかった大学、高校時代の友人が参列してくれたが、突然のことで、勤の死について聞かれても答えようがなかった。

葬儀には全日健康薬品の同僚社員が来てくれた。近くのホテルに宿泊し、通夜、告別式と細々とした仕事を家族の代わりとなってこまめに動き回ってくれた。しかし、紘子にはどことなくよそよそしい感じがした。葬儀が終わった瞬間、紘子が礼を言う間もなく、東京に帰っていった。

前橋市内のマンションで暮らしているのは、聡子と紘子の二人だけだ。勤は上海に駐在し、夏休みや正月に帰国するだけだったが、３ＬＤＫの一室は、大学に進学した頃から全日健康薬品に入社し、上海に駐在するようになってからもずっと、勤の部屋として使ってきた。

六畳ほどの広さの洋間には、ベッドと机、後は書棚に薬に関する書物が並んでいるだけの殺風景な部屋だ。勤が死んだと思うと、部屋の中の荷物は何一つとして動かしていないのに、何故か寒々とした部屋に感じられる。

石野勤もそして紘子も、薬品業界で生きていこうと決めたのは、母親が薬剤師だったことも大きく影響している。勤は薬学部で学んだが、薬剤師の道ではなく薬品メーカーに就職したのには理由がある。それは父親の死に関係している。

父親の光太郎は前橋市の市役所職員だった。それまで健康にはまったく問題がなかったが、紘子が生まれた頃からか、激しい倦怠感を訴えるようになった。顔色も悪かった。腎臓の機能が日ごとに低下し、慢性腎不全と診断された。

一九六〇年代前半、慢性腎不全と診断された患者は一、二週間前後で必ず死亡した。この頃はまだ不治の病だった。腎臓は腰のあたり、脊柱の左右に一個ずつあるにぎりこぶし大のそら豆形の臓器だ。腎臓の役割は血圧の調整、ホルモンの活性化、塩基バランスの調整などのたくさんの機能がある。最も大切なのは体内の老廃物及び水分の排泄だ。慢性腎不全になると、老廃物を尿として排泄することができない。摂取した余分な水分は汗として出す以外は体内に蓄積されてしまう。

慢性腎不全が進行し、腎不全の最終段階では、尿が出なくなり、体内の老廃物やミネラルが排泄できず、やがて死に至る。尿毒症、アシドーシス（酸性血症）によって、意識は朦朧とし、目がかすみ、嘔吐と全身けいれんを繰り返す。腎臓病にかかると、酸が体内に蓄積されていく。これらが容赦なく脳に入り込み、意識を混濁させていく。

こうした腎不全患者を救う一つの治療法が人工透析治療だ。

日本に人工透析治療法が導入されたのは一九六〇年代後半からだった。慢性腎不全の患者は透析療法を受けなければならない。排泄機能を失った腎臓の代わりに体外のろ過装置を用いて血液を浄化する。

血管に二本の注射針をさして、その一本から血液をろ過装置に導き、ろ過器で血液の汚れをこし取って、きれいになった血液をまた、もう一本の導管から体内に戻すのだ。これを週三回、一回四時間ほどつづけて、生命を維持する。

この療法の問題点は、血液のろ過といっても腎臓が休む間もなく常時働きつづけているのに対し、透析では週に十数時間程度しか働かないことだ。腎臓と違い、ろ過は、いわばふるいにかけるだけで、質的にも機能が異なっている。

透析患者の血液は健康な人の何倍も濁っている。透析患者は健常者の二倍のスピードで年を取るといわれている。

父親は市役所職員の仕事を、透析治療を受けながらこなしていた。透析が身体に与える影響は大きく、透析を受けた日は傍から見ていてもつらそうな顔をして、市役所で仕事をしていた。

そんな父親の姿を見て、勤も紘子も育った。いずれ市役所の仕事もできなくなるのではという思いが、母親の聡子にはあったのだろう。調剤薬局で薬剤師として働いていたが、いずれ自分の店を持たなければならない時がくると考えていた。母親が石野調剤薬局を開いたのは紘子が八歳の時だった。

慢性腎不全の根治的な治療法は腎臓移植しかない。

「私の腎臓をあげるから移植しよう」

母親は何度となく父親に移植を勧めた。

日本では七〇年代に入って腎臓移植が行なわれるようになった。透析と移植は慢性腎不全の治療の両輪といわれた。アメリカ留学で移植術を学んできた医師によって、日本の腎臓移植はその一歩を踏み出している。しかし、七〇年代の移植は惨憺たる状況だった。

移植医たちは、野犬を保健所からもらい受けて腎臓移植の実験に用いた。犬の腎臓は小さく、動脈、静脈、そして尿管も人間のものと比較すれば細く薄く、手術の難易度は高い。犬の腎臓を摘出し、それをまた元に戻す自家腎移植、二匹の犬をドナー、レシピエントに見たてた移植、それを繰り返しながら移植技術を磨いた。

七〇年代、移植は最先端の医療であり、未知の領域だった。犬を使っての動物実験にいくら成功しても、それが人間の移植手術にそのまま通用するはずがない。

母親によると、父親は前橋市、県庁の社会保険局から腎臓移植手術の実態を聞いていたらしい。

日本全国で、一九六〇年代から一九七〇年までに実施された腎臓移植は、生体腎移植が百三十七例、心停止下の献腎移植が三十七例だった。

七一年　生体腎移植三十八例、献腎移植四例。
七二年　　〃　　三十七例、　〃　　四例。

当時の移植数はこの程度しかなかったのだ。

また一九七〇年代は、移植された腎臓の一年生着率は五〇パーセントから六〇パーセント程度、五年生着率は一二パーセントで、医療としてはまだ確立されていなかった。多くのレシピエントが移植した腎臓が廃絶したり拒絶反応を起こしたりして、あるいは合併症で死亡するケースが相次いだ。

「こんな数字でもしも俺に何か起きたら、お前一人で子供を育てられるのか」

自分が臓器を提供するから移植を受けろと迫る母親に、父親はこう言い返していた。

「もうしばらく透析治療を受けて、移植医療が確立された時には、お前の腎臓を俺にくれ。その時までは透析でなんとかやり過ごしてみる」

これが父親の考えだった。

七〇年代、腎臓移植の成功率が低かったのは、移植医の技術が未熟だったということもあるが、それ以上に大きな要因となったのは、効果的な免疫抑制剤がまだ開発されていなかったことだ。

移植後の拒絶反応を抑制するために、レシピエントには免疫抑制剤が投与される。当時はアザチオプリンという免疫抑制剤とステロイドが併用された。

免疫抑制剤の投与によりレシピエントの免疫機能は明らかに低下し、感染症を引き起こしやすくなる。それでも移植された臓器の機能を保ち、拒絶反応を抑え込むために免疫抑制剤の投与は不可欠だ。

免疫抑制剤の投与が多すぎれば、免疫機能が落ちてウイルスによる感染症を引き起こし、重篤な合併症につながる。少なければ拒絶反応が起きて、移植臓器は廃絶し、最悪な状態になれば摘出しなければならなくなる。

当時の移植医は、外科医からしばしば辛辣な皮肉を言われていた。

「今日の手術は移植ですか。それとも移植した臓器を摘出する手術、どちらなんですか」

それほど移植の成功率は低かったのだ。

移植された臓器を自己の臓器のように免疫システムに錯覚させ、なおかつレシピエントの免疫機能を維持できる状態、その閾値《いきち》を見つけ出し、その閾値にレシピエントを保っておく必要がある。免疫抑制剤の投与量には細心の注意を払う必要があった。しかし、この閾値には個人差がある。その幅も極めて狭小なものだった。

父親は移植が失敗した時のことを考えると、いくら妻の聡子が臓器を提供するからと言っても、勤と紘子のことを考えると移植の決断がつかなかった。実際、七〇年代は「殺人か医療か」と裏では揶揄されていたのだ。

腎臓移植が医療として確立されるのは八〇年代後半に入ってからだった。

一九七二年、ノルウェーの土の中から土壌菌の代謝物が発見され、一九七六年にその代謝物に免疫抑制効果があることが証明されたのだ。一九七八年九月、ローマで第七回国際移植学会が開催された。そこで腎臓移植後に免疫抑制剤としてレシピエントに投与したら画期的な効果が得られたと、その学会で発表されたのだ。

死体腎移植が主流のアメリカでは、脳死からの移植で当時一年生着率が五〇パーセントだった。土壌菌の代謝物からつくられたシクロスポリンを投与すると、一年生着率が八五パーセントに跳ね上がったのだ。心臓が停止したドナーからの移植しか認められなかった当時の日本では、一年後の生着率は四〇パーセントにも届いていなかった。シクロスポリンが投与可能になれば、移植腎の一年生着率はアメリカと同レベルに上昇するのは間違いなかった。

両親はシクロスポリンの登場を誰よりも喜んだ。

「これでお父さんは安心して移植手術を受けられる」

シクロスポリンは両親にとっては、まさに夢の薬だった。移植と透析とではＱＯＬに格段の差が生じる。移植手術を受ければ、週三回の透析から解放され、ほとんど健常者と同じような生活を営むことができるのだ。

日本でも八五年からシクロスポリンの使用が可能になり、移植後の移植腎の一年生着率は、生体腎移植が九〇パーセント、死体腎移植でも八〇パーセントを超える成績が得られるようになった。生存率は九五パーセントを超えるようになっていた。腎臓移植が原因で患者が死亡することはほぼなくなっていた。

さらに一九八二年、筑波山麓の土壌の中の放線菌の代謝物から、シクロスポリンと同様に免疫抑制効果のあるタクロリムスが発見された。抑制効果はシクロスポリンの百倍ともいわれ、一九九〇年代に入り実用化された。

しかし、一方で、透析患者の開始後五年生存率は六〇パーセント、十年生存率四〇パーセントという厳しい現実が横たわっている。

優れた免疫抑制剤が出てきても、結局、石野光太郎は移植手術を受けられなかった。透析治療の開始を、仕事に差し支えるからと遅らせたのが災いしたのだろう。八〇年代後半には移植手術に耐えられるような状態ではなかった。

その後も透析治療を受けながら、市役所職員としての仕事を継続した。

透析患者は維持すべき体重が決められている。透析によって余分な水分、老廃物を除去し、数時間でその体重までそぎ落とさなければならない。身体にかかる負担は大きく、透析した日はぐったりしてしまう患者がほとんどだ。

その透析を繰り返し、石野光太郎は四十五歳の時、脳梗塞で死亡した。本来であれば十分な水分を摂って、血液をサラサラの状態に保っておかなければならないが、透析患者はそれができない。

父親の遺体を前にして、母親が呟いた言葉が、勤にとっても、紘子にとっても自分の人生を決める結果になった。

「あの時に、きちんとした免疫抑制剤が出ていれば、お父さんも死ななくてすんだのにね……」

すぐれた免疫抑制剤があれば父親が生きられたという思いが強く、二人とも薬学部に進学することを決意したのだ。

父親が死亡した二年後。臓器移植法が施行された。それまでの移植は、心臓が停止したドナーから摘出された腎臓だけが移植されていた。その他は家族から提供された肝臓や腎臓が、家族に移植される生体移植だけだった。臓器移植法の成立によって、臓器移植をする場合に限って、脳死を人間の死と認めて臓器を摘出し、心臓、肺、肝臓、膵臓、そして腎臓の移植が可能になったのだ。

さらに副作用が少なくて、免疫抑制効果の高い新薬の開発をどの薬品メーカーも必死に研究した。その中でも全日健康薬品は他のメーカーより一歩先を歩んでいた。

石野勤はその全日健康薬品に就職し、薬品管理部でその実力を認められ、四年前に上海工場の駐在員として赴任していったのだ。

上海浦東国際空港から成田空港まで三時間程度のフライトだ。母と紘子の二人で経営している調剤薬局のことや、母親の健康が気になるのか、休暇を見つけてはよく帰国していた。短い時などは一泊しただけで、上海に戻っていった。

その時、母親の手料理を食べながら、兄が話してくれる中国の移植の現状は興味深いものだった。

全日健康薬品が中国に進出したのは二〇〇四年のことだった。

「日系の企業に就職してくるのは、中国社会の中でも優秀な労働者だけど、新入社員はまず薬の品質管理を覚える前に、徹底して衛生管理を教え込まなければならないんだよ。それがまたひと苦労でさ」

新入社員はトイレに立っても、手を洗わずに戻ってくる。廊下にツバを吐く者も珍しくはなかったらしい。

勤はそうした社員の教育指導も担当していたらしく、中国人の習慣、文化の違いに戸惑いながらも、上海工場で懸命に働いている姿が、母親にも紘子にも想像できた。

全日健康薬品にとっては、中国の巨大市場は大きな魅力であり、安い人件費で薬品生産が可能になるというのも進出の大きな要因になっていた。

全日健康薬品は「ゼンニッポリン」という新世代の免疫抑制剤の開発に成功し、この抑制剤があっという間に世界に広がっていった。その生産拠点が上海工場だった。

「中国にも、移植医療が急速に広まり、ゼンニッポリンの需要が急激に伸びているんだ」

勤はそんな話を得意げに、母親や紘子にしてくれた。

「中国の移植医って、やはりアメリカに留学して、それから自分の国で患者さんに移植をするのかしら」

紘子が聞いた。

「いや、それがアメリカではなくて日本なんだ。日本の移植医療の水準はアメリカと遜色ないレベルに達している。欧米より劣るとすれば、それはドナー臓器の不足だけで、後はどれをとってもトップレベルにあると言ってもいいくらいだ」

日本の移植医療の一翼を担っているのがゼンニッポリンで、兄の話から充実した日々を上海で送っているのが伝わってきた。

今から思うと、異変は年が明けた頃には始まっていたのではないだろうか。年末から正月にかけて必ず帰国していたが、三月末で駐在勤務が終わり、日本に戻る辞令が下りるから帰国しなかったのだろうと、母親も紘子もそう思った。

年明けと同時に兄からのメールも極端に減った。母親が心配しているから、一度、電話をかけてやってほしいと、紘子はメールを送信した。

「後任への引き継ぎ事項が多くて忙殺されている。心配しなくていいから」

返信メールにはそう記されていた。

それでも母親は何か不吉な予感がしたらしく、健康を壊したのではないかと、あれこれ心配を口にしていた。

「そんなに心配しなくても平気だよ。兄さんだって三十七歳なんだよ。子供じゃないんだから」

紘子は冗談交じりに答えた。

帰国するたびに、母親は一日も早く結婚するようにと兄に進言していた。しかし、兄は母親には何も答えずに笑っているばかりだった。思わせぶりな態度に、紘子は兄に恋人がいるのではないかと感じた。

「兄さん、もしかして、上海に恋人がいるのと違う?」

紘子がからかうと、やはり笑みを浮かべているだけで何も答えなかった。

「いるなら早く連れてきて、紹介しなさいよ」

母親が迫ると、話題をそらすように兄が紘子に尋ねた。

「俺のことよりお前はどうなんだよ」

紘子には交際している男性はいなかった。

「紘子はダメ、石野調剤薬局にやってくるオジイチャンたちのアイドルで、若い人が寄ってこないのよ」

母親が紘子に代わって答えた。

「失礼ね。薬局に来て薬が出るまでモジモジしている男性だっているのよ。相手がなんとか、私と二人きりになろうとしているのに、母さんが割って入ってきて、『はい、お待たせしました。どうぞお大事に』なんて、追い返してしまうから、恋人をつくるチャンスがないのよ」

紘子が母親に言い返した。

こんなやり取りを聞きながら、兄が言った。

「心配しなくていい。上海駐在の任期が終われば、適当な時に結婚し、四十歳までには子供もつくりたい」

こう言う兄を傍で見ていて、上海には恋人がいるだろうと紘子は想像した。

上海に戻る前日、紘子は兄の買い物につき合わされた。最初に訪れたのが、近くのスーパーマーケットだった。梅干しやお茶漬けの素、レトルトカレー、ふりかけにそばやうどんのカップ麺を大量に買い込んでいた。

「無性に食べたくなるんだ」

食料品を買い終わると、紘子はドラッグストアに連れていかれた。

兄は財布からメモ用紙を取り出した。漢字ばかりのメモでその内容はわからない。しかし、兄はそのメモ用紙の内容がわかるらしく、資生堂の化粧品名を紘子に告げた。ファンデーション、口紅、香水など数種類を購入し、照れくさそうに言った。

「中国人の部下に頼まれてさ」

恋人がいるという紘子の予想は確信に変わった。

兄が上海に戻った後、紘子はドラッグストアで化粧品を購入していたと母に告げた。

「勤は中国人と結婚するつもりなの……。相手のご両親は勤との結婚を認めてくれているのかしら？　紘子は聞いてみたの」

「まだそんなところまで話は進んでいないんじゃないの」

母親はせっかちな性格で、上海に戻ったばかりの勤に確かめてみろと、しきりに紘子に言ってくる。

「兄さんのことだから、言うべき時がきたら真っ先に母さんに報告するって。だからそんなに焦らずに待っていればいいのよ」

紘子はこう言って母親を説得した。

そんなやり取りがあったのは亡くなるわずか八ヶ月前、お盆休みに合わせて帰国した時だった。

帰国の辞令が下りて、本来ならその恋人について、母親は兄から報告を聞いていたかもしれない。

それなのに最後に聞いたのは、「戻らなければ、捜索願を出してくれ」という切迫した兄の声だった。

父親が亡くなった後、兄はよほど重大な問題でない限り、一人で考え、一人で解決してきた。二人の子供を私立大学の薬学部に通わせ、その学費だけでも家計の大きな負担になっていたはずだ。

　それ以上の負担を負わせたくないと思ったのか、よほど困った問題が生じない限り、母親には報告さえしなかった。報告するのは、すべての問題が解決した時だった。

　その兄が深刻な声で連絡してきたのだ。電話はすぐ切れてしまったが、詳しい内容を聞いてやるべきだったと、紘子の心の中には自責、後悔、複雑な思いが沈殿していった。

2　死者からの手紙

葬儀がすみ、紘子も母親も石野調剤薬局で仕事を再開した。周囲のスタッフが気を遣ってくれるが、仕事に没頭していた方がまだ気がまぎれる。それは母親も同じだろう。それでも母親の顔色はすぐれなかった。突然長男を失ったのだ。

「後は私がやるから、早めに帰って休んで」

紘子は母親に仕事を切り上げて帰宅するように言った。毎朝、紘子の運転する車で出勤し、帰宅も一緒だったが、その日母親はタクシーで帰っていった。

それから三十分もしなかった。母親から紘子の携帯電話に連絡が入った。

「中国から手紙が届いているよ」

兄から手紙が届くはずがない。しかし、生前に上海から投かんしたものなら、届いたとしてもおかしくはない。

「国際郵便なの？」

「中国の切手みたい。あなた宛てに来ているけど……」

「開けてみて」

紘子は開封するように言った。

封筒を切っている音が聞こえてくる。

「メモ用紙が二枚入っている」

「メモ用紙……」

「うん、これは間違いなく勤が書いた字だよ」

「なんて書いてあるの」

「法輪功、悪魔のゼンニッポリン」

「それから」

「もう一枚は、多分、人の名前だと思うけど、『周若渓《ヂョウルォシー》』と電話番号が書いてある。こっちは勤の字ではないわ」

母親の説明だけでは手紙の内容が理解できない。調剤薬局をチーフの薬剤師に任せて、紘子も大急ぎで帰宅することにした。

マンションの駐車場に車を入れる時間さえももどかしく感じられる。部屋に入るなり言った。

「手紙を見せて」

母親はリビングのテーブルの上に手紙を置いて、紘子の帰りを待っていた。

「これなんだよ」

母親が差し出した手紙は国際郵便の封筒だった。

　封書には差出人の名前が記されていなかった。宛名は英文字で記され、パソコン入力、印刷されたものだった。

　メモは走り書きだった。勤は達筆ではないが、丁寧な文字を書く。しかし、メモの字は乱筆そのもので、判読するのにも苦労するほどだ。慌てて書いたのが見て取れる。

　メモに書かれていた内容はまったく意味不明だ。

「法輪功」は中国気功の一つの流派だ。急激に広まり中国共産党員の数をしのぐ会員数に膨れ上がり、中国当局から弾圧されているらしい。そのくらいの知識しか、紘子にはない。

　ゼンニッポリンは全日健康薬品が開発した免疫抑制剤で、これまでの免疫抑制剤よりも副作用を画期的に減らし、なおかつ免疫抑制剤としての薬効も十分に認められ、NK（ナチュラルキラー）細胞の働きも阻害しない薬で、兄の勤は移植を希望する患者にとっては夢のような薬だと胸を張っていた。

　移植を受けた患者は免疫抑制剤を服用するために、がん細胞を死滅させるNK細胞の働きまでも抑制してしまい、がんの発症率が通常よりも高くなってしまう。しかし、ゼンニッポリンはNK細胞の働きを阻害することなく、移植臓器に対して免疫抑制効果を発揮してくれる。

　その免疫抑制剤が「悪魔のゼンニッポリン」になっていた。

封筒にはもう一枚メモ用紙が入っていた。「周若渓」と手書きで記され、その後に「TEL」と書かれた後に数字が並んでいた。

二枚目のメモの文字には見覚えがあった。

去年の夏、お盆休みに帰国した時、ドラッグストアで兄は女性の化粧品を数点買い込んでいた。その品物を記したメモ用紙に書かれていた文字と、「周若渓」と書かれた文字が同じ筆跡に思えた。

「周若渓」というのは兄の恋人の名前なのかもしれないと、紘子は想像してみた。しかし、そうだとしても、兄が書いたと思われるメモを何故送ってよこしたのだろうか。兄のメモに何か意味があるのだろうか。きっと何か深い意味が込められているから、恋人が送ってきてくれたのだろう。

紘子は受話器を取り、中国の国番、上海の局番、そしてメモの番号に電話をしてみた。すぐに相手が出た。

「日本からかけています。石野の家族の者ですが……」

「紘子さんですね。私、周若渓です」

紘子の想像は間違っていなかったのだろう。相手は石野紘子の名前を知っていた。

「兄が亡くなったのは知っていますか」

「はい、全日健康薬品の日本人社員から聞きました。勤さん、自殺と違います。自殺なんかしません。殺されたんです」

決して上手な日本語とは言えないが、懸命に兄の死について情報を伝えようとしているのが感じられる。

「兄とはいつからおつき合いがあったのでしょうか」

周若渓と兄の関係を知りたい。

「勤さんが上海に来た時からです。私、工場で働いていました。私、班長です」

上海の全日健康薬品の工場がどのようなシステムで稼働しているのかわからないが、周若渓は、一般の従業員ではなく班長をしていたらしい。現場の生産指導にあたる兄と接触する機会も当然一般の従業員よりは多くなるのだろう。

「失礼ですが、兄とはどのようなご関係になるのでしょうか」

間髪を容れずに周若渓が答えた。

「私、勤さんを愛しています」

やはり周若渓は兄の恋人だったようだ。

「周さんは何故、兄が殺されたと思うのですか」

紘子は会話の教材CDのように、ゆっくりとした口調で聞いた。

「全日健康薬品の人、皆悪い人です」

怒りや悲しみが込み上げてくるのか、声は涙声に変わった。周若渓も自分の思いが日本語では伝えられないのか、会話の中に中国語が交じる。紘子ももどかしく感じるが、聞き直すしかない。

「今、なんておっしゃったのでしょうか」

「会社の人、皆悪い人」

「兄は中国の人から恨まれるようなことをしたのでしょうか」

「違います。勤さんは中国人から尊敬されていました。悪い人、日本から来た会社の人です」

しかし、上海に駐在する全日健康薬品の社員は、石野勤の同僚で、彼らが兄を死に追いやるはずがない。紘子には周若渓の言うことが理解できない。兄の死の真相を知るためには、上海に行くしかないと思い始めた。通訳を介してでも、周若渓の話を最初から落ち着いて聞くしかないだろうと思った。

「勤さん、いつ殺されたの？」

「四月二十五日に遺体が発見されました」

「勤さん、二十四日まで韓国のソウルに身を隠していた」

「四月十一日に成田空港に着くはずでしたが、ソウルにいたのは事実ですか」

「はい。ソウルから私に電話がありました」

周若渓の言うのが事実であれば、兄は日本に着いたその日のうちに殺されたか、あるいは自殺したのか、不通橋から身を投じたことになる。

「何故、ソウルになんか行ったのでしょうか」

「殺されるのがわかっていたから、上海から逃げたのだと思います」

やはり上海に行くしかないだろうと思った。上海で近いうちに会いたいと、告げようとした時だった。

「私、日本に行きます」

周若渓の方から思いがけない言葉が漏れた。


捜索願を受理した前橋警察署生活安全部に石野紘子は呼ばれた。兄の死について結論が出たのだろうと思った。

生活安全部は石野勤の遺体が発見されて以降、兄の足取りを捜査していた。

前橋警察署に出向くと、受付から生活安全部の担当者が対応にあたるので、二階の第一小会議室に行くように告げられた。

階段で二階に上がる。受動喫煙が大きな社会問題として取り上げられているのに、警察署内のいたるところにタバコの臭いが染み込んでいるように感じられる。二階はハーモニカのように廊下の両側に部屋が並んでいた。第一小会議室は一番奥の部屋だった。扉の上に第一小会議室と表札がかけられていた。

ドアをノックしたが返答はない。扉を開いて中に入った。部屋の中央に机が置かれ、向き合うように三脚ずつ椅子が置かれていた。壁際には無造作に段ボール箱が積まれていた。紘子は真ん中の椅子に座った。

二、三分した後、ドアを蹴飛ばすようにノックしたかと思うと、黄ばんだワイシャツの袖をまくりあげ、ノートを小脇にかかえた小太りした刑事が入ってきた。

紘子の真ん前に座った。五十代半ばといった年齢だろうか。座ると腹の出具合がはっきりと見て取れる。

「妹さんの……」と言いながらノートを開き、「紘子さんだね」と確かめた。

「そうです」

「この度は大変だったね」

と言ったがいたわるでもなく、慰めるでもなく、感情のこもらない通り一遍の社交辞令にしか思えない。それでも紘子は答えた。

「母も私も、突然のことなので、どう受け止めたらいいのか、いまだに整理がつきません」

紘子の前に座ったのは猿橋寛治警部補だ。まだ汗をかくような気温ではないが、猿橋の額には薄っすら汗が滲み出ている。皺だらけのハンカチをポケットから出し、汗を拭った。

「遺体発見直後に聴取したことと重なる質問もあると思うが、答えてもらいたいんだ」

「わかりました」

訝る表情を浮かべながら紘子が答えた。

「兄さんは日本に時々帰国していたようだが、その時に会社内での不満とか、人間関係に悩んでいたとか、そんな話を聞いたことはなかったかね」

「ありません。兄は自分で望んであの会社に入ったくらいで、妹の私から見てもうらやましいくらいに、充実した日々を送っていたように思えます」

「そおかあ……」

猿橋の表情には軽い落胆が滲んでいる。兄の死を自殺として処理したいと思っているのではないだろうか。紘子の心に警察に対する疑念が浮かぶ。

「どんなに悩んでも苦しんでも、自殺なんかするような兄ではありませんよ」

「いや、誤解してもらっちゃ困る。最初から自殺と決めてかかっているわけじゃないから」

猿橋が言い訳のようなことを言った。しかし、猿橋の生半可な口ぶりからは、自殺としてすべてを処理したいという思いが見て取れる。

それでも紘子は勤が何故製薬会社に就職したのか、父親が死ぬまでの様子を詳細に語った。

「父親のそんな生き方を見てきた兄が、自殺なんてするはずがありません」

紘子は猿橋の顔を睨みつけるようにして言った。

「わかった。肝に銘じておく」

そう答えて、猿橋がつづける。

「本来なら四月十一日に成田空港に到着するはずだった兄さんが、どうしてその日に帰国しなかったんだろうか。妹さんはどう思っているのかね」

「その点はまったくわかりません。捜索願を出す時にも説明しましたが、緊迫した声で電話が入り、十一日に戻らなかったら捜索願を出してくれと言って、すぐに電話は切れてしまいました」

「全日空のフライトで成田空港に着く予定になっていたのは事実なんだ。当日、上海浦東空港で早めにボーディング手続きをしているのを、全日健康薬品の現地職員もはっきり証言しているんだ」

しかし、兄はそのフライトには搭乗していない。周若渓の電話では、兄は成田ではなく、ソウルに向かう飛行機に搭乗したのだ。早めにボーディング手続きをし、出国手続きをしないで時間をやり過ごし、同僚の社員が空港からいなくなった頃を見はからって、今度はソウルに向かうフライトの搭乗手続きをした可能性がある。

紘子は周若渓からの情報を伏せたまま、前橋警察署の捜査がどこまで進展しているのかを確かめた。

「上海警察に問い合わせ中でまだはっきりしないんだが、あなたの兄さんは成田空港に向かう飛行機ではなく、韓国ソウルに向かう便に搭乗したようなんだ」

「ソウルですか」

紘子は意外だといわんばかりに声を高くして聞き返した。

「ああ、韓国に入国したのは間違いないんだ。帰国は四月二十四日午後のフライトでソウルから成田に到着している。十一日から二十四日まで、あなた、そしてオフクロさんにも、兄さんから何の連絡も入ってこなかったのだろうか」

紘子は無言で首を横に振った。

連絡があれば、上海の総領事館に助けを求めるなり、会社の上司に相談するなり、自らの身を守るための行動を取るように助言できたはずだ。いや、紘子が思いつくような方策は、兄ならすべて実行していたはずだ。それが無理だったからこそ、十一日に日本に着いていなければ捜索願を出してくれと言ってきたのだろう。

日本に着かなかったら捜索願を出せということは、兄を陥れる連中は上海ではなく、日本にいるということなのだろうか。あるいは上海で何か不穏な出来事に巻き込まれたから、捜索願を出せと言ったのか、今となっては不明だ。しかし、上海浦東空港で無事にボーディング手続きをすませていたという事実は、兄を狙っているグループは、中国ではなく日本にいたことを想起させる。

日本で待ち受けているのがわかるからこそ、兄はソウルに向かうフライトのボーディング手続きをしたのではないだろうか。

机の一点を睨んだまま考え込んでいる紘子に、猿橋がひと際大きな声で話しかけてくる。

「紘子さん聞いていますか」

猿橋にはぼんやりしているようにしか見えないのだろう。

「聞いています」

「ソウルに行かなければならない理由が何かあったのか、妹さんとしてはどう思っているのかね」

「まったく見当もつきません」

「兄さんにはソウルに知り合いがいるとか、つき合っている女性がいるとか、そういう人が誰かいたということはありえないのかね」

紘子は中国から封筒が届き、兄の筆跡で書かれたメモが同封されていたことを話そうか迷っていた。取りようによっては、石野勤は心を病んでいたのではと思われるメモだ。

しかし、このままではソウルに二週間滞在し、帰国し自ら死を選択したという幕引きをされかねないと思った。紘子はメモと差出人について説明した方がいいだろうと判断した。

「ソウルに恋人なんていません」

「どうしてわかるのかね」

「上海に中国人の恋人がいるからです」

猿橋の表情が一瞬強張ったように、紘子には感じられた。

「それは本人からはっきりそう聞いたことがあるのかね」

「兄はそうしたことをオープンにする性格ではありませんが、昨年の夏、お盆休みに一時帰国した時に、女性用の化粧品を買い求めていました」

「恋人がいるとはっきり聞いてはいないんだね」

念を押すように猿橋が言う。

やはり真実を伝えた方がいいと思い、周若渓から封書が届き、電話をすると二人は愛し合っていたと聞かされたと告げた。

「手紙には何が書かれていたのか、差し支えなければ教えてほしいんだが……」

メモが二枚あり、一つは周若渓の名前と電話番号、もう一枚は石野勤直筆のメモ用紙が同封されていた。

紘子はバッグから上海から届いた封筒を取り出した。その中から兄の直筆のメモと周若渓の名前と電話番号を記したメモを机の上に置いた。

「法輪功、悪魔のゼンニッポリン」

「メモの字は間違いなく兄さんのものかい」

「筆跡鑑定をしてもらったわけではありませんが、九九パーセント兄が書いたものです」

猿橋はじっとメモを見つめ、書かれている内容について尋ねてきた。猿橋は中国の事情もわからなければ、薬の知識があるわけでもない。

紘子自身、法輪功については、中国気功の一流派としか説明できなかった。しかし、ゼンニッポリンについては、詳細な知識がある。それをわかりやすく猿橋に説明した。

「兄さんは、オヤジさんの死もあるので、上海工場でのゼンニッポリンの製造に情熱を傾けていたというわけか」

ひとり言のように呟いた。

「そうです。そんな兄が自殺するわけがありません」紘子が強い口調で言った。「それに……」

「まだ何かあるのかね」

猿橋が二つのメモから顔を上げ、紘子を探るような目で睨みつけた。

「メモが届き、周若渓と話をしました」

「それで」

「兄は殺されたんだと言っていました」

「誰に殺されたのか聞いたか」

「いいえ、聞いてはいません。それに周若渓はそれほど日本語が上手ではありませんでした」

猿橋の口調は相変わらず半信半疑であり、事件としてよりも単なる自殺として片づけたいと思っているのが、表情からうかがえる。真剣に紘子の話を聞いているとは思えない。猿橋がほしいのは、石野勤が自殺したと思えるような情報だけなのだろう。事件になれば、厄介な捜査をしなければならない。そんな捜査に時間など割いている余裕などないと、顔に書いてあるような対応ぶりだ。

「あなた自身、その周なんとかさんに会ったことはあるのかね」

「いいえ、ありません」

「電話で話しただけなのか」

落胆ではなく安堵感が言葉の端々に感じられる。

「近々、周若渓は来日します。詳しい話はその時にわかります」

猿橋は周若渓が来日したら、彼女からも聴取したいと、紘子に告げた。

机の上の二枚のメモを必要であればコピーを取ってもかまわないと紘子は言ったが、

猿橋はコピーは必要ないと判断したらしく、コピーを取ろうとはしなかった。猿橋の心の中を垣間見たような思いだった。前橋警察署は捜査に乗り気ではないのが明白だ。

3 健康不安説

群馬県選出の岳田益荒男《たけだますらお》衆議院議員には、健康不安説が浮上し、しばらくすると立ち消えになるという状況が、ここ数年何度となく繰り返されている。政治家としての手腕は、与党自由民政党内ではもちろんのこと、野党の間でも高く評価されている。

早稲田大学政経学部を卒業し、旧厚生省に入省。その能力を買われて自由民政党から立候補し、初当選を果たしている。自由民政党内では、保守中道派、穏健派として知られ、地元群馬県では圧倒的な支持を受け、保守王国の名をほしいままにしている。年齢的にも六十代半ばで、政治家としても成熟期を迎えている。しかし、大臣のポストには一度も就いてはいない。それは岳田には常に健康不安説がつきまとっているからだ。

健康不安説の理由ははっきりしている。一九九〇年代に入り慢性腎不全に陥った。人工透析治療を受ければ、政治生命を失うに等しいと、岳田は一九九五年に妻から腎臓を提供してもらい、生体腎移植を受けている。

妻のみすずは埼玉県本庄市の出身。父親の水沢真太郎は広大な山林を所有し、元々は製材業を営んでいたが、高度経済成長期に山林を工業団地として分譲したり、その資本を元に不動産業に進出したりして、地元の経済人として知られている。父親の事業はみすずの兄、洋介が多くの事業を受け継ぎ、水沢真太郎は水沢グループの会長職に納まっている。

水沢は群馬県にも人脈を持ち、選挙になると水沢グループが総力を挙げて岳田の選挙応援を買って出た。

岳田益荒男とみすず夫婦には、二人の子供がいる。長男の真一は国立S大学医学部を卒業し、国立S大学医学部附属病院で泌尿器科の医師として活躍している。長女の水香はD大学医学部の学生だ。

家庭的にも恵まれ、腎臓移植以降も何度となく健康不安説が浮上したが、岳田本人はそれを一笑にふしてきた。

そして、その健康不安説が再び浮上してきたのだ。しかし、本人も後援会の有力役員、地元支持者らは、健康不安説とは裏腹に、次期内閣改造では大臣のポストを射止めようと活発に動き出しているという情報が流れていた。

週刊グローボ編集部に所属する永瀬和彦は、岳田益荒男に影のようにまとわりつく健康不安説の真相を探ろうと、岳田の周辺取材を開始していた。週刊グローボは文京区小日向にある光明社が発行する創刊三十年目を迎える男性週刊誌だ。グローボとはポルトガル語で地球を意味し、地球上で起きるすべての事象を取り上げるというのが、雑誌の名前のいわれだ。永瀬は週刊グローボの契約記者で、早い話が一年ごとに契約更改をするフリーの記者だ。編集部から依頼された取材は、政治問題から芸能人のスキャンダル、不倫までなんでも引き受ける。

出版不況は底なし沼で、どこまで売上を落としていくのか、先がまったく見えない。底を打つどころか、底が抜け落ちてしまった状況なのだ。二十年前は約二兆五千億円あった売上が、最近では一兆五千億円までに落ち込み、とりわけ雑誌の落ち込みが激しいのだ。読者がインターネットから情報を得る時代に移行し、紙媒体は苦戦を強いられ、全盛期には二万二千店あった書店も、一万四千店舗に減少し、歯止めがかからない状態だ。

フリーの記者が仕事を選んでいたのでは、安くなる一方の原稿料だけでは生きていけない時代だ。フリーの記者になり十年が経過し三十代半ば、収入は不安定で恋人はいるがなかなか結婚できそうにもない。

以前と同じように仕事をしていても、一ページ当たりの原稿料単価が減らされているのだ。入稿現場の担当編集者、デスクは規定の原稿料を振り込むように伝票を切っているようだが、高沢忠生編集長に伝票が上がった段階で、気に入らない記者の原稿料だけが減額されているらしい。

永瀬は高沢編集長とは元々とそりが合わなかった。高沢は出世のことしか頭になく、売れる企画を提案してくれと、一年三百六十五日編集者と記者にそれしか言わない編集長だった。

取材経費についても細かくチェックし、経費のかかった記事を担当した編集者を、編集長の前に呼びつけ、大声で怒鳴りつけていた。担当編集者もいつものことで「今週のみせしめ」と裏では揶揄していた。

しかし、担当の編集者が記事の内容ではなく、経費で叱責されている場面を見た記者は心中穏やかではいられない。

「気にしないでいいですよ」

担当の編集者は恐縮している記者に言うが、タクシー代や裏情報を取るための新聞、テレビ局関係者との飲食費を請求するのを控えるようになる。士気は落ちるし、それよりなにより調査報道の質が低下する。

口に出して編集長批判ができないのは、次の契約更改時に編集長が印鑑を押さなければ、記者はその時点で契約を解除されてしまう。だから記者は常に不満を抱えて仕事をすることになる。それがもう何年もつづいているのだ。

永瀬が苦労し、張り込み、取材対象を尾行しながら三ページの記事を書いた。週刊グローボの表紙にも、新聞広告にも派手なタイトルが踊っていた。しかし、振り込まれてきた原稿料は、本来の半分に減額されていた。

永瀬が担当の編集者に問い質すと、「スクープ記事なので、少しですが多めに切りましたよ」と申し訳なさそうに答えた。

永瀬は高沢編集長のところに行って、減額の理由を直接聞いた。

「たまたま他にスクープ記事がなかったから、あの記事がスクープになっただけ。小ぶりだし、スクープっていうほどのものではないよ。それに経費がかかり過ぎ、妥当な原稿料を振り込んでいると思うけど、何か問題でもあるの」

懸命に怒りを抑えて冷静に話をしようとする永瀬に、高沢は永瀬の鼻先を指で弾くような調子で言ってのけた。

後ろをチラッと振り返り、担当した編集者の様子を見た。困り果てた顔をしているのが見えてしまった。これ以上、高沢とやり合えば、間違いなく担当編集者が高沢に怒鳴られる羽目になる。

「失礼しました」

と永瀬は編集長の席から離れるしかなかった。

高沢編集長は、週刊グローボの歴代編集長の中でも、自分はベスト3に入ると、部下の編集者の前で自画自賛していた。しかし、企画、記事のタイトル、内容について部下の編集者を批判したり、アドバイスしたりすることは一度もなかった。

編集者にとっては、記事のタイトルはまさに「タイトルマッチ」で、自分の担当した記事を多くの読者に伝えようと、頭をひねる。編集者の腕の見せどころなのだ。そのタイトルに高沢はまったく無関心だった。結局、タイトルがつけられないのだろうというのが、編集部内では当たり前の話で通っていた。

高沢編集長にわかるのは、売上実売部数と広告費などの収入と、原稿料、取材費の経費を差し引いた収益だけだと、編集部では囁かれていた。

「高沢編集長にできるのは足し算と引き算だけ」

「今週のみせしめ」の常連編集者は裏で激しく高沢をなじった。

高沢が編集者、記者に嫌われる理由はそれだけではない。自分の経費の使い方もまた異常だった。経費で落とせるデスククラスが集まる酒席で、トップである高沢が支払うなり、請求書を回してもらえばすむ場合でも、酒席が終わる頃に高沢は必ずトイレに立った。支払いは副編集長かデスクが精算することになる。

芸能担当の記者は多忙を極めるタレントを取材するために、マネジャーを銀座のクラブに接待し、スケジュールを取ってもらう。そこには記者や編集者の名前で酒のボトルが入っている。その店を知っていて、高沢はこっそりとそこへ行き、そのボトルを出させて飲んでいた。

〈よほど貧しい家庭で育ったんだろう〉

〈自分が使った経費を抑えれば、役員への昇級の道が開けるとでも思っているんだろ

う〉

編集部内では不評が囁かれ、しまいには「ボンビー長」と揶揄されていた。

岳田益荒男がそれまでになく活発に動き始めたという情報は、昨年末から流れるようになった。秋頃までは体調不良が囁かれていた。岳田陣営は対立候補が意図的に流している情報だと、マスコミの取材には答えていた。しかし、実際に自由民政党の中にも岳田の健康を気遣う親しい議員もいた。

永瀬が真偽を確かめようと取材すると、憶測としか思えないようなガセネタが飛び交っていた。インターネットが普及し、ハンドルネームでの書き込みは規制のしようがない。事実無根のニュースが実しやかに流される。

岳田益荒男の健康に関しても、インターネット上の情報にはフェイクとしか思えない書き込みが氾濫していた。

「透析専門病院に入っていくところを見た」

という書き込みもあれば、

「あの土色の肌は、透析患者のものだ」

と、岳田がさも透析治療を受けているかのような書き込みまである。

妻から移植された腎臓は機能を失い廃絶したのかもしれない。移植された臓器は、個人差があり二十年も機能するケースもあれば、数年で廃絶してしまうものもある。

それとはまったく反対の情報も同じくらいの量がインターネット上には氾濫していた。国会が閉会した九月末以降は特に顕著だった。地元に戻り休養したのがよかったのかもしれない。地元の行事も積極的に参加し、支援、支持を訴えているという情報が聞こえてきた。

そうしたニュースは、フェイクニュースに対抗するかのごとく支持者から流されるもので、これを見てみろと言わんばかりに地元の行事に出席する岳田の写真をアップし、説明を書き加えた。そうしたニュースがＳＮＳで拡散していく。

永瀬は地元での岳田の様子を取材するために、杉並区井荻にあるマンションから年代物のホンダシビックで高崎に向かった。

編集部の枝野誠デスクからの依頼は、岳田益荒男に四十八時間密着してくれというものだ。原稿料を減らされているのを知って、枝野デスクが自分で企画を通し、永瀬に振ってくれた仕事だ。失敗するわけにはいかない。

人工透析は二日に一回は受けなければならない。四十八時間密着取材をすれば事実が判明する。透析病院に入る写真が撮影できればスクープだと考えているのだろう。

永瀬には透析患者の取材をした経験があった。腎臓が常時働いて、身体を健康に保っているのに対して、透析は二日分の汚れと水分を短時間で排泄する。一時的に体の恒常性が崩れ、これを調整するため、体のエネルギーを大量に消耗する。

透析患者によって症状は様々だが、全身に症状が出る。血圧低下あるいは高血圧、むくみ、だるさ、関節痛、動脈硬化、頭痛、不眠、骨粗鬆症、そしてこれらの症状の延長として、脳出血や心不全、がんなどで死亡することが多くなる。一方、透析療法でも比較的体調を維持し、それほどの苦痛もなく生活している人もいるが、永瀬はそうした例は数少ないといった印象を持っていた。

高崎に着き、正午から翌々日の正午まで密着取材をすれば、岳田が透析治療を受けているかどうかは判明する。芸能人のどうでもいい不倫を取材するよりは、政治家を追い回していた方が、同じような仕事だが精神衛生上はまだましだ。

岳田益荒男の地元での日程は、すでに編集部の枝野デスクが調べ上げていた。そのスケジュール通りに動くかどうか、それを見極めればいいのだ。途中で予定されていたスケジュールをキャンセルにして、透析病院に入る可能性もあるし、予定された行事をすべて終了した後、病院で透析を受ける可能性もある。

あるいは深夜、早朝、診療時間外の治療もありうるだろう。いずれにせよ事実を確かめるためには、深夜まで張りつく必要がある。岳田益荒男の自宅周辺にオンボロシビックを駐車して張り込めば、間違いなく職務質問を受ける。夜は適当な時間に引き揚げ、数時間仮眠を取って、朝早くから張り込みを開始するしかない。

新年が明けて間もないこともあり、岳田のスケジュールは地元の後援会の会合、支持者への挨拶回りでぎっしりと埋まっていた。

中央自動車道の八王子ＪＣＴから圏央道に入り、鶴ヶ島ＪＣＴから関越自動車道で高崎を目指した。思っていたほど渋滞はなく、午前十一時過ぎには、高崎市内に着いていた。正午から地元の消防団の出初め式に出席するようになっていた。

高崎市内を流れる烏川の河川敷で出初め式は行なわれる。地元のテレビ局、新聞社も取材に訪れている。河川敷に設けられた特設駐車場に永瀬は車を止めた。首からカメラをぶら下げ、週刊グローボの取材用の腕章を腕に巻いた。

取材には違いないが、本人にインタビューするわけではない。ただ四十八時間、密着取材と言えば聞こえはいいが、尾行し、岳田が透析病院に入るかどうかを確認するだけの仕事なのだ。

岳田は河原に設けられた特設テントに案内され、すでに着席していた来賓と挨拶し、握手を交わしている。その様子からは病人という印象はまったく受けない。それほど岳田の動きは精力的だ。

出初め式の次は後援会主催で地元の有権者を集めて講演会が開催される。それほど大きい会場ではない。地元の公民館で百人も入ればいっぱいになるような広さだが、会場に入ると一斉に拍手が湧き起こり、外にいてもその熱気が感じられる。

永瀬は地元市民のような素振りで会場に入り、岳田の講演を聞いた。講演のテーマは「地域活性化」についてだった。

講演会は一時間ほどで終わり、その後は参加者の一人一人と握手を交わしている。次の日程が迫っているのだろう、岳田に急ぐように秘書が耳うちしている。すでにあたりは暗くなり始めている。握手攻めにあいながら、岳田はようやく車に乗り込んだ。

永瀬が枝野から渡されたスケジュール表には、次は後援会役員との懇談会になっている。時間的にはまだ余裕があるが、秘書は何度も岳田に話しかけ、講演会を切り上げるように進言しているようだ。

岳田が車に乗り込むのと同時に走り出した。その後ろを永瀬は追った。カーナビに入力してある懇談会のレストランとは違う方向に向かって走り出した。

岳田が次に向かったのは高崎市内の葬儀場だった。車から降りた岳田は喪服に着替えていた。後援会のメンバーだったのか、有力な支援者だったのかわからないが、受付をすませると通夜の読経が始まっている席に座り、焼香が始まるのを待っていた。

僧侶が焼香するように弔問客に促すと前の席に座るものから焼香に立ち上がった。焼香をすませたものが後ろの席に座る岳田に気づく。やがて岳田の順番が回ってきて、焼香するために祭壇前に向かう。

最初に遺族に頭を下げ、次に遺影に深々と頭を下げ、焼香をすませた後も遺影に向かって手を合わせたまま三十秒ほど立ち尽くした。そして、再度遺族に頭を下げ、足早に会場を後にした。

永瀬には、有権者に顔を売るために参列したとしか思えないが、遺族そして参列者には強い印象を残しただろう。

遺族にしてみれば、国会議員がわざわざ通夜にきてくれたと故人を誇らしく思うだろうし、参列者には、支持者を大切にする政治家だと映るだろう。誰も岳田が計算の上でしている演技などとは考えない。

葬儀場から今度はカーナビに入力したレストランに向かった。地方都市にチェーン展開する和風レストランだ。レストランの駐車場に降りた岳田は喪服を脱ぎ、以前のスーツに着替えていた。

枝野が入手した岳田のスケジュールでは、後援会メンバーとの会食ですべてを終わることになっていた。永瀬は駐車場で一時間ほど待機した。

レストランから出てきた岳田はそれが消化すべき最後のスケジュールで、後援会メンバーとの会食だったこともあり、アルコールが入ったのか少しふらつく足取りで出てきた。

秘書の肩を借りながら車に乗り込んだ。そのまま自宅に向かった。烏川を見下ろす高崎市郊外の高台にあり、鉄扉の門の前に車は止まりリモコンで門扉を開けた。時間は午後十一時を過ぎていた。永瀬は門から離れた場所に車を止め張り込んでみた。

再び車が出てきたのは午後十一時半だった。車は岳田の自宅から十数分走ったマンションに直行し、駐車場に入った。出初め式からずっと車を運転していた秘書が足早にエントランスに入っていった。

車の中に自分の飲む水が用意されているのかもしれないが、出初め式、そして講演会の時も、岳田は一度も水分補給をしなかった。しかし、後援会メンバーとの会食を終えて出てきた岳田は、明らかに酒を飲んでいた。

永瀬は岳田の自宅に戻る必要はないと判断した。慢性腎不全が再発し、岳田が密かに透析を受けている可能性は極めて低いと思った。アルコールを分解するには水分が必要になる。水分の摂取を制限される慢性腎不全患者がふらつくまで酒を飲むことはまずないだろう。まして透析を受けていれば、余分に飲んだ水分を一気に減らさなければならない。体調を維持することはおよそ困難になる。

永瀬は予約してある駅前のビジネスホテルに向かった。岳田の尾行で午後から何も食べていない。ホテルにチェックインした後、深夜営業をしている焼肉店に入った。換気が悪いのか焼肉の煙が充満しているような店だった。

三人前の焼肉盛合せセットとビールを注文した。空腹で三人分くらいの肉は胃に納まりそうだ。運ばれてきた肉を次々に焼き、ビールで胃に流し込む。二、三日何も食べていなかったような食い方だ。閉店時間も近いせいか、空席のテーブルが目立った。焼肉店は各テーブルの上にダクトが設置されているせいか、喫煙できる店が多い。しかし、永瀬は喫煙の経験がなく、タバコの臭いが苦手だ。さいわいタバコの煙に悩まされることなく、食事ができる。

肉を三分の二ほどたいらげた頃だった。タバコをくわえて二人の客が入ってきた。どこかの店で飲んできたのか大声で話をしている。永瀬が食べている席から一つテーブルを挟んだ離れた場所に店員が案内した。残った肉をすべて網の上に載せ、大急ぎで食べ尽くした。

ビールは中ジョッキ一杯で、この程度のアルコールなら午前八時頃から車を運転しても問題にはならないだろう。永瀬はホテルに戻り、温かいシャワーを浴びて、その晩はベッドに横になった。

午前七時、いつもはまだ寝ている時間だ。しかし、岳田を四十八時間監視しなければならないと、緊張していたのだろう。自然と目が覚めてしまう。ホテルのバイキングで軽い朝食を摂り、岳田の家に向かった。午前八時前には岳田の家に着いてしまった。何気ない様子で家の前を通り過ぎる。秘書が運転する車はまだ来ていない様子だ。

門を出入りする車を観察できる場所にシビックを止めて、迎えの車が来るのを待った。午前八時半ちょうどに秘書が運転する車が門扉をくぐった。岳田は出かけるのだろう。枝野が調べたスケジュールによれば、午前中は何の予定も入っていない。

病院に行くとしたら、二日目の午前中の可能性が高いと枝野は予想していた。しかし、枝野の予想は完全に外れたと永瀬は確信を持った。十分もしないで車が門扉から出てきて、高崎駅に向かった。駅前の雑居ビル二階に岳田の事務所がある。そこに向かっているのだろう。

尾行すると、岳田を乗せた車は事務所前で止まり、車は近くの駐車場に向かった。永瀬は岳田がビルに入るのを確認してから、近所のコインパーキングにシビックを止めた。運のいいことに通りを挟んで反対側のビルの一階に喫茶店があった。しかし、開店は午前十時からになっている。開店までは、周辺をウロウロしながら、岳田の動きを探るしかない。

喫茶店の開店と同時に、反対側のビルの出入口が見えるテーブルに座り、張り込みをつづけた。岳田を支持する人は多いのか、事務所を訪れたと思われる来客が十五分間隔でビルに入り、そして出てくる。おそらく地元の有権者から寄せられる要望、陳情に耳を傾けているのだろう。

喫茶店のテーブルに座ったまま何をするでもなく、外の風景を見つめている。コーヒー一杯で何時間もねばるわけにはいかないので、コーヒーを追加したり昼食用にサンドイッチを注文したりして、張り込みをつづける。いくら取材が仕事とはいえ、岳田の後ろを金魚のフンのようについて回るのが次第にばからしく思えてくる。

　永瀬はそれ以外にも取材中のテーマがあった。自分で勝手に取材しているテーマで、岳田の健康不安説よりも、取材できればはるかにインパクトの強い記事が書けるという確信があった。岳田の取材を早く切り上げて、その仕事に戻りたいと気持ちが急いた。

　秘書がビルから出てきたのは午後一時二十分。彼は駐車場に向かった。岳田が動きだすのだろう。午後からは後援者回りというスケジュールで、どこに行くかまでは枝野は情報を収集していなかった。

　編集者の仕事の一つに、番記者とのつき合いがある。岳田の番記者から枝野デスクは岳田議員のスケジュールについて聞き出していたのだろう。永瀬も喫茶店を出て、シビックに乗り、秘書が運転する車が戻ってくるのを待った。

　午後一時半に事務所を出発した岳田は、文字通り精力的に支援者の自宅、事務所、工場を訪問した。ＪＡの支部三ヶ所、藤岡市の工業団地にある中小メーカー二社、夕方になり個人の支持者三人を回った。

　自宅に戻ったのは午後十時過ぎだった。午後も病院に行くようなことはなかった。遠くから見ていても、病院に行かなければならないような体調でないのは明らかだ。落ち着いて歩くということは一度もなく、とにかく車を降りると小走りで動き回っている。

秘書は岳田を自宅まで送り届けると、自分のマンションの方角に向かって車を走らせていった。永瀬は岳田の自宅前で一時間ほど張り込んでみたが、岳田が動き出す気配はまったくなかった。

尾行三日目、午前中に病院へ行かなければ、岳田議員には健康上の問題はない。少なくとも人工透析を受けているのではという疑惑は完全に否定されたことになる。枝野が入手しているスケジュールでは、午前十一時に自由民政党の党本部で、厚労委員会があり、岳田はその委員会に出席する予定になっている。

永瀬は朝食も摂らずに午前七時頃から、岳田の家の前で張り込んでいた。午前八時三十分に秘書が運転する車が家の中に入り、すぐに出てきた。車は高崎駅に向かった。駅前の駐車場に車を入れ、二人は新幹線のホームに向かった。念のために永瀬も新幹線のホームに上がった。岳田はホームに滑り込んできた新幹線に一人乗り、東京に戻っていった。

結局、週刊グローボはガセネタに踊らされていたのだ。

「この四十八時間をどうしてくれるんだよ」

新幹線のホームから下りながら、思わず愚痴が漏れてくる。

車に戻り、枝野デスクに四十八時間の岳田の動きを報告した。健康不安説はまったくのデマだとわかり、寝起きの枝野の声がさらに落ち込んでいく。

「そうなんですか……。そんなに元気ですか」

取材結果を聞き、落胆が声に滲んでいる。

「これから東京に戻ります」

こう報告して、関越自動車道の高崎インターに入った。今日はこのまま自宅に戻るだけだ。朝から何も食べていない。上里サービスエリアで朝食兼昼食を摂った。

上り線は空いていた。軽い眠気に襲われる。窓を開け、真冬の冷たい風を車内に導き入れる。一気に目が覚める。鶴ヶ島ＪＣＴから圏央道に入った。道はさらに空いていた。

第一走行車線を永瀬は走行した。前を乗用車が法定速度で走っていた。あっという間に車間距離が縮まってしまった。永瀬はウィンカーを出し、追い越し車線に車線変更した。さらにアクセルを踏み込もうとした。

突然、前の車も速度を上げて追い越し車線に入ってきた。そのままの速度で走るのかと思っていると、乗用車は急に速度を法定速度まで減速した。

「何をやっているんだよ」

永瀬は一人で怒鳴り、ウィンカーを出して第一走行車線に戻った。そのまま速度を上げて乗用車を追い抜いてしまおうと思った。すると永瀬の進路を妨害するように、先行車両も速度を上げて第一走行車線に入ってきた。

もう一度、永瀬は追い越し車線に入った。同じように先行車両も追い越し車線に戻ってきた。進路を妨害し、危険運転をしているのは明らかだ。下手をすれば大きな事故になりかねない。次のサービスエリアは狭山だ。狭山サービスエリアでコーヒーを飲んでから出発すれば、こんな悪質ドライバーとつき合わなくてもすむ。

先行車両と車間距離を取り、しばらくは同じ速度で走行した。先行車両は十分嫌がらせ運転をしたと思ったのか、第一走行車線におとなしく戻った。

先行車両の窓から手が伸びてきて、手で追い越すように合図してきた。永瀬はアクセルを踏み込んだ。先行車両はそれでも速度を上げないで、おとなしく第一走行車線を走っている。シビックが第一走行車線を走行している車を追い越そうとした瞬間だった。その乗用車がハンドルを切り、追い越し車線に急に割り込んできて、急ブレーキをかけた。

「危ない」

永瀬も反射的にブレーキをかけた。

前の車にばかり気を取られ、追い越し車線を後方から猛スピード走ってきた乗用車には気づいていなかった。

ブレーキを踏んだ瞬間、前と後から叩かれたような衝撃を覚えた。耳をつんざくような金属が軋む音が聞こえた。永瀬の記憶が残っているのはそこまでだった。

遠くで「永瀬さん」と呼んでいる声が聞こえる。聞き覚えのある声だ。枝野デスクの声のようだ。目を開けようとするが、瞼が重くて目が開けられない。身体が熱く感じられる。布団を除けようと足で蹴り上げようとするが、激しい痛みが身体を走る。

「永瀬さん、大丈夫ですか」

やはり枝野がそばにいるらしい。

「わかりますか。いま、狭山の病院です」

返事をしようとするが、声を出そうとするだけで身体の節々が痛む。

「全身打撲だそうです。一ヶ月もすれば元のように取材に飛び回れるそうです」

事故現場から永瀬は狭山総合病院に救急搬送された。警察によって事故の現場検証が行なわれた。シビックに追突した乗用車の運転手の証言から、第一走行車線を走行していた車が強引に追い越し車線に割り込んできたと証言し、自分の車も時速百キロで走行していた事実も認めた。

事故の原因を作った先行車両も強引な割り込み運転をした事実を警察で認めた。

入院から二週間が経過すると、永瀬は病院内を自由に歩けるほどに回復してきた。

警察の事情聴取を受けた。危険運転する乗用車と後ろから走ってきた乗用車に挟まれ、永瀬のシビックは前も後ろもつぶされ大破してしまったようだ。

進路妨害をした運転手も、意図的ではなかったと主張しているようだが、後続車両のことなど何も考えずに無謀な運転をしたと、永瀬とほぼ同じ証言をしたようだ。

警察の事情聴取が終わると、先行車両が加入していた保険会社、シビックに追突してきた車の保険会社の担当者が病院にやってきた。示談交渉をするためだ。二台ともレンタカーだった。二社とも担当者はマニュアルに則り、永瀬が受け取るべき保険金、補償額などを説明した。

「こっちに落ち度がないんだから、保険金の説明の前にすることがあるだろう」

永瀬は言葉を荒らげた。しかし、二社の担当者は「その通りなのですが……」とはっきりしたことを言おうとしない。

「最近のドライバーのモラルの低下は、私どもだけではどうしようもなくて……」

示談交渉の担当者は、レンタカーの運転手は謝罪など必要なく、保険会社から被害者に支払われる保険金で、すべての問題が解決すると思い込んでいるらしい。

保険会社から提示された示談の条件を、光明社の顧問弁護士に検討してもらった。補償内容は誠実なものとして評価できるというものだった。

危険運転致傷罪で告発することも可能だが、裁判はかなり長期化する可能性があると聞かされた。

永瀬は保険会社が提示してきた条件で示談することに決めた。

4　危険運転

永瀬の入院は一ヶ月に及び、狭山総合病院を退院したのは二月末だった。現場へ復帰したのは三月に入ってからだった。枝野デスクから岳田益荒男の健康不安説を追ってほしいと依頼され、交通事故に遭遇した。全身打撲で、骨折もなく内臓にも異常はみられなかった。ムチウチ症でしばらくは安静にした方がいいだろうという医師の助言を受け、問題なしという診断を受けるまでは、入院を継続した。

この間、保険会社のスタッフが何度か来て、示談交渉や保険金の支払いについて説明して帰っていった。しかし、肝心のドライバーは見舞いには来なかった。狭山警察署交通課からは追突した後続のドライバーが救急車を要請し、110番通報をしたと聞かされた。後続車両もスピード違反で、永瀬のシビックの後部は原形を留めないほど大破していた。シビックは完全にスクラップだが、いち早く救急車を要請してくれたことには感謝している。

狭山警察署から事故の経過を聞いた。無謀な運転をし、さらに進路妨害をしたのは木戸浩で、車種はJレンタカーの池袋営業所から借りたトヨタのウィッシュだった。三列シートにもかかわらず乗車していたのは、木戸だけで、永瀬が急ブレーキを踏んだため、後部を破損した程度ですんだ。木戸はほとんどケガをしなかった。

追突してきたのはトヨタのマークXで、運転手は関口由紀夫だった。関口もTレンタカー中野営業所から借りていた。マークXにも、乗っていたのは関口一人だけだった。

入院しなければならないほどのケガを負ったのが永瀬だけだったというのは、不幸中の幸いだったといえる。

三月に入り傷もほとんど癒えて、永瀬は仕事に復帰し、昨年の秋頃から手をつけた取材を再開した。枝野デスクも自分が依頼した取材で大ケガを負わせてしまったと、リハビリ程度に無理をしないで時間をかけて取材すればいいと、締め切りについては明言しなかった。まだ海のものとも山のものともつかず、果たしてものになるかどうかもわからない。

それでも事実をつかめれば、大スクープになる。指定暴力団が新たな収入源として中国での渡航移植に乗り出したというのだ。表向きは海外での移植を斡旋するNPO団体を標榜し、実際は中国での臓器移植斡旋で、莫大の収益を目論んでいるらしい。

アメリカで心臓移植を受けようとすると、三億円程度の移植費用が必要になる。こうした資金は個人では到底集めることは不可能だ。心臓移植を望む子供のためにボランティア組織やNPOが立ち上げられ、手術費用を募金で集める。その募金でアメリカでの移植を実現している。

表面上は同じようにNPOを立ち上げ、その背後で暴力団が暗躍している。腎臓や肝臓の移植を望む患者に、中国での移植を斡旋し、暴利をむさぼっているという情報を、永瀬は高校の同級生から聞いたのだ。同級生は泌尿器科の医師で、慢性腎不全の患者から相談を受けた。

「中国で移植を受けようと思っているのですが、移植手術ってホントに三千万円もかかるものなんですか」

唐突に尋ねられた医師は困惑し、詳細をその患者から聞き出した。

それによるとインターネット上に、海外での移植を斡旋する組織がHPを立ち上げ、中国での移植をPRしているという。どの団体、組織も移植費用を明確に記載しているところはなく、患者はその中の数ヶ所を訪問したらしい。

雑居ビルの一階にあったNPOの郵便受けにはパソコンで印刷したと思われる団体名のシールが貼られ、部屋には机が向き合うように二つずつ並び、窓際に大きな机が置かれていたようだ。壁際にスチールラック、その上には段ボール箱が無造作に置かれているだけで、机はあるが電話が置かれていたのは、窓際の机ともう一つの机だけだった。

患者は詐欺グループのように思えて、中国の移植病院だけ聞いて引き揚げてきたらしい。もう一ヶ所はすでに実績があり、そのいくつかのケースについて相談を受けた時から移植手術に至るまでを具体的に説明した。

「そのNPOでは成田空港出発から移植を受けて帰国するまでを三千万円で引き受けていると、その患者に説明したようだ」

友人の医師は海外での移植は噂では知っていたが、自分が担当している慢性腎不全の患者から相談を受けたのは初めてだった。

心停止、脳死による臓器提供は減少し、移植チャンスはますます減っている。日本国内の腎移植手術は後退するばかりだ。この間隙を埋めるようにして海外での移植に活路を求める腎不全患者もいる。医師の間では、海外で移植を受けた患者が、術後のケアを求めて病院に駆け込んでくるという噂が広がっていた。

「海外で移植を受けてきました。免疫抑制剤を出してください」

処方箋を出してくれと言われて、動揺しない医師はいないだろう。移植手術の具体的な状況も知らずに安易に処方箋は書けない。しかし、診療をしなければ医療拒否と取られ、医師法違反に問われかねない。友人の医師はそうした話も耳にしていた。

医師は移植の相談に来た患者にイスタンブール宣言を説明した。

世界各国で移植用の臓器は不足している。そのために二〇〇八年の国際移植学会で「移植が必要な患者の命は自国で救える努力をする」という主旨のイスタンブール宣言が出された。

「臓器取引と移植ツーリズム（臓器そのもの、ドナー、レシピエント、または移植医療の専門家が、臓器移植の目的のために国境を越えて移動すること）は、公平、正義、人間の尊厳の尊重といった原則を踏みにじるため、禁止されるべきである。移植商業主義（臓器を商品として取り扱う方針や実践のこと）は、貧困層や弱者層のドナーを標的にしており、容赦なく不公平や不正義を導くため、禁止されるべきである」

宣言を説明した上で、友人は医療事情の違う外国での移植は思い止まるように助言したらしい。欧米並みに三、四年で移植臓器が回ってくるのなら、「止めなさい」と言えるが、しかし、日本では腎臓移植の待機期間は十五年、実際に移植チャンスは三億円の宝くじを当てるよりさらに難しいといった状況だ。

患者が口にした、ＮＰＯ移植難民救済会はボランティア団体を標榜しているが、患者から多額の金を出させて、中国の地方病院に患者を送り込んでいる団体だと、泌尿器科医の間では知られていた。

「背後に暴力団が控えていて、移植が失敗して移植臓器が廃絶したり本人が亡くなったりしてトラブルになると、その暴力団が出てくるっていう話なんだ」

この話を友人の医師から聞いた永瀬は密かに取材を開始していたのだ。

枝野デスクは雲をつかむような渡航移植に時間をかけるよりは、岳田益荒男の健康不安説を追った方が読者を引きつけるし、売上にもつながると考えて、四十八時間岳田に密着してくれと指示を出した。高沢編集長との対立による収入減を心配してくれたのだ。

暴力団が取り仕切る中国での移植斡旋の取材は、永瀬が提案し承認された企画ではなかった。プラン会議で提案しても永瀬の企画は通ることはなかった。高沢編集長が兵糧攻めを仕掛けてきているのは誰の目にも明らかだった。

来年の契約更新はまずないだろうと永瀬自身も思った。しかし、このままいびり出されるような辞め方だけはしたくなかった。編集部の正式企画ではなくても、事実がつかめればスクープ記事になるのは間違いない。週刊グローボがボツにするのであれば、正式に契約を解除し、他社の雑誌に掲載してもらえばいいと永瀬は考えていた。

自分の書いた記事が週刊グローボに掲載されなければ、一ヶ月の収入は最低保障の十万円だ。企画が通っていなければ、当然取材費は請求できなくなる。すべて自腹の取材になる。貯金は瞬く間に生活費と取材費に消えていった。

高沢「ボンビー長」に謝罪して、以前のように仕事を回してもらおうなどとは決して思わなかった。他のメディアも驚くようなスクープ記事を書き、それを機に週刊グローボ編集部を去ると永瀬は決意を固めていたのだ。

永瀬に振り分けられる仕事が減った分、他の記者たちにそれが振り分けられたというわけでもなかった。すぐに気づいた、特定の女性記者に企画が回されているのに。

入稿作業が終わり、二十四時間営業の安い居酒屋で契約記者たちは酒を飲んだ。永瀬はまだ独身で、自分一人の生活だけを考えればいい。しかし、子供がいる記者は生活費だけではなく教育費にも金がかかる。ほとんどの記者が、夫婦共働きで家計をやりくりしていた。

酒が入るに連れて、高沢の横暴さに批判が集中した。光明社には当然労働組合が組織されている。しかし、それは社員だけが加入できる労組で、記者には組合がなかった。

「一方的に原稿料を下げられ、しばらくするとまた平然と下げてくる。その上高沢編集長はまるで奴隷のように記者を使う」

日頃の不満が噴出した。しかし、いくら不満を出したところで、しょせん居酒屋での酒の上の話でしかない。

「一年という契約更改にも問題があるし、記者の原稿料も光明社はどうにでもなると思っている。私たちも記者組合を組織して、会社に対峙していかなければ、さらにひどい状態に陥るかもしれませんね」

永瀬は酒を飲みながらそう呟いた。

ベテラン記者が頷きながらつづける。

「居酒屋やファストフードの深夜労働をブラック企業だとさかんに批判した記事を流しているけど、俺たちの原稿料も日割り、時間割りにすると、ブラック企業以下の賃金体系になってしまう。光明社は真っ黒クロスケの出版社だよ」

しかし、記者組合結成の話をすると、誰もが寡黙になった。年齢的なことを考えると、光明社とことを構えて契約から排除されたり、兵糧攻めに遭ったりすれば明日からの生活にも困るのが現実だ。

永瀬は記者組合結成について、出版労連は出版界で生活する未組織労働者も支援する方針を打ち出していると聞き、知人を通じて結成の手順を聞いたことがある。労組は二人いれば結成は可能だった。結成と同時に会社からの圧力は当然予想されるが、出版労連としては支援を惜しまないと契約記者労組の結成に前向きだった。

この話を記者だけの酒席でした後、明らかに永瀬への仕事量が減った。まさに永瀬は「反抗的記者のみせしめ」だった。

高沢から面と向かって言われた。

「徒党を組まなければ文句が言えないのか。そんな押しの弱い記者が取材なんかできるのかよ」

酒席で組合結成の話題を持ち出したことが高沢編集長に筒抜けなのは明らかだ。週刊グローボの契約記者の高齢化は顕著だった。三割近くが団塊の世代だった。五十代の記者も同じように三割いて、残りの四割は常に出たり入ったりを繰り返していた。団塊の世代はもはや新天地での活躍はほぼ無理で、光明社との契約更改ができなければ、その時点で記者の生命はほぼ終わる。光明社にしがみつくしかない。

団塊の世代の記者から七〇年代の学生運動について、酒の席で聞いたことがある。ベトナム反戦デモに参加し、特定のセクトに属していてもノンセクトでも、デモ隊の最前列に並んだ学生は機動隊に公務執行妨害で逮捕された。逮捕した連中から公安が聴取するのは、逮捕した学生本人の話などではない。公安が聞き出したいのは、時折キャンパスに姿を見せる特定のセクトの幹部連中、非合法の活動家の動向だった。

彼らの写真を見せ、公安は彼らの名前や出身地などを逮捕した学生から聞き出そうとする。

「知らないと言えばそれですむ話。警察署の留置場に身柄拘束されるのは二泊三日、早く出してやるからと言われても、公安に情報を売るのだけは止めよう、してはいけないというのは、どんな学生でも当時抱いていた暗黙の了解事項だった」

しかし、やはり団塊の世代の女性記者は、暗黙の了解事項などまったく知らないのか、永瀬の酒席での発言を高沢編集長に報告した。

週刊グローボの女性古株記者の一人、川崎清子だ。それからは川崎のところに対応しきれないほどの企画が集中するようになった。

「寒いから沖縄にでも行きたいわ。沖縄の企画を出すから通してよ」

川崎はプラン会議で平然と言い放った。

川崎は六十歳を過ぎているが、女性に年齢を聞くのはセクハラだと、社内では年齢不詳で通していた。

川崎清子は、永瀬だけではなく、同席した記者の名前をすべて高沢に報告していた。やはりベテラン記者の一人が高沢から嫌味を言われている。

「ご不満がたまっているようですね。ベテランの記者が活躍する場は、それこそたくさんあると思うんですよ、グローボでは納得のいく記事が書けないというのであれば、いつでもお話しは承ります」

高沢の恫喝だった。

酒席に同席したベテラン記者全員に高沢は嫌味を言って回ったようだ。


永瀬はすぐにでもNPO移植難民救済会の取材を再開したかった。追い出されるにしてもスクープ記事を書き、その上で週刊グローボを去っていきたいと思った。

しかし、取材を再開する前に、事故現場で救急車を呼んでくれた関口由紀夫に礼を言っておこうと、関口の住むマンションを訪ねることにした。

関口が住んでいたのは新宿区大久保だった。どんな職業なのかわからないが、日曜日の夜の八時過ぎなら家にいるだろうと思った。マンションは歌舞伎町にも近く、路地を一歩出れば、日曜日とはいえ、人波が途絶えない。

マンションは三十年が経過していると思われる老朽化が目立つ三階建てだった。管理室もなく、外からの出入りが自由なマンションで、二階二〇一号室が関口の部屋だ。

マンションのエントランス前で、フィリピンの若い女性数人がけたたましい声で話し込んでいた。マンションに住むホステスなのだろう。永瀬は二階に上がり二〇一号室のドアをノックしたが応答はなかった。表札には関口ではなく渡辺由紀夫と記されていた。

日を改めようとも思ったが、何度も足を運ぶのも煩わしいので、近くにあるコリアンタウンで食事でもしてくれれば、その間に関口も帰宅しているだろうと思った。コリアンタウンのはずれにあるレストランで一時間ほどかけて食事をし、永瀬は再びマンションに戻った。

繁華街から路地に入り、次の角を左に曲がると二十メートル先にマンションがある。角を曲がった瞬間だった。フィリピン女性に二人の男が話に加わっているのが見えた。男と女の甲高い笑い声が聞こえてくる。

永瀬は曲がり切る前に角に身を隠し、そっとエントランス前の様子を眺めた。

「そんな、ありえねえだろう」

男二人に見覚えがあったのだ。もう一度、気づかれないように角からエントランス前の様子を見た。

「間違いない、あの時の二人だ」

フィリピン女性と話し込んでいるのは、岳田の密着取材一日目の深夜、高崎市内の焼肉レストランで永瀬が食事をしている時に、くわえタバコで店に入ってきた二人連れだ。

こんな偶然なんてあるのかよ。

常識的には起こりえないだろう。永瀬は角に立ったまま、時折エントランス前の様子を確認しながら、二人の男がどうするのかを探った。彼らはフィリピン女性と十分ほど立ち話をした後、エントランスに入った。

永瀬は路地を左に曲がらず、その先の路地を左折した。その路地からはマンションのベランダ側が見える。二人がどの部屋に入るのか。二〇一号室なら灯りが点くはずだ。二つ目の路地を左折し、二階の部屋を見た。六室のうち五部屋はカーテン越しに灯りが漏れてくる。暗くなっている右の角部屋に灯りが点灯した。

まじかよ。

永瀬はひとり言を呟きながらフィリピン女性が集まっているエントランス前に急いだ。いかにも二人を追って来たような素振りで、息を切らしながら女性に聞いた。

「ねえ、関口さん、もう戻ってきたかなあ」

「セキグチさん……」

いちばん小柄で少し肌が浅黒い女性が聞き返した。

永瀬には、二人のうちどちらが関口なのかわからない。

「ほら、いつもタバコをくわえて歩いている人だよ」

太って腹が少し出ている愛嬌のありそうな女性が答えた。

「それならユキオでしょ、今、帰ってきて部屋に戻ったよ」

永瀬が礼を言う前に、小柄な女性が聞いた。

「ユキオは、セキグチユキオっていうのね。へー、知らなかった」

「セキグチじゃないよ。お店ではワタナベって言ってたよ」太った方の女性が言った。

どちらの名前が正しいのかわからないが、関口由紀夫という名前は、狭山警察署、保険会社のスタッフから聞いた名前だ。

「で、ヒロシは何て言うの?」小柄な女性が聞いた。

「キドヒロシよ」太った女性が答えた。

「二人とも今、二階に上がったよ」

小柄な女性が答えた。

「ありがとう」

そう言って、永瀬はその場を走って離れた。歌舞伎町の雑踏の中に紛れ込んでも、驚きで心臓の鼓動が自分の耳にまで響いてきそうなほど高鳴っている。

落ち着け、落ち着くんだ。

自分に言い聞かせた。事故の二日前、深夜の焼肉レストランで食事をしていると、あまり風体のよくない二人連れが入ってきた。タバコの煙を吸いたくないので永瀬は早々と食事を切り上げてホテルに戻った。

岳田益荒男の密着取材を終え、東京に戻る途中で永瀬は事故に遭遇した。無謀な運転をしたのは木戸浩で、後方から突っ込んできた車を運転していたのが、関口由紀夫だ。二人はまったくの無関係だと思っていたが、高崎の焼肉レストランでも二人は一緒だし、たった今も二人は一緒に部屋に入った。それに関口は、表札にあった渡辺を名乗っているようだ。

事故は本当に偶然に起きたのだろうか。ヘドロの沼を攪拌したように底から真っ黒な疑惑が浮かび上がってくる。

自分たちだって重傷を負いかねない。保険金目当てで事故を起こしたとは考えにくい。

意図的に起こしたと仮定しよう。しかし、その理由が見当もつかない。

まさか岳田益荒男が密着取材に気づき、警告の意味で事故を意図的に起こしたのか。それもおかしい。記事も書いていないし、第一、岳田の健康不安説などまったくのガセネタで、健康そのものだという事実が明白になったに過ぎないのだ。

喉に小骨が刺さったような不快感が、マンションを離れた後もずっと永瀬にはつきまとっている。

自分でも気づかないうちに、岳田益荒男の秘密に触れるような取材をしていたのかもしれない。

いや、それはないだろう。万が一、岳田の方で秘密を知られたと思えば、国会議員なのだ。権力を行使し、様々な人脈を使って圧力をかけて記事にストップをかけるように動くはずだ。

やはり事故は偶然なのか。

永瀬は事故が意図的に起こされたものかどうか、それをはっきりさせることが先決で、関口への礼は後回しだと思った。

関口も木戸も普通のサラリーマンのようには見えない。しかし、永瀬は翌朝から関口のマンションの前で張り込んだ。新宿の繁華街に近い場所ということもあって、マンションの周辺をうろついていても目立つこともなかった。

二人のうちどちらが関口なのかわからないが、張り込んでいると十二時近くになって、昨晩見た男が出てきた。

ジーンズにダウンのジャケットを羽織り、その下は黒のセーターで、くわえタバコでエントランスから出てきた。彼が関口なのだろう。永瀬は関口を尾行した。時間から考えて昼食でも摂りに出たのだろう。

明治通りに出ると西早稲田に向かった。前方に早稲田大学の理工学部校舎が見える。その二百メートル手前にある雑居ビル一階の西北マッサージ院に入った。

一時間ほどマッサージを受けてから、また大久保方面に向かい、途中でラーメン店に入り、昼食を摂った後は新大久保駅前のパチンコ店に入った。出そうな台を探しているのか、店内をゆっくりと歩き回っている。

関口は尾行されているとは想像もしていないだろうが、気づかれないように一定の距離を保って観察した。

関口がパチンコに夢中になっている男の肩を叩いた。木戸だった。月曜日の真昼間からパチンコ店に出入りしているところを見ると、定職に就いているサラリーマンではないのだろう。

関口はふたこと、みこと会話を交わすと、空いている台を見つけてパチンコを打ち始めた。それを確認して永瀬は外に飛び出した。タバコの煙が衣服だけではなく、髪にまで染み込んでくるようで、それ以上店内に留まることは無理だった。張り込みの取材は時間をつぶすのが退屈でしたくはないが、仕事ではなく自分の身に危険が及ぶ話で、永瀬は店の入り口が見える場所を探し、そこに立ちつづけた。

二人が出てきたのは午後五時近かった。パチンコ店のすぐ横の景品交換所で景品を現金に交換した。その後は新宿方面に向かった。八代亜紀の「なみだ恋」という曲の中に、「夜の新宿裏通り」というフレーズが出てくるが、まだ新宿に裏通りがあった七〇年代の曲だ。しかし、今の新宿に裏通りはない。暗くなれば夥しい数のネオンが輝き始める。それでも雑踏にまぎれて歩いている分には、関口や木戸に尾行を察知されることはない。

二人は西武新宿線の駅に向かっているようだ。帰宅ラッシュの時間はまだ始まっていないが、改札口は通勤ラッシュのような混雑ぶりだ。夕方の西武新宿駅に降りてくるのは、美容院でセットしたばかりのように髪を整え、ファッション誌から飛び出してきたような姿のホステスで、次々に歌舞伎町方面に小走りに去っていく。

二人はそうしたホステスとすれ違いながら改札口を通った。

こんな時間からどこへ行くというのか。彼らが乗った車両のドアより一つ手前のドアから永瀬も乗車した。西武新宿駅の次は高田馬場駅だ。電車は混み始めていた。二人は次の高田馬場駅で降りた。

駅を離れた二人は近くを流れる神田川に出て、川沿いに歩いていった。神田川は新目白通りに沿って流れている。神田川にかかる面影橋付近には神田川を見下ろすようにいくつものビルが林立している。マンションも多い。

二人は十二階建てのビルの中に入った。オフィスビルのようだ。エントランスからまっすぐ入ったところにエレベーター一基がある。それほど大きいビルではない。二人がエレベーターに乗ったのと同時に永瀬はエレベーターホールに走った。

途中で人が乗ってこなければ二人が降りたフロアーがわかる。エレベーターは七階で止まった。止まったまましばらく七階で停止していた。二人は七階で降りたようだ。エントランスにメールボックスがある。七階のメールボックスの名前をメモした。一号室は「コンサルタント・根元」、二号室「佐藤司法書士事務所」、三号室「関口」と記されていた。

二人が入ったのはこの三室のどれかだろう。二人の正体を突き止めるには、どの部屋に入ったかを確認する必要があるが、それほど各階のフロアー面積は広くもなさそうだ。七階に上がって鉢合わせでもすれば、警戒されるだけだ。永瀬はその日の追跡はそこで打ち切った。

新目白通りでタクシーを拾えば、光明社まで十分とはかからない。退院してから落ち着いて編集部を訪れてはいなかった。

事故に遭う前、十一月から年末にかけて面影橋から数百メートル先にある家を一日中、物陰に隠れて訪れる人を見張っていた。近いうちに取材を再開するつもりだ。ついでにその家の様子を探ってから編集部に顔を出しても遅くはない。

その家は建てられて二十年ほどの家で、そこに住む人はなく、門柱の表札は取り除かれ、その代わりに玄関のドアに「ＮＰＯ移植難民救済会」と印刷された名刺が画鋲で貼り付けられていた。

移植難民救済会を訪ねて来る人は、一日張り込んでも、一人もいない日もあった。予約を入れてから来るのだろう。三日間、張り込みをつづけ、ようやく一人に話を聞くことができた。透析患者で移植を待っているが、日本での移植はほぼ無理で、中国で移植手術が受けられると聞いてやって来た患者だった。

友人の医師が言った通り、中国での移植を斡旋する組織は実在したのだ。費用は渡航費、現地の滞在費、移植手術費など約三千万円かかるという説明を受けたらしい。費用の明細については、移植を決意し納入する段階で説明を受けるらしい。

患者の方も実際に、ＮＰＯ移植難民救済会の斡旋で中国での移植が行なわれているのか、最初は確かめるところから始まるようだ。移植難民救済会側も移植を希望する患者が中国での移植を決意するのか、三千万円の費用を用意できるのか、それを確認してからでないと、詳細は明かさない様子だった。

永瀬は執拗に張り込みをつづけ、五人の訪問者が家を訪ね、出てくるところをつかまえて話を聞いた。二人は記者だとわかって足早に去っていったが、三人からは移植難民救済会での話の内容を聞き出すことができた。

ほとんどの来訪者が詐欺団体ではないのかと、それを確認するためにやって来ていた。話を聞かせてくれた三人は、中国での移植は実際に行なわれていると確信していた。移植が行なわれる病院、すでに移植を行なってきたレシピエントの体験談も仮名ではあるものの、パンフレットを見せてもらったらしい。移植を本気で考えるのであれば、本人と面談することも可能だと知らされた。

やはり渡航移植は実際に行なわれていると、永瀬も確信するようになった。

年が明け本格的に着手しようと思った時に、枝野デスクから依頼されたのが岳田益荒男議員の健康不安説の取材だった。

三ヶ月ぶりに訪れたＮＰＯ移植難民救済会の家の灯りはすべて消えていた。

永瀬は週刊グローボの編集部に顔を出し、枝野デスクや見舞いに来てくれた編集者、記者仲間に礼を言って、その日は帰宅した。

保険金が給付され、その金で永瀬はやはりシビックの中古車を購入した。車があれば適当なところに駐車して、ＮＰＯ移植難民救済会に出入りする人を観察することができる。取材に応じた三人はいずれも地方に住む慢性腎不全の患者で、移植難民救済会を訪れたのは午後だった。

永瀬は正午過ぎから移植難民救済会の門が見える場所に車を止めた。三月に入り、気温も春らしくなり、エンジンを止めたまま車内にいることができる。最初の日も、二日目も、訪問者はいなかった。

移植難民救済会に常駐している人間は、一人らしく午後七時になると移植難民救済会の灯りが消えた。移植難民救済会から出てきた男は、五十代後半といった印象で、スーツに紺のネクタイを締め、管理職といった雰囲気を漂わせている。

中国での移植手術、しかも三千万円と高額で、それを聞いただけでも、どこか後ろめたさを引きずった怪しげなビジネスといった感じがする。それだけにやって来た移植希望者に少しでも不信感を抱かれれば、話はそこで途切れてしまう。移植難民救済会もその点は十分考えて、身だしなみにも気を遣っているのだろうか。

三日目、午後一時少し前に一人訪問客があった。しかし、その日は訪問客の話を聞かなかった。二十分もしないで訪問客は出てきてしまった。話が進展しなかったのだろう。

七時近くになり、そろそろ灯りが消える頃だった。神田川沿いの道をＮＰＯ移植難民救済会に向かって歩いてくる男がいた。

関口由紀夫だった。

永瀬が乗る車と移植難民救済会の家とは百メートル近く離れている。しかし、顔を見られてはまずいと永瀬はとっさにリクライニングシートを倒した。

関口は携帯電話を取り出し、どこかにかけている様子だ。相手が出たのだろう。神田川にタバコを放り投げた。すぐに歩き出し、移植難民救済会の家の門の前で足を止めた。

家の灯りが消えた。中から男が出てきて、玄関の戸締りをしている。男のスーツは三日とも違う柄だ。

男と関口は玄関の前で一緒になると、高田馬場方面に向かって歩き出した。

永瀬は車を降りると、ドアにロックをかけて二人のはるか後ろについた。

背中を嫌な汗が流れているのを感じた。永瀬はまったく筋違いな想像をしていた。交通事故は岳田益荒男陣営が、取材に動く永瀬に警告を発するために仕掛けてきたのではと、疑っていた。

疑いは払拭できてはいなかったが、関口が救急車を要請したのは事実で、礼を言うために訪れたマンションで、永瀬の車の進路妨害をした木戸と、二人が一緒にいるところを目撃した。四十八時間密着した程度で、岳田に健康に問題があったとしても、そこまでする必要はない。狭山警察署も単なる事故として処理している。

二人が永瀬の運転する車を大破させ、ケガをさせようと思ったのか、殺そうと思ったのか、そこまではっきりしないが計画的な事故だったことは間違いないだろう。

木戸が運転していたトヨタのウィッシュは三列シートで、乗車していたのは木戸一人で後ろの二列のシートは空席だった。永瀬のシビックがよほど高速で走っていなければ、運転席までクラッシュすることはない。

関口が運転していたのは重量感のあるトヨタのマークXだ。二台の車両に挟まれたシビックは鉄くずに変わった。

岳田益荒男の取材に対する妨害ではなく、関口、木戸が仕掛けてきた事故は、中国での移植を進めようとするＮＰＯ移植難民救済会が永瀬の取材を封じ込めるためのものだと確信した。

5　実刑判決

永瀬が探りを入れていたＮＰＯ移植難民救済会。永瀬に偽装事故をしかけてきたと思われる関口由紀夫。その関口と、移植難民救済会で移植を希望する患者に中国での移植事情を説明している男とは顔見知りだ。関口と木戸の二人が出入りしていると思われる「関口」とだけ記されていたオフィスと移植難民救済会とは、目と鼻の先の距離にある。

移植難民救済会の事務所になっている一戸建ての家の前で待ち合わせた二人は、高田馬場駅前にある居酒屋に入った。事故が計画的であったとすれば、永瀬の顔は完全に覚えられている。彼らの周辺をうろつけば、今度こそ殺されかねない。

居酒屋の出入口から少し離れたところで一時間ほど張り込んだ。二人が居酒屋から出てきた。

移植難民救済会で働く男の正体をつかもうと思った。関口は自宅に戻るのか西武線のホームに上がっていった。ＮＰＯ移植難民救済会の男は地下鉄東西線のホームに下りていった。

男は下り線のホームに入り、プラットホームの中ほどまで進み、電車が入ってくるのを待った。地下鉄は中野行きが来たが、男はその電車には乗らなかった。次に来る電車は各駅停車の総武線に乗り入れている三鷹行きだ。男は中野と三鷹の間で降りる可能性が高い。

東西線は満員で、中野までは身動きができなかった。男は二つ先の阿佐ヶ谷駅で降りた。南口から徒歩で十分くらいしたところに立つマンションに入っていった。ドアを入り左側に管理人室があるが、カーテンがしまっている。夜間は管理人がいなくなるようだ。右側はメールボックスだ。男はメールボックスを開け、郵便物を取り出している。

その先に自動ドアがあり、その前で暗証番号を押している。ドアが開くと男はエレベーターホールに進み、エレベーターに乗った。オートロック式のマンションはどの部屋に住んでいるのか確認するのが難しいが、男はメールボックスを開け、郵便物を取り出していた。

永瀬は男が乗ったエレベーターが下りてこないのを確認し、男の部屋ナンバーと名前をメモした。

「三〇三号室　頼近基」

これがＮＰＯ移植難民救済会で働く男の名前のようだ。

頼近基と関口由紀夫の関係をまず探ってみることにした。枝野デスクだけには事情を説明し、一日一回は必ず連絡を取り合った。連絡が取れなくなった時は、事情を説明して警察に捜索願を出すように依頼した。

しかし、どう考えても、事故まで起こして取材を妨害しなければならないほど、永瀬は中国での移植の実態をつかんだわけではない。実際に移植を受けたレシピエントの所在先を把握しているわけでもない。

たとえ中国で移植を受けたレシピエントが見つかったとしても、レシピエントも斡旋組織も法律を犯しているわけではない。イスタンブール宣言は、世界の移植医が集まり決議しただけのもので、法的な拘束力はまったくないのだ。実態を永瀬が報道したところで、警察の取調べを受けることもなければ、身柄を拘束されるような事態には間違ってもならない。

それにもかかわらず関口と木戸は組んで、永瀬に負傷を負わせる事故を起こした。しかも高速道路で、一歩間違えば永瀬だけではなく、関口、木戸も同じように重傷を負うか、あるいは死につながるほどの重傷を負う可能性もある。

そう考えると、大事故を起こしてまで永瀬の取材を妨害しなければならない理由がわからなくなる。永瀬は自分でも気づかないうちに、とんでもない地雷を踏んでしまったのかもしれない。なおさら関口、木戸、そして頼近の三人が不気味な存在に思えてくる。

関口、木戸は最初から事故を想定していたからこそ中型乗用車のレンタカーを借りている。当然、物損事故、人身事故に備えて手厚い保険に加入していただろう。

多額の休業補償を保険会社から受給しようと思えば、いつまでも医療機関に通いつづけることだ。しかし、二人は入院もしていない。外科医はいつまでも「加療が必要」という診断書は書けない。

保険金を詐取しようとする詐欺師たちは、マッサージ院に足しげく通い、痛みを訴えて休業補償を受給しようとする。レントゲンやCT写真上では傷が癒えたとしても、打撲による頸椎、胸椎、腰椎などの痛みはなかなか消失しないからだ。

関口は早稲田大学理工学部近くにある西北マッサージ院に通院していた。マッサージを受けた後、何時間もパチンコ台の前に座っていたのだ。痛みなどあるはずがない。

関口は保険会社から休業補償や治療費をせしめ取るつもりなのだろう。おそらく木戸も同じ手口を使っているはずだ。狭山警察署が事故として処理した以上、保険会社の調査員が不信に思って調査したところで、彼らの言うなりに給付金を支払うしかないだろう。

彼らは二ヶ月以上も毎日ではないにしろ、休業補償金を給付させるために、今もマッサージ院に通っているのだろう。マッサージ院も頻繁に通ってもらった方が収益も上がる。もうマッサージを受ける必要はないと、診療を拒否することはありえない。

おそらく午後はいつもパチンコ店で時間をつぶしていると思われる。マッサージ院には来ないだろうと思われる夕方五時過ぎに、永瀬は腰痛を訴えて、関口の通っている西北マッサージ院に入ってみた。

事故の後遺症はまったくなかった。しかし、腰痛は職業病のようなもので、ずっと悩まされている。受付で問診を受けた。腰痛を解消してほしいと受付で申告した。マッサージ師は三人いた。患者はそれぞれ個室に案内され、そこでマッサージを受ける。

永瀬を担当するのは、年配のマッサージ師だった。

「小坂院長、お願いします」

部屋に案内した受付が言った。永瀬のマッサージは小坂院長が担当するようだ。永瀬がベッドにうつ伏せになると、体全体を触診しながら聞いた。

「どうされましたか」

「座っている時間が長く、運動不足も手伝って、腰痛がひどいんです」

院長は首と肩から揉み始めた。

「パソコンをお使いになる仕事でもされているのでしょうか」

「ええ、一日中、パソコンのモニター画面を見ながら、キーボードを叩いています」

「首の筋肉がパンパンに張っています。それだけではなく腰、足の筋肉も異様に張っていますね。全身の筋肉がパンパンですよ」小坂院長が言った。

原因は永瀬にはわかっていた。兵糧攻めに遭い、住んでいるマンションの近くにあるコンビニで、深夜のアルバイトを去年十一月からするようになっていた。仕事が割り振られなければ、光明社から振り込まれるのは基本給の十万円だけなのだ。源泉徴収されれば一ヶ月の収入は一桁台になってしまう。

「こんな金額では生活もできないし、まともな取材などできなくなる」

永瀬は高沢編集長に言ったことがある。

「そんなこと言ってもさ、雑誌は売れないし、広告は入らない。まさか社員の給与を削るわけにはいかないから、削れるところから削らないと」

高沢は平然とこう言い返してきた。

アルバイトを始めると一日の睡眠時間は数時間になった。常に寝不足で、重い倦怠感が影のように付きまとった。

自腹での取材を始めると、どんなに節約していても取材費が飛ぶように出ていった。すぐに貯金は底を突き、アルバイトをして生活するしかなくなった。

交通事故に遭い、休業手当が保険会社から出され、医療費も保険給付金で賄われた。しかし、退院したのと同時に永瀬の生活は逼迫した。生活費を稼ぐために、退院して間もなく永瀬は自宅近くのコンビニで再びアルバイトを一日おきにするようになった。

コンビニでは夜十一時から朝の七時まで、ほとんど立ちっぱなしの仕事だ。すぐに自宅に戻り、風呂に入って寝たが、数時間の睡眠では疲労は蓄積するばかりだった。週刊グローボを去っても、契約を結べる出版社がすぐに見つかるとは思えなかった。

しかし、残留できたとしても、汚泥の中に次第に身体が沈んでいくような不安、不快感がある。

兵糧攻めを受ける契機になった酒席に同席したベテラン記者から、こっそり打ち明けられた。

「孤立させ、つらい思いを君だけにさせて申し訳ない。情けないと自分でも思うが、家族のことを思うと何もできない、勘弁してくれ」

「気にしないでください」と永瀬は答えた。

ほとんどの記者は言いたいことを心に沈殿させて仕事をしているのだろうと思った。ベテラン記者にはすまないが、そんな生き方はしたくないと永瀬は思った。

「あの夜の情報をチクッたのは川崎清子だ。俺たちにも意外だったが、なりふり構わずに高沢に媚を売っているんだろう。あの夜の話を得意げに高沢に話をしているのを目撃した記者がいる」

一日も早くスクープを取り、高沢に辞表を叩きつけて出ていきたいと思った。川崎清子のように腐りきる前に。

小坂院長は腰痛といっても、腰にダメージを受けて痛みが出る場合もあるが、目や首の筋肉のこりから腰痛になるケースもある。目からくる首のこり、肩のこりをほぐしてから腰の筋肉をマッサージすると説明した。

「うちでマッサージを受けるのは初めてですよね」小坂院長が確認を求めてきた。

「ええ」

首や肩を適度な力でマッサージされていると、睡魔に襲われる。返事をするのも億劫になる。小坂院長の手が腰の筋肉の張りをもみほぐすようになった頃、永瀬が小坂院長に言った。

「来てホントによかった。痛みが和らいでいくのが、自分でもわかりますよ。友人からここの評判を聞いたんですが、本当に評判通りですね」

「どなたかお知り合いの方が当院で治療を受けているのでしょうか」

永瀬は関口の名前を出していいものか、一瞬躊躇ったが、少しでも情報を得るためには多少のリスクも負わざるをえない。

「関口由紀夫さんという方の知り合いが、私の友人にいて、その人からのまた聞きなんですが、とにかく痛みが劇的に緩和するから行ってみろってアドバイスされて……」

「関口さんですか……」

小坂院長には思いあたる患者がいないようだ。

関口が住むマンションには渡辺由紀夫の表札がかかり、フィリピン人ホステスの間でも渡辺と呼ばれていた。

「結婚されたのか、他の理由なのか知りませんが、以前は渡辺を名乗っていたようです。私はそのあたりは詳しく知らないんですよ」

永瀬は渡辺という名前をそれとなく出して見た。

小坂院長の手が一瞬止まった。

「ああ、その関口由紀夫さんですね」

小坂院長は思い出した様子だ。しかし、小坂院長は急に寡黙になってしまった。

「私は関口さんとは直接の面識はないのですが、共通の友人から首や腰の痛みが軽減したって聞いたものですから」

「そうでしたか」

小坂院長からはなんの感情もこもらない通り一遍の返事が戻ってきた。

このままでは関口の情報はこれ以上何も得られなくなってしまう。永瀬はもう一歩突っ込んだ質問を投げかけた。

「関口さんは今年初めにずいぶん大きな交通事故を起こしたそうですね」

マッサージをする小坂院長の手が完全に止まった。顔を上げて小坂院長の方に視線を向けると、小坂院長はカルテを手にしていた。

「永瀬さんはもしかしたら保険会社の調査員ですか」

「調査員？　いいえ」永瀬は即答した。

何故、そんな質問をしてくるのか、永瀬の方が混乱した。

「それならいいんですが、失礼しました」

小坂院長はマッサージを再開した。

「時々、交通事故に遭われた方が、後遺症でよく当院に治療を受けに来られるのですが、もう完治していると思われるのに、保険金目当てに痛みを訴えて治療を継続させようとする方もいるもので……」

小坂院長は突飛な質問をした言い訳をした。

「保険金ですか」永瀬はうつ伏せになったまま聞き返した。

「いや、その関口さんのことを言っているわけではありませんよ。私は一般的な話をしているだけですからね」

小坂院長の表情は見えない。しかし、余計なことをしゃべってしまったと思ったのだろう。その口調から軽い後悔が感じられる。

「そうなんですか。私は渡辺さんだか、関口さんだかわかりませんが、面識は何もありません。ただ、共通の友人から試しに治療を受けてみたらと言われただけで、調査員でも何でもありませんから」

　永瀬は小坂院長に保険会社の調査員ではないことを改めて告げた。

「失礼しました。さあ、これでマッサージを終わります」

　小坂院長は永瀬の肩から背中、腰のあたりをもう一度触りながら言った。

「そっと起きてみてください」

　永瀬はベッドの縁に座った。

「やはり猫背になっていますね。モニターを見てお仕事をなさる時は、意識的に背筋を伸ばすように心掛けるだけでも、腰への負担は軽減されます。二、三十分置きにストレッチをしたり、モニター画面から目を離したりするだけでも、痛みは軽減できるので、やってみてください」

「ありがとうございます」

　ベッドから起きて永瀬は小坂院長に礼を言った。

「友人にもホントにいいマッサージ院を紹介してくれたと、お礼を言わなければ」

「渡辺さんのお知り合いの方は何と言う方ですか」

　永瀬はデスクの枝野の名前を出した。

「枝野さんからは関口って聞いたのですが、どちらが本名なんですか」

「三、四年くらい前からうちでマッサージを受けるようになったんですが、その頃は渡辺さんでした。一昨年の秋だったか、養子縁組したからと関口にカルテの名前や診察券を変えてくれっておっしゃって」

「そうなんですか。枝野はパチンコが趣味で、時間さえあればパチンコ店に入り浸りで、右腕、右肩がこるらしくって、彼もあちこちのマッサージ院で治療を受けているようです。パチンコ店で、その関口さんにこちらの評判を聞いたそうですよ」

「そうだったんですか」

小坂院長に安堵の表情が浮かんだ。

「関口さんも最初はパチンコで肩がこるからって、当院に通われるようになったんです。そのつてで交通事故の後遺症による痛みを改善してほしいと、現在も加療中なんですが……」

小坂院長は最後の言葉を濁した。

「とにかく気難しい方で、治療には私があたるようにしています」

語尾の一つ一つに関口に対する複雑な思いが絡みこんでいるように感じられる。

「その気難しい人がマッサージの技術を評価しているのだから、小坂院長は優れたマッサージ師なんですよ」

永瀬は賛辞を小坂院長に贈った。しかし、小坂院長は苦笑いを浮かべた。

「関口さんが私をよく言ってくれているなんて意外ですよ。あれだけ私を罵倒したのに」

やはり小坂院長と関口の間には何か因縁があるのだろう。

「私どもに非があると言えば、そうなんですが……」

「何かひどい目にあったのでしょうか」

「いや」

そこから先は小坂院長の口が重くなった。

「枝野にもパチンコ店で出会った連中とのつき合いはほどほどにしておけと言っておきます」

永瀬は治療費を支払ってマッサージ院から出た。

小坂院長の話しぶりから関口に何かしらの弱みを握られているような印象を受けた。


永瀬は頼近基、関口由紀夫の二人について徹底的に調べてみることにした。事故の二日前、関口と木戸の二人がレストランで食事をしているところを目撃した。永瀬は岳田益荒男議員の健康不安説の取材を妨害するために、二人が意図的に起こした事故ではないかと最初疑ってみた。

しかし、岳田の健康不安説はガセネタであることが、取材ではっきりした。事故を起こしてまで取材を妨害する必要はないのだ。

岳田の密着取材を開始する直前までは、中国での移植を斡旋するＮＰＯ移植難民救済会の取材をしていた。オフィスが置かれている一軒家には、終日、頼近基という男性が来客の応対にあたっている。

来客数人を取材したのだ。その様子を頼近に知られた可能性は十分に考えられる。永瀬のシビックに追突してきたマークXを運転していたのは関口で、進路妨害したのは木戸が運転していたウィッシュだった。頼近と関口の二人が顔見知りであるのは明白だ。

そうすると事故は岳田益荒男とはまったく無関係で、ＮＰＯ移植難民救済会への取材をなんらかの理由で止めさせたいと考えて、頼近、関口、木戸の三人が仕組んだ可能性も出てきた。木戸は関口の弟分といった感じだ。

永瀬は最初にＮＰＯ移植難民救済会の頼近の正体をつかもうと、取材を開始した。

永瀬は面影橋近くにあるコインパーキングにシビックを止めて、ＮＰＯ移植難民救済会を張り込んだ。オフィスには頼近しかいないと思っていたが、午前九時から張り込んでいると、午前十時に三十代半ばと思われる女性が最初にオフィスに入った。女性は白のブラウスに、紺のスーツと就職活動の女子大生といった雰囲気だった。

頼近がオフィスに着いたのは午前十一時だった。頼近はその日もスーツ姿で、真っ白なワイシャツにネクタイというい で立ちだった。中国での移植という胡散臭い話を、移植を希望する患者に説明するのだから、身だしなみには気を配っているのだろう。

その日は来客もなく、女性は夕方六時になるとオフィスを出て、その一時間後にオフィスの灯りがすべて切られて、頼近が出てきた。二人は一日中、家の中で過ごしている。建物は二階建てで、おそらく簡単な料理ができる程度の設備や、テレビなども設置されているのだろう。

永瀬は三日間連続で張り込んでみたが、来客は一人としてなかった。こんな状態で家の賃貸料を支払い、収入が得られるのか不思議に思えた。三日間、関口が移植難民救済会を訪ねてくることもなかった。

四日目、永瀬は取材の方針を変えてみることにした。パチンコ三昧の関口を追った方が、何故事故を起こしたのか、手がかりがつかめるのではないかと思った。関口も独身で、これまでの張り込みで、自宅マンションや通院しているマッサージ院、足しげく通うパチンコ店もわかっている。パチンコ店のタバコの煙を吸うのはつらいが、時々移動し居場所を変える関口の方が、尾行もやりやすいし、ずっと同じ場所を張り込むよりは気分的にも楽なのだ。

関口が大久保のマンションから出てきたのは正午近かった。眠そうな顔をし、くわえタバコで歌舞伎町に向かった。パチンコ店に向かっているのだろう。

案の定、関口はパチンコ店に入った。出てきたのは夕方で、やはり景品交換所で現金に換え、大久保のマンションに戻っていった。

二日目、張り込みを開始した午前十一時過ぎだった。関口がくわえタバコで出てくると、すぐに車がマンションの玄関前に止まった。運転しているのは木戸だった。

窓から顔を出した木戸が言った。

「一時までに来いということです」

二人は車でどこかに出かけるのだろう。目的地がどこなのかわからない。尾行しようにも永瀬は自分のシビックを自宅においてきた。

「まだ時間があるだろう」

関口はせわしなくタバコを吸い始めた。

マンションの前は一方通行だ。永瀬は一方通行を走り、大久保通りとの交差点でタクシーを拾った。路肩に停車させ、木戸の車が出てくるのを待った。

三分もすると木戸が運転する車が大久保通りに出てきた。交差点を左折した。

「前の車を尾行してください」

車は新宿の市街地を走り抜け、新宿インターから首都高に入った。遠くへは行かないと思っていたが、中央自動車道に向かっている。

「お客さん、前の車はどのあたりに向かっているんですか」

タクシーの運転手が聞いてくる。

「俺にもまったくわからない。料金はクレジットカードで支払うから、目的地に到着するまではとにかく悟られないように尾行してください」

木戸が運転する車は中央道に入り府中競馬場を過ぎた。さらに八王子インターを過ぎ八王子ＪＣＴから圏央道に入った。

永瀬にも木戸がどこへ向かっているのか見当もつかない。永瀬が事故に巻き込まれ、入院した狭山総合病院が近くにある狭山日高インターも通り過ぎた。鶴ヶ島ＪＣＴから今度は関越自動車道に入り、新潟方面に向かった。

大久保のマンションを出る時、木戸は「一時までに来い」と、誰かに命じられて関口を迎えにいったのだろう。午後一時まではまだ一時間近くある。

「運転手さん、多分、後一時間くらいは走ると思ってください」

「お客さんは刑事さんなの」

「いや、刑事ではありません。週刊グローボの記者で、取材であの二人を尾行しているんです」

「グローボというと小日向にある光明社ですね」

「そうです」

「以前は締め切り明けの時に、よく乗ってもらいましたよ」

バブル景気の頃は光明社の自社ビル前に午前三時頃からタクシーが列をなして並ん

だ。締め切りの時は、編集者、記者はタクシーでの帰宅が認められていた。その時代を運転手は知っているようだ。

車は嵐山小川を過ぎ、本庄児玉を通り過ぎようやく高崎インターで下りた。車は慣れたハンドルさばきで高崎市内を流れる烏川の南側にある上信大学のキャンパスに向かった。その少し先には上信大学医学部附属病院がある。車はその病院に向かっているようだ。

「お客さん、前の車、病院の駐車場に入りそうですが、どうします」

駐車場に入ってしまえば、尾行を悟られる可能性がある。駐車場入口の手前で永瀬はタクシーを路肩に止めてもらった。そこから駐車場の様子がうかがえる。車から降りた二人は附属病院の玄関に向かって小走りに走っていく。

玄関に入ったのを確認して、永瀬はタクシー料金を支払った。永瀬も玄関に向かって走った。一階はフロアーの右手は受付窓口になり、左手は会計窓口になっていた。受付と会計の間の広いスペースが待合室で長椅子が並んでいる。長椅子は玄関を背にして並び、待合室正面には診療費の計算が終わった患者の番号を示す電光掲示板が掲げられていた。

二人はその椅子に腰かけていた。午後の診療を受ける患者は受付の前に並んでいるが、二人には並ぶ様子はない。

待合室に入った二人がどうするのか、離れた場所から見張っていると、木戸が携帯電話を取り出し、急に立ち上がった。玄関の方に二人が戻ってくる。永瀬は病院の敷地外に出るような素振りでアプローチを門に向かって歩いた。

窓をシールドで隠した黒塗りのベンツがアプローチを玄関に向かってゆっくりと進んでいった。ベンツは玄関の前で止まった。車の後部ドアの前で関口と木戸が頭を下げてドアが開くのを待っていた。二人が永瀬の存在に気づくことはないだろう。玄関から二十メートルほど離れたところから、誰がベンツから降りてくるのかを永瀬は確かめた。

最初に助手席側のドアが開き、目つきの鋭い男が降りてきて後部ドアを開いた。ベンツから黒のスーツを着込み、サングラスをかけた六十代後半と思われる男が降りてきた。

「あいつは……」

サングラスをかけた男性に永瀬は見覚えがあった。

男は指定暴力団創流会組長の関口譲治だった。関口譲治は群馬県、埼玉県、栃木県の北関東を中心に勢力を伸ばしているヤクザ組織だ。伊勢崎市に組の本部がある。

関口譲治の前をベンツの助手席側ドアから降りた男が歩き、関口譲治の後に関口由紀夫と木戸が付いた。四人はそのまま一階奥にある泌尿器科に向かった。泌尿器科の診察室の前にも長椅子があり、患者が二、三人診察を受けるのか、座って待っていた。

四人は泌尿器科のドアを開けると、そのまま部屋に入っていった。泌尿器科の前の掲示板には「予約制」と出ていた。その日の午後は予約のある患者だけが診察を受けられるようになっていた。医師は芳原雄志郎医師で、上信大学医学部附属病院の泌尿器科部長だ。芳原は北関東腎移植学会の理事長でもあり、腎臓移植のスペシャリストとして知られていた。

診察を受けるのはおそらく関口譲治だろう。しかし、不思議だ。一年ほど前、前橋地方裁判所で関口譲治は恐喝罪で懲役四年の実刑判決を受けていた。それなのに何故、ベンツで上信大学医学部附属病院に診察に来られるのだ。

永瀬は尾行していることも忘れて、泌尿器科の前で茫然と立ちすくんでいた。

6　診断書

創流会組長の関口譲治は前橋地裁で実刑判決を受けているにもかかわらず、スーツ姿で上信大学医学部附属病院に現れた。本来なら懲役刑に服していなければならないのに、堂々と泌尿器科の診察室に入っていった。

受刑者が治療を受けに来たのなら、刑務官に逃亡できないように周囲を厳重にガードされているはずだ。関口組長は、前を組員と思われる男に、後ろを関口由紀夫、木戸に守らせていた。いったいどうなっているのだ。

関口組長は、前橋、高崎の飲食店組合から恐喝容疑で告発されたのだ。みかじめ料を支払わない飲食店に執拗な嫌がらせを繰り返し、暴力団一掃をかかげる両市の飲食店組合が一致団結して創流会を締め出すために訴訟を前橋地裁に起こしたのだ。

訴訟を取り下げるように飲食店組合役員の店に、深夜に銃弾を撃ち込んだり、営業時間に組員を店に送り込んだりして、営業妨害をしていた。群馬県警の協力もあり、訴状に名を連ねる店が増え、関口組長に実刑判決が下ったのだ。

創流会本部のある伊勢崎市でも関口組長を訴える動きが出ていると、新聞や週刊誌では報じられていた。それなのに関口組長が堂々とベンツで病院に乗りつけていたのでは、告発した前橋、高崎の飲食店組合の幹部は枕を高くして眠れないだろう。

永瀬は泌尿器科に入った四人が出てくるのを、玄関に最も近い待合室の椅子に座って待った。三十分後、関口譲治が最初に診察室から出てきた。その後ろから、関口由紀夫がズボンにシャツの裾を入れながら出てきた。

「診察を受けたのは関口由紀夫なのか……」

四人は会計にも寄らずに待合室から玄関に直行した。黒塗りのベンツが玄関に入ってきて、関口譲治にピッタリと寄り添う男が後部ドアを開けると、すぐに関口組長が乗り込んだ。男も助手席に乗り込むと、ベンツはアプローチを離れ、一般道に出ると猛スピードで走り去った。

関口由紀夫と木戸は待合室に戻り、会計にカルテを差し出した。会計を待つ患者は少なく、十分もしないで続き番号で二つの番号が掲示板に点灯した。関口由紀夫と木戸の二人が立ち上がり、関口が会計をすませた。

治療を受けたのは誰なのだろうか。診療代を支払っている後ろに並び、受け取る保険証や領収書、処方箋の名前を確認したいが、近寄れば永瀬が再び動き出しているのを相手に教えるようなものだ。関口と木戸の二人が意図して事故を起こしたと明確な証拠をつかんでいるわけではないが、真実がわかるまでは二人には姿を見せるわけにはいかない。

関口はやはり二枚の診察券を受け取った。領収書や処方箋を受け取っている様子だ。しかし、不思議なのは、先に着いた関口由紀夫も、上信大学医学部附属病院にベンツで乗りつけた関口譲治組長も、受付を通していない。そのまま泌尿器科の診察室に入っていった。午後一時に芳原雄志郎泌尿器科部長の診察予約ができていたとしても、通常なら受付を通してから診察を受けるだろう。

診療費を支払った関口と木戸は病院の近くにある調剤薬局に行くと永瀬は予想した。しかし、二人は駐車場に向かった。二人が車に乗り込むところを確認し、病院の玄関前で客待ちしていたタクシーに永瀬は乗り込んだ。

タクシーが病院玄関からアプローチを経て一般道に出ると、木戸の運転する車が駐車場出入口から高崎市郊外に向かって通り過ぎていった。

「今行った車、尾行してくれますか」

タクシーの運転手は一瞬後部座席を振り返ったが、「はい、わかりました」と答えて、一台車をやり過ごして、その後についた。木戸の車は高崎インターに向かっているようだ。やはり木戸の車は高崎インターから関越自動車道を上り方面に向かった。このまま東京に向かうようであれば、途中のインターで下りて近くの駅からＪＲで東京に戻ろうと思った。

数キロ先は高崎ＪＣＴで北関東自動車道と分岐する。木戸は東京方面には向かわず、北関東自動車道を駒形、伊勢崎方面に向かって速度を上げた。

「見失わないでください」タクシーの運転手は制限速度を守ろうとした。「警察につかまったら反則金は私が払います」

タクシーの運転手は速度を上げた。木戸の車は二台先を走っている。

「多分、伊勢崎で前の車は下りると思います」

創流会は伊勢崎に拠点を置く暴力団なのだ。やはり伊勢崎インターが近くなると減速した。伊勢崎インターで下りるのは、木戸の車とタクシーの二台しかない。

「少し距離をおいてくだい」

永瀬は運転手に指示を出した。

「失礼ですが、刑事さんですか」

尾行すると、運転手の多くは刑事と思うようだ。

「いや、違います。週刊誌の記者です」

「ああ、そうなの」

運転手は安心した様子で答えた。

伊勢崎インターで下りると、木戸の車は北に向かった。右手に鉄道が走っているのが見えた。

「あれは何線なんですか」

「両毛線ですね」

新前橋から栃木県の小山までを結んでいるＪＲだ。木戸の車は国定駅を右に見ながらさらに北上した。

「国定って、あの国定忠治の国定ですか」

「そうです。もう少し行くと国定忠治の墓があります」

国定駅を通り過ぎると、前の車は右折、左折を何度か繰り返しながら、小さな調剤薬局の前で止まった。薬局の入口には「ひまわり調剤薬局」と記されていた。百メートル後方にタクシーを止めてもらった。

車から降りてきたのは関口だった。処方箋らしきものを手にしている。薬局にいたのは十分程度だっただろうか。薬の袋を二つ持っていた。再び車に乗り込むと、そこから十分ほど走った。田舎町には不似合いな三階建の堅牢なビルが建っていた。その前で木戸は車を止めた。

「このままビルの横を走り抜けてください」

後方で止まればかえって目立つし、見張り役を刺激する恐れもある。ビルの周辺には見るからにヤクザと思われる男たち四、五人が、何をするでもなく周辺に鋭い視線を送っていた。

ビルの周囲は高い塀で囲まれていて、数ヶ所に防犯カメラが設置されていた。門柱には「創流会関口組」と金文字で書かれていた。百メートル進んだところでタクシーを右折させた。完全に見えなくなったところでタクシーを止めてもらい、永瀬はタクシーを降りて、角から創流会関口組のビル前の様子をそっと見てみた。

玄関前で関口とビルの周辺を警戒している組員とが小競り合いをしている。組員は関口から薬の袋をふんだくるようにして取り上げると、関口を突き飛ばした。

関口はその男に何かを怒鳴っているように見えたが、その声は距離があり過ぎて聞こえない。関口は男に悪態をつきながら、車に乗り込み、Uターンをして、今来た道を戻っていった。

マッサージ院の小坂院長によれば、関口由紀夫は、以前は渡辺由紀夫でマッサージを受けにきていた。しかし、数年前に養子縁組をしたからと、関口由紀夫に診察券やカルテを書き換えるように言ってきた。

養子縁組をした相手は創流会関口組の関口譲治なのかもしれない。養子縁組をすれば、戸籍上は関口組長の子になる。しかし、それにしては創流会関口組のビルの前での対応の仕方は、あまりにも素っ気ないもののように永瀬には感じられた。関口由紀夫はビルの中にも入れてはもらえずに、玄関前で追い払われているように見えた。

タクシーに乗り込んだ永瀬は運転手に前橋に向かうように告げた。前橋、そして高崎の飲食店組合の役員、幹部に会う必要があると思った。

前橋に戻った永瀬は駅前の寿司店に入った。昼食抜きで尾行をつづけた。カウンター席に座り、ひたすら寿司を口に放り込んだ。店内には客の見えやすい場所に「前橋飲食店組合加盟店」と書かれた証書が額縁に入れて飾ってあった。

飲食店の組合長に会って関口譲治の話を聞くまではアルコールは飲めない。ようやく空腹が満たされたところで、永瀬はお茶を口に含んだ。寿司を握っていた板前が笑いながら永瀬に言った。

「お客さん、相当お腹を空かせていましたね。みごとな食いっぷりでしたよ」

「昼メシ抜きで飛び回っていたもんで」

「営業かなんかの仕事ですか」

「いや、違うんだ。取材で来たんだけどさ、前橋の飲食店組合の理事長は誰がやっているのか、教えてくれますか」

「どこかの記者さんなの」

永瀬は名刺を取り出し、板前に渡した。

「前橋にお宅らが取材するようなネタがあるんですか」

板前が聞いた。

カウンター席には永瀬しかいない。時間が早いせいか、テーブル席には同伴出勤と思われるホステスと男性客の二人しかいない。それでも永瀬は小声で関口譲治を目撃した事実を板前に伝えた。

「その取材だったら、私らも協力しますよ。加盟店はどこの店も皆安心して商売ができないような状態なんだ。ちょっと待っててください」

板前は携帯電話を握ると席を外して奥の和室に入っていった。

「理事長に今、話をしたら、九時前だったら店の方で会えるということです」

「すぐ行くと伝えてください」永瀬が答えた。

板前は電話帳の横のメモ用紙を取り、理事長が経営している店の名前と電話番号、オーナーの携帯電話番号、ビル名、そこまでの地図を書いた。自分の名刺と一緒にそのメモを渡された。「子安寿司　籠原保　前橋飲食店組合理事」と名刺には記されていた。

「これから行かれるのなら電話を入れておきます。ドアが閉まっていても、ノックすれば出てきますから」

飲食店組合理事長の名前は仙石琢磨で、店はクラブ「イフ」だった。子安寿司から徒歩で十分くらいの場所にあり、クラブやスナックが入っている雑居ビルの二階にあった。ドアを強くノックすると、すぐに扉が開いた。

「週刊グローボの永瀬です」

「お待ちしていました」

仙石と男性従業員が開店前の準備をしていた。

「オープンは八時からなんですが、開店前に創流会の連中がよく嫌がらせに来るもんで、それまでは店に鍵をかけておくようにしているんです」

仙石が言った。

永瀬は店内に案内された。結構広いフロアーで、五十人くらいの客が入れるスペースがあった。

中ほどのソファに座るように勧められた。

「ビールか何か飲まれますか」

「いや、お話を聞くまでは結構です。喉が渇いたので冷たい水でもください」

寿司を食べすぎたせいか喉が渇いた。

「今、籠原から電話があり、関口組長が何故、収監されないのか、それを取材していると聞いたもので、事実を報道してもらえるのなら、お話を聞いていただきたいと思いまして……」

店内には客は誰もいない。誰に気がねをすることなく、昼間目撃した事実を話すことができる。永瀬は移植難民救済会の取材の延長で東京からそのスタッフと思われる人間を追いかけてきた事実は伏せ、上信大学医学部附属病院泌尿器科で治療を受けたと思われる関口譲治を偶然に目撃したと伝えた。

「一年前に確か懲役四年の実刑判決を受けたというニュースが流れたと思うのですが……。どうなっているのか、前橋、高崎の飲食店組合関係者に聞けば何か情報が得られるかと思って、子安寿司でここを聞いてきました」

前橋、高崎両市の飲食店組合加盟の店は暴力団排除に積極的で、そうした店が創流会の嫌がらせを受けていた。そこで飲食店組合は一致団結して被害届を出して、創流会を告発したのだ。

「いろんな嫌がらせに屈することなく、創流会と闘って、関口組長を有罪にすることができたのに、法務省っていうのはいいかんげで収監しないのだから、報復を恐れて皆戦々恐々としているんですよ」

仙石は六十代に入ったといった年齢だろうか。濃紺のスーツを着込み、淡いブルーのワイシャツに、やはり紺のネクタイを締め、ブルー系統に揃え、ファッションにはこだわりがあるのだろう。

「私たちも関口組長が収監されていないというのを客から聞いていたんですが、最初は信じられませんでした」

しばらくすると客からだけではなく、さらには飲食店組合員からも関口組長を目撃したという情報が寄せられるようになった。

前橋、高崎の飲食店組合が依頼した弁護団が調査に乗り出した。関口譲治被告の弁護人から、被告には健康に問題があり、収監に耐えられないと検察側に刑の執行を延期するように要請が出されていたのだ。

検察側が刑の執行停止を決めたのは、上信大学医学部附属病院泌尿器科から出された診断書だった。検察側から示された質問に上信大学医学部附属病院泌尿器科が回答する形式になっていた。

検察側の質問は、関口譲治受刑者を収監できるかについて、1拘禁に耐えられる、2刑務所付属の医療機関による治療を継続することで拘禁は可能、3医療刑務所での拘禁なら可能、4拘禁に耐えられない、この四項目だった。

検察側の質問に、上信大学医学部附属病院側は「拘禁に耐えられない」と回答した。その診断書を書いたのが誰なのか、詳細な理由についても検察側は原告側弁護団には明かさなかった。

「原告側にも明らかにできない理由で、刑務所に入らなくて好きなことをしていられるのなら、日本は法治国家ではないでしょう。何のための裁判だったのか……」

仙石は怒りをあらわにした。

検察側の決定により、刑は一時中断された状態で、それをいいことに関口組長は創流会をいまだに強力な統制力で支配している。

「検察にも法務省にもいいかげんにしてくれと言ってやりたい。実刑判決を受けた被告が堂々と暴力団を仕切っているんだから、群馬県は無法地帯ですよ」

前橋、高崎の二つの飲食店組合は弁護団と相談しながら独自の調査を進めていた。彼らは「拘禁に耐えられない」という具体的な理由と、その判断を下したのが誰なのか、懸命にそれを調査していた。

しかし、弁護団が検察側を問い詰めても情報は開示されなかった。飲食店組合の組合員が必死になって調査したところで、事実が明らかになるとは思えない。永瀬は深いため息をついてしまった。

「地元の新聞社に取材してくれと頼んでも、検察側が出した結論を覆せるはずがないと、端から取材を諦めている状況なんです」

地元紙記者の気持ちもわからないでもない。人権は被害者だけにあるのではなく、加害者にも同じようにあるという建前で記事を書き、報道している。強引に収監して関口がもし死亡すれば人権問題に発展する。それを法務省も検察も恐れているだけなのだ。

「犯罪者の人権を保障しているのではなく、法務省、検察はヤクザの利権を守っているだけだ」

仙石の主張にも頷ける点はある。

「高崎の理事長にも会ってください。彼らもいろいろな情報を集めています。今晩理事長に連絡しておきます。今日はどこかにお泊りですか。それとも東京に戻られるのでしょうか」

「高崎に泊るつもりです」

「それなら明日午前中に会えるように手はずを整えます。是非私たちの味方になってください」

永瀬は前橋から高崎に出て、駅に直結しているホテルに宿泊した。

高崎の飲食店組合の本蔵誠理事長とは、翌朝ホテルのロビーで会った。本蔵がわざわざ訪ねて来てくれたのだ。まだ四十代後半といったところだろうか。精悍な印象を受ける。

午前十一時になり、ホテル内の和食レストランがオープンする。本蔵はその個室に永瀬を誘った。

「こちらの方が周囲を気にすることなく話をすることができます」

周囲の視線を気にするというより、創流会の報復を恐れているのだろう。

本蔵理事長も高崎市内の飲食店の健全な営業のために、創流会と対峙してきたと言った。実刑判決に創流会は弱体化すると予想していたが、関口組長は収監されず組長として依然君臨していることで、創流会は以前にもまして勢いづいているという。

「せっかく群馬県警と協力しながら、関口組長を実刑判決に持ち込んだのに、検察の弱腰に県警も腹の中では怒っているんです」

飲食店組合には洋食レストラン、喫茶店、割烹料理店、そしてクラブ、スナックの水商売まで加盟している。当然、健全経営のために県警との付き合いも多くなる。

「仙石理事長から聞きましたが、永瀬さんは関口組長が上信大学医学部附属病院に治療に来たところを目撃されたようですね」

「そうです。自分の目を疑いました」

「それは私たちもまったく同じです。実刑判決を受けた暴力団組長が収監もされずにいるなんて、間違っていますよ。ただ、どのような理由なのか弁護団に調べてもらったのですが、犯罪者とはいえ個人情報保護法で守られている部分も多々あります」

それは永瀬が取材で常に感じていることでもある。

「これから私がお話しする内容のニュースソースについては聞かないでください。それを条件に呑んでいただけるのなら、私どもが今つかんでいる事実をお話しします」

「わかりました」

永瀬は条件を受け入れた。

前橋、高崎の飲食店組合は県警から関口譲治に関する情報を、日ごろの付き合いと今後の暴力団対策の会議などでそれとなく入手しているのだろう。県警が記者発表していない事実を、警察情報として書くわけにはいかない。

「上信大学医学部附属病院の芳原雄志郎医師は診断書だけではなく、収監すべきではないという意見書も書いているのです」

「関口組長は芳原医師の予約診療時間に診察室に入っていきました。しかし、関口組長は元気そうに見えましたが、何故、健康上の問題が取りざたされるのでしょうか」

「それが私たちにも不思議でした。上信大学医学部附属病院で芳原医師の診察を受けた後、彼は当然調剤薬局で薬をもらいます。関口組長はゼンニッポリンという薬を二〇一四年七月から服用しています。それから今日に至るまで一ヶ月ごとにその薬を処方してもらっている」

上信大学医学部附属病院を出た後、関口由紀夫はひまわり薬局で処方箋を出して、薬をもらっている。ひまわり薬局から情報提供を受けている可能性はある。

「ゼンニッポリンですか……」

永瀬は薬の名前を聞かされても、何の薬だかさっぱりわからない。

「全日健康薬品が開発した免疫抑制剤です」

「エッ、免疫抑制剤ですか」

本蔵理事長が免疫抑制剤の効能を説明しようとするのを制した。

「関口組長は腎臓でも移植したのでしょうか」

ハッとした表情で本蔵理事長は永瀬をまじまじと見つめた。免疫抑制剤と泌尿器科、芳原雄志郎医師と聞いて、腎臓移植を思い浮かべる記者も少ないだろう。

「移植は生体腎移植だったのか、あるいは死体腎移植だったのでしょうか」

永瀬はつづけざまに本蔵に聞いた。

「臓器移植ネットワークが、その頃群馬県に死体腎を運び入れた形跡はありません」

つまり関口には生体腎移植が行なわれたのだ。

「移植の一年ほど前に若い組員と養子縁組をしているので、その養子からではないかと私たちは見ています」

「その養子は関口由紀夫ですか」

本蔵理事長は突然水をかけられたように驚いた。「どうしてその名前を知っているんですか」

永瀬はその質問には答えず、本蔵にその先を説明するように促した。

芳原医師は執刀医として詳細な意見書を検察に提出していた。

「それによると腎移植直後、重篤な臓器障害を起こす可能性のあるＢＫウイルス腎炎を発症していると記載されていたそうです。腎臓に軽い炎症が見られ、移植臓器に拒絶反応が認められたとしています。尿や血液中に正常値を上回るＢＫウイルスが検出され、今後、移植腎の拒絶反応を抑えるためには免疫抑制剤の微妙な調整を、主治医の下で厳格に行なわなければ、移植臓器が廃絶に追い込まれる可能性も出てくるとし、安定生着させるためには、二年間を要すると記載されていたようです」

芳原医師記載の意見書について、本蔵理事長は伝聞情報として永瀬に伝えた。おそらく本蔵は群馬県警から意見書のコピーを見せてもらっているのだろう。

「芳原医師は北関東腎移植学会の理事長もしています。腎臓移植の数も、北関東ではおそらく五本の指に入るでしょう。検察当局も苦々しく思いながらも、腎臓移植の権威の意見書を無視して収監することはできなかったということでしょう」

本蔵理事長は、改めて永瀬の顔を見つめている。

「永瀬さんは医学専門の記者なのでしょうか」

本蔵もそして仙石も、これから取材を進めるためには貴重な情報源になる。信頼関係を結ぶためには、永瀬の情報も伝える必要があると判断した。

岳田益荒男の健康不安説から始まった取材だが、岳田の名前は出さなかった。しかし、ＮＰＯ移植難民救済会が、移植を希望する患者から高額な金を受け取り、中国での移植を斡旋しているという情報を得て取材を継続していると伝えた。

「東京に戻る時、玉突き事故に遭遇しました。進路を妨害したのは木戸浩、後方から追突してきたのが関口由紀夫でした。多分、二人とも創流会の組員でしょう。一ヶ月ほど入院していましたが、ようやく退院できたので取材を再開したばかりです」

永瀬の話を聞き、本蔵も自分たちが闘っている相手が強大な力を持った組織だと改めて感じているのだろう。

「私たちの得ている情報は今後も提供します。是非力になってください」

本蔵が深々と頭を下げた。

食事を終え、永瀬は新幹線で東京に戻り、枝野デスクに取材経過を報告した。

7　来日

　五月晴れの爽やかな日の午後だった。石野紘子は成田空港まで周若渓を迎えにいった。周若渓は何ごともなければ、死亡した兄の石野勤と結婚していたかもしれない。周若渓は兄は自殺するはずがなく、全日健康薬品の関係者に殺されたと思い込んでいる。

　上海から戻る予定の日には、石野勤は上海からソウルに向かうフライトに搭乗していた。四月二十四日、ソウルから成田空港に戻り、そして翌二十五日に遺体となって発見されたのだ。周若渓は兄に迫っていた危機について、何かを知っている可能性がある。

　周若渓からはメールで顔写真が送られてきていた。顔を見ればわかると思うが、到着ロビーで「周若渓様」と記した紙を掲げて、石野紘子は兄の恋人の到着を待った。

　周若渓を乗せた便が通関中というサインが出てから三十分ほどした時だった。カートを押しながら、ノーメークの女性が石野紘子の前にやってきた。

　周若渓だとすぐにわかった。紘子を見た瞬間に涙を流した。二人は無言のまま抱き合っていた。

「ごめんなさい、私のために勤さんは殺されたんです。ホントにごめんなさい」

周若渓は身体を震わせていた。

「それは家に着いてからゆっくりと聞かせてもらいます。ここから二時間くらいかかります。兄に会ってください」

涙を拭きながら紘子が言った。周若渓が来日するとわかり、納骨せずにいたのだ。紘子がカートを押しながら、周若渓を駐車場に案内した。車に乗ってからも周若渓は泣きつづけた。

「日本は初めてですか」

「はい、初めてです」

都内の風景でも見れば少しは気がまぎれるかと思って、ディズニーランドや東京タワーが見える度に案内をするが、周若渓は下を向いたままで顔を上げようとしない。結局、前橋に着くまで、彼女と話したことは、周若渓が一九八三年生まれ、石野紘子より一歳年下で、母親は幼い頃病死し、父親が苦労しながら周若渓を育て、大学まで行かせてくれたということだった。

前橋市内のマンションに着いた頃には、夕闇が迫っていた。母親の聡子は薬局の仕事を早めに切り上げて、自宅で夕食の準備を整えていた。

墓は前橋市郊外の霊園にあるが、荼毘に付した遺骨は兄の部屋に保管してある。

自宅マンションに着くと、母親の聡子を紹介した。

「勤さんからお母さんも紘子さんも薬剤師だと聞いています。私も上海の薬科大学を卒業しました」

どのような経緯で上海の全日健康薬品で働くようになったのかはわからないが、薬科大学卒業の資格がかわれて就職したのだろう。

「ここが兄の部屋で上海に赴任する前のままになっています」

兄の部屋に入り、部屋の真ん中で茫然と立ち尽くしている。兄の机にはパソコンとキーボードが置かれ、キーボードの横には白い布に包まれた遺骨が置かれていた。

「あなたが来られるというので、お墓に埋葬するのは控えていました」

母親が説明した。

周若渓は遺骨が納められている箱を両手で、やさしく撫でながら中国語で語りかけた。聡子にも紘子にも、その意味はわからないが、言葉の抑揚や手のしぐさで、石野勤が周若渓に愛されていたのが伝わってくる。しまいには遺骨を抱き締めて周若渓は肩を揺らしながら嗚咽した。

聡子も紘子もしばらくそっとしておくしかなかった。

「周さん、あなたさえよければ、日本に滞在する間はこの部屋を自由に使ってもらってもかまいません。勤もそれを願っていると思います」

泣きつづけた周若渓が、遺骨を机に戻し、「ありがとうございます」と二人に告げた。

「日本の食事が口に合うかどうかわかりませんが、母が用意したので食べましょう」

リビングのテーブルに三人がついた。食卓には勤の好物だった巻き寿司やいなり寿司が並んでいた。

「私、おいなりさん、いただきます。これ、勤さんが好きで、日本食のレストランでよくごちそうになりました。お母さんのおいなりさん、いちばん、おいしいって彼が言ってました」

上海の日本食レストランで二人は食事をしていたのだろう。周若渓の話を聞き、今度は聡子が泣き出した。

周若渓が上海での勤の思い出を語れば、聡子と紘子が泣き、子供の頃の勤の話をすれば、周若渓が泣き出し、食事どころではなかった。結局、ほとんど食事らしい食事を三人ともできなかった。

「つもる話は明日にしましょう」

聡子はこう言って、周若渓をバスルームに案内した。彼女が入浴している間、勤のベッドを設えた。

「お疲れでしょう。今晩はゆっくり休んでください」

パジャマに着替えてバスルームから出てきた周若渓が兄の部屋に入った。

「おやすみなさい」

こう言いながら周若渓はドアを閉めた。すぐに中から忍び泣く声が聞こえてきた。その声はやがて押し殺した嗚咽に変わった。


翌朝、周若渓は石野勤の遺体が発見された場所に連れて行ってほしいと、紘子に頼み込んできた。紘子は周若渓を乗せて下仁田町に向かった。上海育ちの彼女には、前橋から下仁田町までの風景が、自然豊かな地方都市に見えるのだろう。遠くに見える山々や、高速道路の車窓に流れる木々の緑に感激し、食い入るように見つめている。

「勤さんはこんな美しい故郷で育ったから、きれいな心の人だったんですね」

下仁田インターから不通渓谷に向かった。車も人もあまり通らない不通橋のたもとにフィットを止め、そこから橋の中ほどまで歩いて進んだ。鏑川の両側には、樹木の青葉が川の流れに降りかかるように風に揺れている。しかし、欄干から眼下を覗くと、吸い込まれるような気分になってくる。

「勤さんはここから突き落とされたのね。どれほど怖かったでしょう」

富岡警察署は石野勤の死を自殺とも事件とも相変わらず断定しないで捜査を継続していた。しかし、周若渓は石野勤は殺されたと確信しているようだ。

周若渓はしばらく手を合わせていた。

「自殺したと思わせるために、勤さんは悪魔のような日本人にここに連れて来られ、突き落とされたに違いありません」

周若渓の目に涙はなかった。恐ろしいほどの形相で谷底の流れを見つめている。

車に戻りながら、紘子が尋ねた。

「あなたが送ってくれた兄のメモですが、『法輪功、悪魔のゼンニッポリン』というのは、どういう意味なのかわかりますか」

「その真実を知ってしまったために、勤さんは殺されたんだと私は思います」

上海の全日健康薬品の工場でいったい何があったのか。その日は、母親の聡子も一日休みを取り、石野調剤薬局は他のベテラン薬剤師に任せた。

前橋の自宅マンションに戻ると、周若渓が石野勤を死に追いやった「悪魔」について語り出した。

石野勤が上海に赴任したのは四年前だった。その頃、周若渓は全日健康薬品上海工場の薬品管理部で働いていた。日本から派遣されてきた石野勤は、周若渓の直属の上司となった。二人にゼンニッポリンの生産管理が任された。

「この薬は中国の全日健康薬品の最重要薬品で、莫大な利益を上げています」

中国での肝臓移植は一九九九年まで、年に四、五回行なわれる程度だった。それが二〇〇五年には三千件を超えていた。肝臓移植が行なえる病院も十九ヶ所程度だったものが二〇〇六年には五百ヶ所に膨れ上がっている。それらの病院での移植は肝臓に止まらず、腎臓、膵臓、肺、心臓とすべてにわたり、移植件数は三十倍に跳ね上がった。

全日健康薬品の中国進出は二〇〇四年だ。中国に進出している外資系の製薬会社は約百社、そこから製造される免疫抑制剤は三十種類ある。

「その中でもゼンニッポリンは極めて優秀な薬として、中国国内の移植病院で使用されています。この免疫抑制剤が中国の移植を支えていると言ってもいいでしょう。今の中国では年間六万から十万例の移植が行なわれているとみられています」

移植はドナーからの臓器が提供されて成立する医療だ。そのドナーはどこで確保されるのか。

「これまで中国政府はひた隠しにしてきましたが、最近それが外国のメディア、人権派弁護士によって明らかにされてきました。それがネット上に流れました。私も最初は信じることができませんでした。まさかそんなことを中国政府がするはずがないと、最近まで思っていました……」

中国の黎明期の移植は新疆ウイグル自治区から始まったとされている。

一九九五年、当時ウルムチ中央鉄道病院の主任外科医だった医師が後にイギリスに亡命し、政治犯から肝臓と腎臓を摘出した事実を明らかにしたのだ。ウルムチは新疆ウイグル自治区の首府だ。

主任外科医はウルムチの共産党幹部から、外科手術の医療チームを編成し、救急車の準備をして指定した場所、時間に来るように指示された。指定された場所は反体制派グループを処刑する西山処刑場だった。

主任外科医は共産党幹部から「銃声が聞こえたら丘の向こうに回りこめ」と命令された。

しばらくすると銃声が聞こえた。一斉射撃のようで、何発もの銃声が響き渡った。丘を越えると、射殺されたばかりの遺体が数十体転がっていた。共産党幹部が声を上げた。

「こいつだ」

三十歳ぐらいの男で、他の囚人はすべて坊主頭だったが、その囚人だけは長髪だった。長髪の死刑囚は右胸を撃ち抜かれ、まだ生存していたことを主任外科医は確認した。

共産党幹部の命令は「この死刑囚から肝臓と腎臓を摘出せよ」というものだった。死刑囚はすぐに救急車に運び込まれた。

主任外科医が死刑囚の身体にメスを入れた。まだ息のあった男の身体が大きくのけぞった。命令されるままに主任外科医は肝臓と腎臓を摘出した。

その後も男の心臓は動き、まだ脈打っていた。主任外科医に残された仕事は、遺族のために開腹部の縫合を丁寧にすることだけだった。

「中国国内のこうした移植の現実を勤さんは知るようになり、密かにその実態を調べていました。そうした事実を勤さんから聞いても信じられずに、そんなに中国人のことを悪く思うなら、私はあなたを尊敬できないし、好きにもなれませんと言い返していたくらいです」

周若渓は石野勤と別れることも一時は考えたようだ。感情的になったものの、しかし周若渓にも理解できないことが現実に起きていた。それは移植件数の異常な多さだ。中国政府は年間の移植件数を一万例前後と発表している。

しかし、石野勤から突きつけられる事実を心の中で何度否定しても、中国国内の移植病院へのゼンニッポリンの供給量は、年間一万人のレシピエントが服用する量をはるかに上回っているのだ。他社の免疫抑制剤の消費量を併せて考慮すれば、一万例という移植件数には疑問が生じるのは当然のことだ。

中国での臓器移植は、死刑囚本人とその家族の同意を得て死刑囚の臓器がレシピエントに提供されている。死刑囚が自由意思で臓器提供を承諾したという署名があれば、臓器提供の謝礼が遺族に支払われる仕組みが確立されていた。死刑囚が中国の移植臓器のソースになっていた。

周若渓は、新疆ウイグル自治区の主任外科医が亡命先で明かした事実、そして、死刑囚からの臓器提供の現実を恋人から突きつけられても、倫理的に問題だとは考えなかった。いや、そう考えないようにしていたのだ。

「重大な罪を犯した死刑囚からの臓器提供は、彼らが社会に貢献できる最後の善行だと思うようにしていました」

死刑囚からの臓器提供があるので、夥しい数の移植が可能なのだと、周若渓は考えた。中国当局も移植の九〇パーセント以上は死刑囚から臓器提供を受けていると公表していた。しかし、それでも理屈が通らなかった。

「中国で処刑されている死刑囚は年間二千人程度なんだよ。日本人の私には、その数にも驚かされるが、その二千人全員がすべての臓器を提供しても、ゼンニッポリンの中国国内での消費量とは釣り合いが取れないほど、レシピエントの数は多いんだ。発表されていない、あるいは発表できない移植が中国では行なわれていると思う」

石野勤は、中国での移植に疑問を持つようになっていた。

実は中国国内の医療関係者、薬剤師らの間で噂になっていた話がある。周若渓もその噂を耳にしていた。

――法輪功の学習者、修練者、あるいは法輪功を推進する人たちが突然姿を消す。

法輪功は古代中国から伝わる気功の一つだが、一九九〇年代に入り急速に広まっていった。法輪功の中核をなす理念は「真、善、忍」で、政治にかかわることはなかった。しかし、法輪功の学習者、修練者が中国共産党員六千五百万人を超えると、中国当局は法輪功の拡大を恐れるようになり、公園での法輪功の実践を禁止するようになった。一九九六年には法輪功関連の書籍発行が禁止され、当時の江沢民主席は「法輪功は中国のオウム真理教」として弾圧を開始し、法輪功関係者を次々に逮捕していった。

しかし、謎の失踪と移植を結びつけて考える人は少なかった。

「姿を消した人たちには共通点がありました」

その数ヶ月前に、職場で血液検査を受けさせられている。憶測が憶測を呼んだ。

——法輪功学習者の身柄を密かに拘束し、その人たちから臓器を摘出し、中国共産党の幹部や、その家族に移植している。

実しやかにこうした情報が流れた。

「噂が徐々に広まっていきました」

二〇〇〇年に入り急激に移植手術を行なう病院が増加していく。

「勤さんは中国国内の移植病院を飛び回り、ゼンニッポリンの優れた効果を移植医に説明していました」

欧米からの輸入ではなく、上海で現地製造されるためにコスト面でも安く、そして何より免疫抑制剤としても優れていた。全日健康薬品の収益は年ごとに増大していった。ゼンニッポリンの需要に供給が追いつかなかった。

中国では死亡した受刑者、死刑囚からの臓器移植は合法で、九〇年代から積極的に進められてきたのだ。

一方、中国の移植医は不足した。中国全土の病院からアメリカに移植の技術を学ぶために多くの医師が留学をしている。留学先はアメリカだけではなく、日本にも多数の医師が移植術を学ぶために訪れている。

「多くの移植医と会うために、中国全土の移植病院を訪れているうちに、中国の現実を勤さんは見たのだろうと思います」

最初は天津第一中央病院臓器移植センターだったらしい。十七階建てのこの病院は二〇〇六年に開設され、移植専用のベッドが五百床も設けられている。病院前で、法輪功関係者の家族が、夫や妻、子供の消息を求めて移植医に詰め寄っているのを目撃した。

「警察官に追い散らされている光景を何度か見たそうです」

病院から追い払われた法輪功関係者の話に石野勤は耳を傾けた。

「私は勤さんからそうした話を聞かされていたのですが、それでも私は信じようとしなかったというか、信じたくなかった」

周若渓はすぐには信じられなかった。父親の周《ヂョウ》天《ティエン》佑《ヨウ》も法輪功を実践していたからだ。政治的な発言をするわけでもなく、レンガ工場の重労働に従事し、健康促進のための気功としか本人も考えていなかった。周若渓もそう思っていた。

それでも石野勤の話を聞き不安を覚えた。父親の周天佑に確かめた。父親も職場の上司の勧めで血液検査を受けていた。

「その噂はワシも聞いているが、まさかそんなことはないだろう」

父親も取り合おうとしなかった。しかし、周天佑が突然姿を消したのだ。

「去年の十月初めに父親と連絡が取れなくなってしまったんです」

上海郊外で父親は暮らしていた。薬学部で学びたいという周若渓のために、父親は懸命に働き、学費を提供してくれた。これから親孝行をしなければと考えていた矢先だった。

周若渓は父親の失踪について、石野勤に相談するのを躊躇った。噂されているような事態に、父親が本当に巻き込まれたのか、確信など持てなかったからだ。

しかし、地元警察に届けても、父親を捜索している様子はなかった。周若渓が父親の失踪を打ち明けたのは、消息不明から五日目だった。その頃、石野勤はいつも以上に多忙の日々を送っていた。

石野勤はその時に、周天佑が法輪功を実践していたと知らされた。

周天佑は一ヶ月後、遺体となって実家近くの山中で発見された。残されていた着衣や所持品から周天佑と身元が判明した。

「勤さんは父の葬儀が終わると、出張という名目で天津に赴き、天津第一中央病院臓器移植センターを訪ねたり、上海国際移植センターの医師や看護師を食事に誘ったりして、父が亡くなった頃、移植手術が行なわれていたかどうかの調査を密かに進めていました」

石野勤は何かに取り憑かれたように、天津第一中央病院臓器移植センターと上海国際移植センターの医師や看護師から周天佑が行方不明になった直後の移植を調べ上げた。

天津第一中央病院臓器移植センターで肺と肝臓の移植二例が同日に行なわれていた。レシピエント二人はいずれもサウジアラビア国籍だった。

さらに腎臓二つの移植手術が、上海国際移植センターで、やはり周天佑が姿を消した直後に行なわれていた。

「上海国際移植センターで行なわれた腎臓移植のレシピエントの一人は日本人でした」

石野勤は日本人が中国で移植を受けている事実に驚愕した。

年間に二千人以上の人が死刑を執行されている。死刑執行の刑務所に臓器摘出の施設があるわけではない。摘出手術が可能な大型バスが何台も製造されたといわれている。

「勤さんは父が失踪した直後、大型バス内で臓器摘出を担当した医師が、上海周辺にいないかを血眼になって探していました」

全日健康薬品上海工場の免疫抑制剤の薬品管理部の日本人責任者から声をかけられれば、多くの医師が特別な接待を受けられると思い、食事や酒席に誘われるがまま出てくる。石野勤は失踪した直後に、大型バス内で臓器摘出を行なった医師をついに見つけ出した。

「年末にその医師を見つけ出し、ドナーの年齢、性別などを聞き出し、父ではないかと疑惑を抱くようになりました」

石野は医師に金をつかませ、ドナーの身柄を拘束した警察官、共産党員を割り出し、それぞれから話を聞き、周天佑から臓器が摘出されたと確信を抱いた。腎臓二つは上海国際移植センターに送られ、肺、肝臓が天津に空輸された。

石野は日本人レシピエントの正体をつかもうと懸命になった。それが全日健康薬品の日本人駐在員から、本社側に伝えられた。年明けと同時に一時帰国の命令が出されたのだ。

それでも石野は上海国際移植センターで腎臓移植を受けた日本人レシピエントを割

り出そうと、会社の命令を無視した。

「日本から指示に従えと、強い調子で命令が来ていたようです。中国での移植状況を調べたり、批判したりしていると思われるような行為は、全日健康薬品にとってはマイナスになると、上層部が判断したのでしょう」

免疫抑制剤ゼンニッポリンは中国市場で拡大し、その実績が世界中の移植医に知れわたり、数年後には世界の免疫抑制剤市場を席巻するだろうと見られていた。中国での実績を基盤にして、さらに世界市場に進出を目論んでいた。石野の動きはその戦略に水を差すと思われたのだろう。

上海の勤務は三月末日までという辞令が出た。三月に入って間もなく石野勤は上海市内の一流ホテルに幽閉され、上海警察が警護という名目で石野を監視状態に置いた。

「私は何度もホテルに行って、勤さんと会おうとしましたが、会わせてもらえませんでした」

警察の監視は二十四時間体制で行なわれた。一日一時間程度の散歩は認められているようだったが、偶然に石野を目撃した会社の同僚によると、二人の警察官に厳しく監視されていたという。

全日健康薬品の駐在員も、石野との接触を禁止されたのか、あるいは接触すると自分の出世に影響すると判断したのか、ホテルに会いにいく者もいなかったようだ。石野は完全に孤立してしまった。

周若渓だけが必死に石野と接触を試みた。しかし、部屋の電話回線は切断され、携帯電話も取り上げられていた。インターネットへの接続も、警察官が立ち会いの上、一日十五分程度しか認められなかったようだ。

石野のそうした状況をそれとなく知らせてくれたのは、そのホテルの清掃係として働いていた高校時代の同級生の母親だった。一日一回は必ず清掃係がベッドメーキングのために室内に入り、室内とトイレの清掃を行なう。ドアは開けっぱなしになり、ドア付近に警察官が立って警備している。

周若渓は友人の母親に、おとなしく帰国するようにと石野に伝えてもらった。その方法も怪しまれないように考えた。

「このメモ用紙は捨ててもいいのでしょうか」

清掃係は、予め周若渓が「おとなしく日本に帰って」と書いたメモを、机上のメモ用紙の一番上に、警察官に悟られないように置いたのだ。そのメモを読み、周若渓の文字だとわかると、「処分してください」と頼んだ。

清掃係はそのメモをゴミとして処理し、清掃を終えると部屋から出ていった。

次にその清掃係が部屋に掃除に入った日、机の上に石野はメモ書きを置いた。

「そのメモ、もういらないから処分してください」

清掃係はそのメモをゴミ袋に入れたが、各部屋の清掃が終わり、それらのゴミを一ヶ所に集積する場所で、石野が書いたメモだけを拾い上げた。

その走り書きのメモが、周若渓に届けられた。

「法輪功、悪魔のゼンニッポリン」

メモには石野の文字でそう書かれていた。

8　ドナー

上信大学医学部附属病院の芳原雄志郎医師は、創流会の関口譲治組長に生体腎移植の手術を施している。関口組長は懲役四年の実刑判決を受けているにもかかわらず、収監を免れている。検察の求めに応じて、芳原医師は意見書を書いた。意見書では収監すれば、移植臓器が廃絶する恐れがあるとしていた。

芳原医師は北関東腎移植学会理事長でもあり、検察も意見書を無視できなかったと思われる。腎臓移植の権威でもある芳原の意見書を医学的に覆すことなどできない。

しかし、意見書には違和感と同時に大きな疑問を永瀬は感じた。

それに関口譲治に臓器提供したのは誰なのか。高崎市の飲食店組合の本蔵理事長は、創流会組員の関口由紀夫の可能性が高いと見ていた。由紀夫は関口組長と養子縁組を結んでいる。

全日本移植学会の倫理指針（ガイドライン）では、生体臓器移植について、「健常であるドナーに侵襲を及ぼすような医療行為は本来望ましくないと考える。特に臓器の摘出によって、生体の機能に著しい影響を与える危険性が高い場合には、これを避けるべきである」として、健常者からの移植臓器の提供に消極的な態度を示している。

健常者にメスを入れ、何の問題もない健全な腎臓を摘出するのが果たして医療行為と言えるのか。誰しもが疑問を抱く。そのために、「やむを得ずこれを行う場合」には、WHO指導指針、国際移植学会倫理指針、「臓器の移植に関する法律」を遵守することとしている。

ドナーは親族に限定されている。六親等内の血族か三親等内の姻族でなければ、生体腎移植のドナーとはなれない。また、提供は本人の自発的な意思によって行なわれ、金銭などの報酬をともなってはならないとされている。

関口組長が移植を受けるために、渡辺由紀夫を養子に迎えた可能性は十分に考えられる。しかし、由紀夫から腎臓が摘出されたという確証は得られていない。関口が頻繁に通う西北マッサージ院の小坂院長は「養子縁組をしたので渡辺から関口に変わった」と告げられ、カルテや診察券の名前の書き換えを求められた。

関口組長と一緒に上信大学医学部附属病院の泌尿器科に入っていったところを見ると、二人はドナー、レシピエントの関係なのかもしれない。しかし、関口由紀夫は移植難民救済会の事務所スタッフと交流を持っている。関口譲治が中国で移植を受けている可能性も否定しきれない。関口由紀夫の証言、あるいは手術痕を確認しない限り、ドナーと断定するのは拙速すぎるだろう。

関口譲治組長と養子の由紀夫との背後にどのような関係が潜んでいるのか、それをはっきりさせることから永瀬は始めようと思った。

関口由紀夫、木戸が起こした事故によって、永瀬は重傷を負わされていた。週刊グローボの枝野デスクから岳田益荒男の健康不安説を取材するように依頼された。その帰りに、玉突き事故に遭遇した。

その前は、中国での移植を斡旋するNPO移植難民救済会の取材を独自に進めていた。移植難民救済会のスタッフ頼近基と、関口由紀夫とは面識があるどころか親しそうだ。渡航移植の取材を止めさせるために、偽装事故を起こした可能性もある。取材には真っ暗闇を手探りで進んでいくような恐怖感がある。

関口由紀夫が関口組長に腎臓を提供すれば、摘出した手術痕が残る。関口由紀夫は毎日パチンコ店には足を運ぶ。それ以外は面影橋近くのビルの中にある「関口」と記された部屋に足を運んでいる。張り込んでいれば、風俗店に行くかもしれない。あるいは刺青をしていなければ、サウナに入ることも考えられる。

不確かな情報をうのみにせず、一つ一つ事実を積み上げていくしかない。同じマンションに住むフィリピン女性の中に、関口由紀夫とセックスをした者がいれば、腎臓摘出の手術痕を見ている者がいるかもしれない。しかし、こんなことを聞いて回り、情報が関口由紀夫に流れれば、再び交通事故に巻き込まれるか、あるいはさらに危険な状況に追い込まれる可能性も出てくる。

やはり尾行をつづけ、関口が風俗店に入るのを見届け、サービスにあたった女性から聞き出すのが最善策だ。枝野デスクに事情を説明し、顔を知られていない他の記者に手伝ってもらうしかない。

光明社は写真週刊誌ターゲットを発行している。枝野デスクに風俗記事担当の山之内記者を尾行取材に回してもらうことにした。関口由紀夫に一週間張り付けば、一度くらいは風俗店に入るだろう。

山之内が関口を尾行している間、永瀬は西北マッサージ院を訪ね、もう一度小坂院長からマッサージを受けて、それとなく関口の情報を取ろうと思った。

小坂院長の話では、関口は気難しいところがあって、マッサージは小坂院長が担当している。永瀬が関口由紀夫の名前を出すと、保険会社の調査員かと尋ねてきた。小坂院長と関口との間に、保険給付金をめぐってひと悶着あったのは確かだろう。どこまで事実に迫れるかわからないが、もう少し詳しい話が聞けるかもしれない。

永瀬は患者の少ない時間帯をねらって開院と同時に西北マッサージ院に入った。名前を告げるとカルテを出してきた。受付が言った。

「前回は院長ですね。今回も院長にしますか」

「小坂院長にお願いします」

永瀬の担当マッサージ師はその日も小坂院長だった。

「先日、マッサージしていただき、コリがほぐれたのか二、三日はずいぶん楽に仕事をすることができました」

永瀬は礼を言った。小坂も永瀬を覚えていたようで、「よかったです。今日も前回と同じところを重点的にマッサージすればいいでしょうか」と聞いた。

親しそうに話しかけてくるが、どことなく警戒しているように感じられる。

「ええ、お願いします」

「うつ伏せに寝てくれますか」

前回と同じように小坂は背中の筋肉をさすった。

「首、肩、腰が張っていますね」

「姿勢を正してパソコンに向かうようにしているんですが、気がつくと猫背になってしまっているんですよね」

永瀬はいつもの自分の姿勢を説明した。

「永瀬さん、前回来られてから、その間にどこか手術したとか、首を痛めたとか、そういうことはありませんね」

永瀬はあまりにも突飛な質問に、うつ伏せになったまま、顔を上げ、院長の方を向いて聞いた。

「手術ですか」

前回来てからまだ十日も経過していない。手術をすればマッサージなど受けられるはずがない。

「いや、していないのなら結構です」

小坂はマッサージを始めた。

うつ伏せになったまま永瀬が聞いた。

「手術をした直後にマッサージを受ける人なんていいるんですか」

当然の疑問だ。

「変なことを聞いて申し訳ありません。忘れてください」

「はあ……」

永瀬は納得できない様子で、大きいため息を一つもらした。再び顔を伏せマッサージを受けた。永瀬のわだかまる思いが小坂院長に伝わったのだろう。

「ホントに気にしないでください」

恐縮しながら小坂が言った。

永瀬が無言になると、気まずい沈黙がつづいた。

「ただ、いろんな患者さんがいるもので……」

小坂は意味不明な言い訳を繰り返した。奥歯にものが挟まったような言い方に、永瀬は小坂院長の真意を測りかねていた。

「そう言えば前回、私が来た時、保険の調査員かと聞かれましたが……。私のこと、まだ調査員か何かと思っているのでしょうか」

「いいえ、そんなことはありません」

永瀬は言葉を何も挟まずに、マッサージを受けた。

「永瀬さんのように、マッサージを受けリフレッシュされていく患者さんだと、私たちもやりがいがあるんですが……」

小坂に正体を明かした方がいいのか永瀬は迷った。しかし、いつまでも取り留めのない話をしていては、関口由紀夫の情報を得られない。

「ちょっと手を止めてくれますか」

永瀬はベッドから起き上がり、壁にかけたジャケットから名刺入れを取り出して、一枚を小坂に渡した。

「週刊グローボの記者なんですか、永瀬さんは」

名刺をまじまじと見つめながら、小坂が驚きの声を上げた。それまでの声とは明らかに張りが違う。

再びうつ伏せになりながら永瀬が言った。

「実はある交通事故に巻き込まれて、それがホントに事故だったのかどうか、疑問に思えるので調べているんです」

「エッ?」

「示談交渉は保険会社が間に入ってやってくれたのですが……。玉突き事故なんですが、相手もいろんな人間がいて、どうもヤクザらしいんです」

「それは一筋縄ではいかないでしょう」

小坂院長は相槌を打つ。

「実はその玉突き事故の相手がここで治療を受けていると聞いたもので、私も治療を受けてみようかと……」

ここまで説明すれば、最初の受診の理由はウソだったことが小坂院長には伝わる。

「相手とはもう片がついたのでしょうか」

「補償問題は保険会社からそれなりの保険金が下りています。関口と木戸というヤクザが運転する車に挟まれたもので、果たしてただの事故だったのかどうか疑問に思えて……」

永瀬は語尾を濁し、核心に触れることは説明しなかった。

「ヤクザの対応には困りますよね」

関口という名前を聞いても、その名前を小坂院長は口にしなかった。

「院長もヤクザの対応に困ったなんていうことがあるのでしょうか」

永瀬もそれ以上関口の名前には触れなかった。

「交通事故がらみでのトラブルはやはりありますよ」

小坂院長はそこから先はひとり言のように話しながらマッサージをつづけた。

交通事故で負傷し、マッサージ治療を受けにくる。治療費も、そして治療中は休業補償が支払われる。しかし、よほどの重傷でない限り、保険会社によって上限が決められている。マッサージ院としては、治療ごとに保険会社に治療費を請求する。完治すればマッサージ治療は中止せざるをえない。

「それを告げたら、痛みがあるのに何故、治療を中止するんだって、すごみをきかせる方もいるんですよ」

マッサージ院としては、患者に何度も足を運んでもらった方が収益は上がる。しかし、保険会社から異常に長期にわたる治療は当然疑問視される。

「基本的には保険会社と事故の被害者とで話し合ってもらうようになるのですが、患者が痛みを訴えている以上、こちらとしてはどうしようもない。診療拒否はできません。保険会社からそろそろ治療は終わるのではないかと、打診されれば、それらしきことは患者に伝えます」

相変わらず名前を小坂院長は出さなかった。

しかし、関口と思われる患者について小坂が説明した。

そろそろ完治し、治療も終了すると告げた途端、患者が怒りだした。他のベッドでは患者がマッサージを受けている。怒りだした患者の言葉は乱暴で、その口調を聞けばカーテンで姿は見えなくても、ヤクザが治療を受けているとすぐにわかる。

その日はなんとか怒りを鎮めてもらい治療を終えた。

次も何食わぬ顔をしてその患者は治療に訪れた。

小坂院長がその時も対応した。いつもの手順でマッサージを始めた。十分もしないで、ベッドから起き上がり、激しい痛みが生じたと院長をなじり始めた。

前回のマッサージから一週間しか時間が経っていなかった。しかし、患者はその間に大きな手術を行なったと主張した。

「問診もしないで、何故、いきなりマッサージをするんだと、最初からクレームをつけるために治療を受けにきたとしか思えませんでした」

その時も他の患者に聞こえるような怒鳴り声で、言葉もヤクザそのものだった。

一週間の間に手術と言われても、小坂院長にはにわかに信じられなかった。その患者は上半身裸になって、手術痕を小坂院長にこれ見よがしに見せた。

永瀬はうつ伏せになっている顔を起こして小坂に聞いた。

「手術痕を見たのでしょうか」

「ええ、見ましたよ」

小坂院長は永瀬の腰のあたりをマッサージしていた。

「どんな傷でしたか」

「それは大きいものでした」

小坂はマッサージの手を止め、永瀬の左側腹部を指で辿りながら言った。

「ここら辺りから、ここまで斜めに三十センチくらいの手術痕が確かにありました」

しかし、傷口は完全に閉じ、メスを入れた部分はケロイド状になっていた。一週間以内の手術でないのは、誰の目にも明らかだった。

患者の魂胆は明らかだった。小坂院長から慰謝料を出させ、交通事故の治療期間をさらに長引かせようと目論んでいるのだ。保険金で支払われる期間は、保険会社が決定する。その決定が不服であれば、保険会社と話をしてもらうしかない。それを説明し、十万円を渡して、その場はことなきを得た。

小坂は関口の名前を最後まで出さなかった。

「さて、これでマッサージは終了です」

小坂が言った。

西北マッサージ院での情報は、関口と特定できるものではなかった。余計なトラブルを避けたいという小坂の思惑があったからだろうが、しかし、関口にまつわる情報だと永瀬は確信を持った。

創流会の関口譲治組長と渡辺由紀夫は三年前の秋、養子縁組を結んだ。それからしばらくして、まだ確かな証拠は得られていないが、養子となった関口由紀夫から摘出された腎臓が、関口譲治組長に生体腎移植されたと思われる。

創流会の拠点は群馬県伊勢崎市だが、関口由紀夫は大久保のマンションに住み、面影橋近くの「関口」という表札を掲げた事務所に出入りをしている。

面影橋からさほど遠くない一軒家にＮＰＯ移植難民救済会がある。そこのスタッフ頼近基と関口由紀夫とはどのような関係なのかわからないが交流はある。

関口譲治の移植を担当したと思われる上信大学医学部附属病院の芳原雄志郎医師は、懲役刑の判決を受けた関口譲治の体調について意見書を検察に提出している。その意見書が影響して、関口組長は収監を免れている。

検察にも影響力を行使できる芳原雄志郎という医師についても、さらに詳しく調べる必要があるだろう。

上信大学のＨＰを見てみると、医学部附属病院の泌尿器科部長で、医学部では大学が認定した正式な教授ではなく、寄付講座教授と聞き慣れない肩書になっていた。

寄付講座とは産学協同の一つの形態で、主に企業からの寄付によって教育、研究を進める。どこの企業からいくらの寄付を得て、どのような研究を行なっているのか、大学に情報開示を求めれば、詳細は明らかにされる。

永瀬は上信大学に情報開示を求めた。寄付講座は二年以上五年未満で開設される。芳原医師の寄付講座には、製薬メーカー三社から合計二億五千万円の寄付が流れていた。

寄付講座の研究テーマは、「レシピエントに最適な複合投与の免疫抑制剤の研究」だった。

最も高額な寄付を行なっていたのは全日健康薬品で一億五千万円、A社、B社の二社は五千万円ずつの寄付を行なっていた。三社とも免疫抑制剤を製造している世界的な薬品メーカーだ。それだけではない。医療法人仁療会から五千万円が同様に寄付されている。

五年間で三億円もの寄付金が芳原雄志郎医師に流れているのだ。

医療法人仁療会は伊勢崎、前橋、高崎に透析専門病院を運営し、理事長は寺西透だ。透析病院が免疫抑制剤の研究に多額の寄付をしている事実に永瀬は違和感を覚えた。

もう一点、永瀬が注目したのは免疫抑制剤を製造している三社だ。岳田益荒男に対して多額の献金をしている製薬メーカー三社と重なるのだ。元々岳田議員は厚生族と言われ、厚労省出身の議員だ。製薬会社、医療機器メーカーからの献金が多く、地元医師会も後援会に加盟している。関口組長、関口由紀夫、そして芳原医師の背後には底知れぬ闇が潜んでいるように感じられた。

写真週刊誌ターゲットの山之内記者は芸能人の張り込みや尾行を得意としていた。枝野デスクからの依頼は、関口由紀夫が風俗店で遊ぶまで尾行をつづけ、遊んだ相手から関口の身体に手術痕があるかどうかを確かめてほしいというものだった。難しい仕事ではない。ギャラは一週間の取材報酬とプラスアルファを払うという約束だ。

永瀬記者に連れられて関口由紀夫が住むマンションまで行った。午後二時過ぎに関口はマンションから出てきて歌舞伎町のパチンコ店に直行した。顔を覚え、自宅さえ割れていれば、尾行はそれほど困難ではない。永瀬からの情報では、関口は定職もなく、創流会の組員だろうと聞かされた。

新宿区大久保で暮らしていれば、新宿の風俗街のど真ん中で暮らしているようなものだ。一週間も尾行しないうちに、関口は風俗店に足を運ぶだろうと思った。一日目、二日目と関口を朝から晩まで尾行したが、午後からパチンコ店に入り、夕方になると面影橋近くのビルの「関口」という怪しげな一室に向かった。そこで三、四時間ほど時間をつぶしてから、一日目、二日目はおとなしく大久保のマンションに引き揚げた。

三日目も朝から夕方まではほぼ同じ行動を取っていた。面影橋のビルを出ると、自宅マンションではなく、そこからタクシーで新宿に向かった。飲みに行くか、あるいは風俗店で遊ぶのか、そろそろ動きだすのではないかと、山之内は期待した。

関口は歌舞伎町ではなく、新宿二丁目に向かった。新宿二丁目の交差点でタクシーを降りると、入る店が決まっているのか、ゲイバーばかりが入っている雑居ビルに姿を消した。山之内も気づかれないようにタクシーを降り、鼻がつきそうな急な階段で、二階に上がった。山之内はパープルムーンという店に関口が入ったのを確認し、何食わぬ顔をして三階まで上がり、少し時間をおいてから一階へ下りた。

「もしかしたら風俗なんかに関口は興味がないのかもしれない」

永瀬と枝野デスクからは、関口の身体に手術痕があるかどうかを確認してほしいと頼まれている。可能であれば、何の手術の痕なのか、サービスにあたった女性から聞き出してほしいとも。

山之内の経験からすれば、苦労する取材ではない。しかし、二丁目のバーに入ったところからすれば、女性より男性に関口は興味を抱く性癖なのかもしれない。山之内がそれまで経験したことのないケースだ。

しかたなく雑居ビルの出入口が見えるコンビニで雑誌を見たり、通りを歩いたりしながら、関口が店から出てくるのを待った。

一時間後、少し酔った足取りで関口は出てきた。おそらくこのまま自宅マンションに帰るだろう。

関口の姿が二丁目から見えなくなると、山之内はパープルムーンに入った。小さな店で、六席ほどのカウンター席だけの造りで、中にバーテンダーが一人いるだけだった。歌舞伎役者のような化粧をしている。

「いらっしゃい」

ゲイ特有の甲高い声で迎えられた。風俗店の取材には怖気づくことはなくても、ゲイバーとなると勝手が違う。

「お客さん、うちは初めてよね」

「うん、初めて」

「何にしますか」

「喉が渇いたのでまずビールをいただきます」

ビールの小瓶がよく冷えたグラスに注がれた。ナッツの入った小皿が山之内の前に差し出された。

「どうしてこのお店を選んでくれたの」

バーテンダーが聞いた。

「どのお店に入ろうか迷っていたら、さっきこの店からくわえタバコでカッコいい男性が出てきたので、ここにしようと思ってさ」

「カッコいいって、ユキオのことかしら……」

「さっきの人、ユキオっていうんだ」

「お客さん、ああいう男がタイプなんだ」

「まあね」山之内は話を合わせた。

「ユキオはカッコいいだけではないわよ。男気があるんだから」

「男気？」

「そう、彼、ある組の組員なんだけどさ、組長を守るために、盾になって命を守ったんだって。対立組織の組員が日本刀で切りつけてきて、その日本刀でわき腹を袈裟がけに切られたんだって」

「よく命があったもんだね」

「私、その傷、見せてもらったことあるんだ」

「どんな傷だった」

「背中からわき腹にかけてバッサリっていう感じなのよ」

「二人は特別な仲なの」

「わかっちゃった……」

二人で三十分ほどたわいもない話をした。二人連れの客が入ってきた。店を出る絶好のタイミングだった。

「また来ます」

バーテンダーは「よろしくお願いします」と名刺を山之内に渡した。名刺には「パ

ープルムーン　店長　木戸浩」と記されていた。
翌朝、山之内は三日間の尾行を報告し、女性のサービスを受けられる風俗店に関口が行く可能性がないと告げた。

9　疑惑の意見書

永瀬は枝野デスクに、芳原雄志郎医師と関口譲治との関係についての記事を書きたいと伝えた。しかし、お濠が完全に埋まったわけではない。

関口譲治が収監されずにいる事実は公表できる。そして、関口の診断書、現在の症状について意見書を芳原雄志郎医師が検察に提出している。検察を追及すれば、診断書、意見書の内容を公表せざるをえない状況に追い込まれる。あるいは受刑者とはいえ個人情報にあたるとして、かたくなに公表を拒否することも考えられる。

しかし、意見書そのものが入手できなくても、情報源の前橋飲食店組合、高崎飲食店組合を秘匿しながら記事を書くことは可能だ。実刑判決を受けた創流会組長の関口譲治が収監されずにいること自体大きなニュースになる。

関口譲治が養子縁組をした組員から腎臓を提供してもらい、腎臓移植手術を受けているのも事実だろう。組員を養子にしたのは移植が目的で、通常の養子縁組が成立していたとは考えにくい。こうした移植に倫理的な問題はないのか。芳原は北関東腎移植学会の理事長でもある。執刀医としても理事長としても、倫理的問題にコメントしなければならない立場にある。

芳原医師、そして関口組長、養子の由紀夫に正式に取材を申し込むか、枝野デスクと打ち合わせをしようとしていた矢先だった。杉並区井荻のマンションに住む永瀬は、午前十時ちょうどに刑事の訪問を受けた。起きて顔を洗ったばかりだった。

一人は五十代半ばくらい、角刈りで、格闘技で鍛えてきたのだろう、耳がつぶれている。肩幅も広く胸板が異常に厚い。ドアを開けた瞬間、警察手帳を示したから刑事とわかったが、一見するとヤクザにしか見えない。

「自分、狭山警察署刑事課暴力団対策係の森下博一といいます」

低く太い声で名乗った。

もう一人も刑事課所属の寺尾欣刑事だった。森下と違い、スーツを颯爽と着こなしている。年齢は三十代後半といったところだろうか。

「暴力団対策係ですか」

思わず永瀬は聞き返した。

梅雨入り宣言が出され、外は小雨がパラついていた。

永瀬のマンションは2LDKで、リビングには週刊誌や新聞が散乱している。

「散らかっていますが、入ってください」

新聞をどかし、二人の刑事をソファに座らせた。

「一人暮らしなんで、お茶も出せませんが勘弁してください」

「いいえ、おかまいなく」

　永瀬もそしてスーツ姿の寺尾も汗をかいていないが、森下だけは額に玉のような汗が滲み出てくる。その汗をハンカチで拭いながら言った。

「暴力団対策係の刑事さんが、私に何のご用なのでしょうか」

　永瀬は訝りながら聞いた。

「実は半年前に起きた圏央道の事故について、詳しいお話を聞かせていただきたくて、突然で申し訳なかったのですが、うかがわせていただきました」

　森下は律義に頭を下げながら来訪目的を説明した。

「あの事故なら保険会社が入って示談で決着していますが、何かあるのでしょうか」

「事故に遭われるまでの状況をもう一度詳しく聞かせてもらえないでしょうか」

　寺尾が言った。

「状況と言われても、病院に担ぎ込まれ、記憶に残っている事故の様子はかなり詳しく交通課の刑事さんに説明しましたよ」

「事故の事実関係は検分調書の通りだろうと思いますが、私たちが今日来たのは、永瀬さんがどうしてあの時間、圏央道を走っていたのか。それを聞かせてほしくて来ました」寺尾がつづけた。

「刑事課が、何故事故の捜査なんかしているのですか」

刑事課が交通事故の捜査などするわけがない。

寺尾が何か言おうとしたのを制して森下刑事が身を乗り出して言った。

「永瀬さんも取材をされてご承知だと思いますが、関口由紀夫は伊勢崎に拠点を置く創流会の組員です」

狭山警察署刑事課は、関口由紀夫をいつからなのか、マークしていたのだろう。永瀬が関口由紀夫を尾行していたのを知っている口ぶりだ。

「我々の捜査内容をお話しするわけにはいきませんが、ある暴力団の組織犯罪を捜査しています」寺尾が言った。

永瀬がすぐに思ったのは、保険金詐取と西北マッサージ院に対する恐喝事件だ。

「そうですか。私が圏央道を走っていたのは、ある取材で高崎まで行き、その帰り道でした」

「どのような取材だったのでしょうか」

「取材内容を活字にする前に、刑事にお話しすることはできません」

寺尾の質問を机の上のゴミでも払いのけるような調子で答えた。

永瀬から聞き出したい情報があるからこそ、刑事二人がわざわざ出向いてきたのだ。彼らが捜査内容の一端でも話せば、その質問に答えるつもりだ。

再び森下刑事が乗り出してきた。

「西北マッサージ院で、いろいろ関口由紀夫についてお聞きになったと思いますが」

「保険金詐取や、院長への恐喝くらいで暴力団対策係は動かないでしょう」

永瀬は森下を睨みつけた。

「お察しの通りです。永瀬さんは関口譲治組長の移植手術に疑問をお持ちのようですが、誰しもがあの養子縁組には首をひねるでしょう」

狭山警察署刑事課は圏央道の交通事故ではなく、やはり関口組長、由紀夫の移植を捜査しているのだ。

「それで」永瀬は森下にその先の説明を促した。

「実刑判決を受けた組長が大手を振ってシャバをのし歩いていたのでは、市民は安心して暮らせません」

森下の眼光は次第に鋭くなり、言葉は丁寧だが、暴力団対策にあたる、いわゆる㊍（マル暴）刑事の目で永瀬を睨みつけてきた。狭山警察署刑事課というより、埼玉県警が狙っているのは関口組長のクビなのかもしれない。

「お仲間が調べたように、関口由紀夫と木戸浩は特別な関係で、あの事故は単なる偶然の事故ではないとみています」

「事故でないなら、傷害か殺人未遂になりませんか」

「そういうことになる。ここまで話したんだ、そろそろあの日、高崎に行った取材目的を教えてはくれないか。こちらも子供のおつかいで来ているわけではないんだ」

　森下の口調はヤクザを脅すような威圧的なものに変わった。

「関口由紀夫については、事故までまったく知らない人物、高崎に行ったのは、岳田益荒男議員の健康不安説が事実かどうかを確かめるため。これが真相ですよ」

　永瀬は取材目的を答えた。

「一度は命を狙われているんだ。あんたまで警察の手は回らない。しばらくおとなしくしていてくれ。ホントに殺されたってしらねえぞ」森下が言い放つ。

「実刑判決を受けた暴力団組長が自由にしている。しかも私は命を狙われているのに、警察は警護もしてくれない。警察が手をこまねいているのに、ジャーナリズムが口をつぐんだら、ますますひどいことになりませんか」

「しばらくはおとなしくしていろって頼んでいるんだ。どう理解しようと勝手だがよ、これは埼玉県警、群馬県警合同で捜査している事案なんだ。あまり深入りしない方が、あんたのためだ」

　森下は暴力団組員を恫喝するような口調だ。

「ご忠告ありがとうございます」

　永瀬は森下に頭を下げたが、感謝する気持ちなど毛頭なかった。

　森下と寺尾はふてくされた顔で帰っていった。

埼玉、群馬両県警は、関口組長が収監されない事態に激怒しているのだろう。関口由紀夫の保険金詐取、西北マッサージ院への恐喝事件の捜査から臓器移植法違反に捜査の枠を拡大しているのは間違いない。

関口由紀夫の保険金詐取、西北マッサージ院への恐喝、そして、埼玉、群馬の両県警が臓器移植がらみで捜査を開始している。永瀬が取材でつかんだ事実の正確さを逆に裏付けている結果となった。おそらく両県警は永瀬が取材で知り得た事実を報道されたくないのだろう。

しかし、両県警の本命は他にあるような気がする。それが何なのか。濁った湖の底を見つめているようでもどかしい。

枝野デスクと記事について打ち合わせをすることにした。文京区小日向にある光明社三階に週刊グローボの編集部がある。編集長の机の横と、フロアーの隅に来客用のソファが置かれている。

来客用のソファに座り、狭山警察署刑事課の刑事二人が来たことを枝野デスクに説明した。永瀬の話を聞き、枝野もしばらく無言になった。

「書くべきテーマは、今のところ二点。関口組長が収監されないでいる事実、そして、組員を養子にして、そいつから腎臓を摘出して移植しているが、果たしてそれが世間一般で言われている養子と言えるのかどうかの二点、だと思うけど、どうだろうか」

「それでいいと思いますが、両県警が合同で捜査に動いているのは、何か他の容疑で捜査しているような気がしますが……」

「俺もそう思うが、その本命がなんなのかさっぱりわからない」

「山之内さんの取材で、関口由紀夫と木戸浩は〈恋人同士〉のようです。二人は偶然ではなく、最初から永瀬さんを負傷させるために事故を起こしたのではないでしょうか」

「それも考えた。でも、その時点では、岳田益荒男を取材した帰りで、その取材がらみの事故とは思えない。その前の取材はＮＰＯ移植難民救済会を張り込んでいたくらいだ」

「その怪しげなＮＰＯと関口由紀夫が出入りしている関口名のビルの一室は目と鼻の先だし、ＮＰＯの頼近基と関口由紀夫は面識があるんですよね。ＮＰＯがらみで、何か地雷を踏んでしまったということはないのでしょうか」

「それも考えたが、実際には何一つとして渡航移植に関する事実はつかんでいないし、それくらいの取材で命を狙われるとは思えないんだ」

「何かを見落としているのではないでしょうか。狭山警察署は永瀬さんに命を狙われていると明言したんですよね。ということは単なる事故として見ていないことになりますが……」

その通りだが、それならば危険運転致死傷罪、あるいは殺人未遂で二人を逮捕することもできる。保険金詐取、西北マッサージ院への恐喝もある。

「関口由紀夫と木戸浩の二人、それに関口組長を泳がしているとは考えられないでしょうか」

「何のために」永瀬が聞いた。

「それはわかりません」

枝野も同じところにきて、行き詰まった。

結局、芳原雄志郎医師に取材を申し込み、検察に提出した診断書、意見書の内容を確かめることと、そして関口組長と養子の間で行なわれた移植に、倫理的な問題はなかったのかを問い質して、その結果を記事にしようということになった。

芳原医師の取材を終えた段階で、関口組長への取材を申し込むことにした。

「おそらく関口組長は取材を拒否するでしょう。応じたとしても、伊勢崎の創流会に来いということになるでしょう」

「そうなったら、創流会に乗り込んでみようと思う」永瀬が答えた。

上信大学医学部附属病院の芳原雄志郎医師宛てに取材依頼の手紙を書留で送付した。返事は意外なほど早かった。枝野デスクのところに直接電話が入った。

「取材はお受けします」

芳原は外来、入院患者の診察が終える平日の午後六時過ぎなら、時間を取れると言ってきた。手紙を送付した一週間後にはインタビューが実現する。金曜日午後六時に上信大学医学部附属病院にうかがうと伝えた。

永瀬は車で高崎に行くのは避けた。新幹線で高崎に出て、取材を終えてから東京に戻ることも時間的には十分可能だ。

病院に着いたのは六時十五分前だった。受付で用件を告げると、待合室の奥にある泌尿器科の診察室に行くように言われた。ドアをノックすると、「どうぞ」と女性の声がした。中に入ると、そこも順番待ちの患者の待合室になっていた。壁際に長椅子が三つ並べられ、カーテンで仕切られた診察室が三つ並んでいた。

「いちばん奥の診察室です」看護師が言った。

右奥の部屋の上に「芳原雄志郎」というネームプレートがかけられている。

「失礼します」

カーテンをくぐるようにして診察室に入った。

机の上にはレントゲン写真を見るモニター、パソコンのモニター、キーボードが置かれていた。芳原は枝野デスクが送付した手紙を読みなおしていた。永瀬が診察室に入ると、その手紙を机の上に放り投げた。

上信大学のＨＰによれば芳原は六十歳になるが、年齢よりもずっと若々しく見える。髪には白髪が混じるが、精悍な印象を受ける。

永瀬は名刺を渡した。

「芳原です。手紙は拝読しました。取材はお受けしますが、医師には守秘義務があるので、答えられない質問もあるのでそれはご承知おきください」

予想していた通りの前置きを芳原は言った。

「わかりました」

永瀬は検察に提出した診断書、意見書の質問は後回しにした。おそらく答える気がないから、医師の守秘義務を盾にしているのだろう。

「泌尿器科医として、腎臓移植の臨床経験はどれくらいあるのでしょうか」

「正式にカウントしているわけではないので、わかりませんがおそらく三百例はこなしていると思います」

「そのうち生体腎移植と脳死、心停止による移植数の割合はどれくらいなのでしょうか」

「臓器移植ネットワークからの移植数は正確な数字がすぐに出ます。献腎移植は二十九例です」

日本全体で死体腎移植は総移植数の一割だから、二十九例というのは妥当な数字だ。

「九割は親族からの生体腎移植ということになりますね」

「その通りです」芳原が答えた。

「そこでお聞きします。創流会の関口譲治組長と養子に迎えた関口由紀夫ですが、約二百七十例の生体腎移植のうち、養子縁組を組んだ家族間での腎移植というのは、いくつあるのでしょうか」

予期していた質問だろうが、芳原が小さく舌打ちをした。

「一例です」

「関口組長と組員の由紀夫、この一例だけですね」

「私は組長とか組員とか、そうしたことまでは承知していません。養子縁組で父子となった二人が、レシピエント、ドナーとなったケースは一例とお答えしているんです」

「わかりました。本当に養子縁組をすべくして養子縁組をしたのなら、他人がとやかく言うべきことではありませんが、もしも、臓器移植を前提にした養子縁組であれば倫理的な問題が生じると思います。その点について芳原先生はどのようにお考えになっているのでしょうか」

「それはご指摘の通りだと私も思います。ご質問のケースについては、私一人の判断で進めてはいません。この病院内に設置されている倫理委員会にかけ、そこで慎重に審議してもらい、了承が得られたので移植を実施しました」

生体腎移植は全日本移植学会のガイドラインに厳しく定められている。ガイドラインから外れる移植に関しては、それぞれの病院に設置された倫理委員会にかけられ、移植の医学的な妥当性、倫理性など多岐にわたって検討される。倫理委員会のメンバーは医師だけではなく、学者、ジャーナリスト、弁護士、臓器移植コーディネーターで構成される。

「問題ないと判断されたというわけですね」

「私はそう理解しています」

倫理委員会が移植手術に承諾している以上、何を質問しても芳原は倫理委員会の結論を繰り返し述べるだけだろう。

「ドナー、レシピエントの術後はどのようなものだったのでしょうか」

ここからが本当の取材だ。芳原は落ち着き払っている。

「ドナーからは健全な腎臓を提供してもらっているわけですから、ドナーには万が一にでも予後に問題が生じるようなことは許されません。ドナーは定期的な検査でもまったく問題は現れていません」

「では、レシピエント、関口譲治組長についてはどうなのでしょうか」

「この患者は糖尿病から慢性腎不全になり、しばらく透析をしていたのですが、養子が透析の苦しさを傍で見ていて、それで腎臓の提供を申し出てくれて移植ということになりました。移植された腎臓は生着し、順調に機能しています」

「関口組長の腎臓は何の問題もなく生着しているんですね」

永瀬はひと際声を大きくして確認した。

「その通りです」

「しかし、私の取材では芳原先生は、関口組長の収監には問題があると診断書、意見書を書かれたそうですね」

「収監に問題があるなどとはひとことも書いていません」

芳原が唇の端にかすかな笑みを浮かべて答えた。

「では、どのような診断書、意見書を書かれたのでしょうか」

「それは検察側に聞いてください。私が答えるのは守秘義務に触れると思います」

やはりここで守秘義務を出してきた。

「関口組長が実刑判決を受けていたというのはご承知だったのでしょうか」

永瀬は質問の矛先を変えた。

「裁判で争っていたことも、判決がいつ下りたのかも私は知りません。私は犯罪者であろうとなかろうと、患者を治療する義務があります」

それはその通りだ。芳原医師には余裕さえ見られる。

「たとえば瀕死の重傷を負った患者が担ぎ込まれてきたとしましょう。患者を手術台に載せて手術を開始した。そこに新たに患者が運び込まれてきた。新しい患者は手術中の患者に刺された被害者だった。両方とも一刻の猶予も許されない。だからといって医者は手術中の加害者をほったらかして、被害者の治療を優先するわけにはいかないのです。目の前の患者の命を救うことに全力を傾ける。罪を犯したかどうか、そのことによって治療の優先順位を変えることなんて倫理的に許されない、おわかりいただけますか」

「検察に提出した診断書、意見書は、芳原医師の医師としての客観的判断で書かれたものだったと、そのように理解してよろしいのでしょうか」

「その通りです」芳原は自信に満ちた声で答えた。

「関口組長との関係ですが、治療で訪れる前に、芳原医師と個人的な関係はあったのでしょうか」

「誤解のないようにはっきりとお答えします。まったくありません」

「暴力団組長の診断書、意見書に、手心を加えなければならない関係などなかったということですね」永瀬が念を押す。

芳原が不愉快そうにむっとしているのが伝わってくる。芳原は時間を気にするように腕時計を見た。ワイシャツの袖から金無垢のロレックスが現れた。

「あと二つ質問させてください」

「その二つで終わりにしてくださいね。この次にも約束があるので」

「先ほどのお話ですと、移植された腎臓は問題なく生着しているということでしたが、ＢＫウイルス腎炎はどれほど重篤なのでしょうか」

芳原はコップの氷水をいきなりかけられたような顔に変わった。意見書にはＢＫウイルスの感染について記されている。検察に提出した意見書の内容を永瀬が承知しているのを芳原医師は悟っただろう。

腎臓を移植されたレシピエントは、ＥＢウイルス、ＢＫウイルスの検査が定期的に行なわれる。ＢＫウイルスは腎臓について腎炎を起こす。一度、腎炎を発症すると、治癒が困難になり、移植腎が廃絶する可能性が高くなる。

また、ＥＢウイルスは、悪性リンパ腫を起こすことが知られている。ウイルスの増殖の程度を測定し、早い段階で防ぐことが移植された腎臓を生着させることにつながる。検査は、移植直後は、一、二ヶ月に一回、その後は一年に一回程度の検査が必要になる。

「移植から二年が経過しています。移植維持期に入っていると思われます。通常は一年に一回程度の検査ですむのではないでしょうか」

「それがすまないから廃絶しかねないと意見書を書いた。ＢＫウイルスの状態を見ながら、免疫抑制剤の微妙な調整をしなければならない。それは専門医でない限り無理で、医療刑務所では困難だと思われる」

「なるほどよくわかりました」永瀬が答えた。

芳原は少し安堵した表情を浮かべた。

「でも尿や血液中のBKウイルス数の測定は、医療刑務所でも可能です。その数値を見ながら専門医が免疫抑制剤の量を決めれば、収監は可能だと思うのですが、いかがでしょうか」

「ドナーから健全な腎臓を摘出してまで移植をしているのです。万が一にも失敗は許されないと先ほども申し上げました。レシピエントは一、二週間ごとに検査し、その数値を見て免疫抑制剤の量を検討していかなければなりません」

「一、二週間ごとに検査ですか。そんなに繊細なものなんですね」

「その通りです」芳原は自信に満ちた声で答えた。

「しかし、関口組長には二十八日分のゼンニッポリンが芳原先生の名前で処方箋が出されています。免疫抑制剤の調整は一、二週間ごとに調整するのではないのでしょうか」

「検査は何度もしている。同じ数値なら、二十八日間、薬は同じ量でも問題はない。BKウイルスの数値が変化すれば、それに合わせて投薬量は変えている」

こう答えて芳原は席を立ってしまった。

帰りの新幹線で永瀬は記事の構成を考えていた。やはり関口譲治組長の診断書、意見書には大きな疑問が残る。

10　口封じ

案の定、関口譲治組長は取材を拒否した。当然と言えば当然だ。本来なら懲役刑に服しているべき身なのに、取材に応じていれば世論の反感を増幅させるだけだ。しかし、芳原雄志郎医師から診断書、意見書について聞き出すべきことは聞いている。

さらに関口組長、関口由紀夫の養子縁組についても上信大学医学部附属病院の倫理委員会が審議し、問題なしと判断したことも明白になった。

後は関口由紀夫から養子縁組の経緯を聞き出すのと、世間一般の養子縁組と変わりない生活を送っているか、それを本人の口から確認したい。光明社から近いこともあり、面影橋近くにあるビル七階の「関口」の部屋を枝野デスクと訪ねてみることにした。そこにいなければ大久保にある自宅マンションに行ってみればいい。

夕方まではおそらく歌舞伎町のパチンコ店で時間をつぶし、七階三号室に来るのは五時頃だ。永瀬の顔を見て、逆上する可能性もある。すぐに警察に通報できるように、永瀬も枝野も携帯電話を手に持った。

「こんなに近いビルに関口由紀夫は出入りしているんですか」

小日向の光明社から直線距離にすれば二キロ程度だ。昼間は梅雨空が広がり小雨もぱらついていたが、夕方からは雨も止み傘は必要なかった。タクシーを降りた。道路の反対側にビルはある。信号が変わるのを待って横断歩道を渡った。エントランスでグレーのサマースーツにブルーのネクタイを締めた男とすれ違った。ビルには、司法書士やコンサルタントの事務所が多い。

エレベーターで七階に上がった。細長い土地を利用して建てたビルで、部屋は廊下に沿って一号室から三号室で、いちばん奥の部屋に「関口」のネームプレートがかけられている。呼び鈴を永瀬が押した。古いブザーのような音がした。応答がない。もう一度押した。やはり返事はない。念のためにドアを強くノックした。返事はなかった。

「せっかく来たのに留守か」

こう言って枝野がドアノブを回した。鍵はかかっていなかった。少し開けて、その隙間から枝野が声をかけた。

「関口さん、いませんか」

枝野はドアの隙間から部屋の中を覗き見た。ツバを呑み込んだ。

「やばいよ、これは」

永瀬もドアの隙間から中を見た。

枝野は携帯電話で１１０番に通報している。枝野は「遺体を発見しました」と警察に伝えた。枝野は自分の名前と現在の場所を相手に伝えている。永瀬はもう一度、ドアの隙間から中を見た。

壁際にはスチール製のキャビネットが二段重ねられている。上段の開閉扉の取手に紐が通されているように見える。操り人形の糸が切れたように人が首を折り、下を向いている。しかし、両足は床から二十センチ上の宙をさまよっている。顔を確認できないが、関口由紀夫のようだ。

「生まれて初めてだ。取材現場で遺体を発見するのは」

永瀬が誰に言うでもなく呟いた。

「私だって、こんな現場に遭遇するのは初めてですよ。すぐ来るそうです」枝野が警察への通報を終えて言った。

「これは口封じだな……」

永瀬はさらにドアを開いた。

「部屋に入るなと、警察から言われました」そう言いながら枝野も中の様子を見ている。

両方の壁際に置かれているのは、ヤクザが出入りする事務所には不釣り合いなスチール製のキャビネットだけだ。

「何をやっている事務所なのか、入って書類を見てみたいものだ」

すぐにパトカーのサイレンの音が接近してくる。通報から五分もしないで、ビルの下はパトカーで埋め尽くされていた。二人は第一発見者となり、そのまま事情聴取を受けるために、戸塚警察署に同行を求められた。

二人は別々の部屋で発見当時の様子を聞かれた。永瀬はくどくどと同じことを何度も聞かれ辟易した。

去年秋からNPO移植難民救済会の取材を開始したが、年明け早々は枝野デスクの依頼で岳田益荒男議員の健康不安説の密着取材をした。その帰りに事故に遭遇した。健康を回復し、NPO移植難民救済会の取材を再開し、不審な点が次々に出てきたので、取材を続行した。最後に関口由紀夫のコメントを取ろうと、「関口」の部屋を訪ねたら、ドアが開き、遺体を発見した。

「狭山警察署の刑事課の森下と寺尾という刑事が突然やって来て、二人には取材の経緯を説明しているから確認してみてくれ」

その確認に手間取っていたのか、永瀬が戸塚警察署を出た頃は、日付も変わり、雨が降り出していた。戸塚警察署の前からタクシーで光明社に向かった。週刊グローボ編集部では、入稿日ではなかったが、高沢編集長と枝野デスクが、編集長席の横にあるソファで話し込んでいた。編集部に戻ったのがわかると、「終わりましたか」と枝野がソファから立ち上がりながら聞いた。

「やっと終わりました」

「記事は来週号に掲載したいと思うけど、書けますか」枝野デスクが聞いた。

「明日もまた戸塚警察に行かないとまずいみたいだけど、今週の締め切りまでには原稿を上げます」

「掲載はするが、枝野、裏は取ってあるんだろうな。これはお前たち二人が勝手に進めていた企画だからな、問題が起きた時はそのつもりでいてくれよ」

高沢編集長が憤然とした表情で言った。

「十分心得ています」

枝野デスクが落ち着き払った口調で答えた。それが高沢の苛立ちを増幅させたのか、

「勝手にしろ」と舌打ちして席を立った。

枝野デスクは永瀬と心中してもかまわないと決断しているのだろう。枝野デスクを絶対に裏切るわけにはいかない。そればかりか自分のためにも、納得のいく記事を書かなければならないと思った。

翌日は午後二時に戸塚警察署に着いた。取調室には狭山警察署の森下と寺尾の姿も見られた。

「記者さんよ、俺たちは人間の命なんか、なんとも思ってねえ連中を相手に身体張っ

てんだ。少しはわかっちゃもらえねえか」

森下は余計なまねをしてくれたと言わんばかりに、永瀬の顔を見ると言ってきた。

永瀬は何も答えなかった。その態度に腹が立ったのか森下が大声を出して聞いた。

「あんた、ヨメはいるのか」

「いない」

「じゃあ、親は」

「二人とも健在だ」

「お宅の会社はそんなにいい給料を払ってくれるのか、親を悲しませてもかまわねえって思えるくらいに高給取りなのか」

高給取りが深夜のコンビニで働くかって言うんだ。食うや食わずで記者をしているんだ。何もわからないくせに、自分の都合で勝手なことを言うな。どこに目をつけているんだ、㊝刑事が。永瀬は怒りを必死に押し殺した。

「俺は社員ではない。契約記者だ」

「契約記者……」

「でき高払いの、いわゆるフリーの記者だ」

「親を悲しませてもかまわないくらいの原稿料を払ってくれるんだ。いい会社だなあ、だけど命は一つしかねえ……」

森下の言葉を途中で遮って言った。

「命がどうしたって……」

永瀬が鋭い視線で森下を睨んだ。

「一つしかねえって言うんだよ、だから大事にしろと」

「そんなことはあんたに言われなくったってわかっているさ。どうしようと大きなお世話だ」

「あんたらの勝手な動きで捜査が進まねえんだよ。こっちはよ、家族抱え、時には税金泥棒って言われて、それでも命張ってんだ。報道の自由かなんだか知らねえが、しゃしゃり出てくるんじゃねえよ」

森下も永瀬の取材に相当腹を立てているのだろう。しかし、永瀬もたまりかねて森下に向かって怒鳴りつけた。

「俺たちは、風どころか、息吹きかけただけでどこかに飛んでしまう紙切れに、事実を詰め込んで生きているんだ。あんた、とんでもない勘違いしているから教えてやるよ。一ページたったの二万円で命張ってるんだ、こっちは。命張ってるのはあんたらだけじゃない、お互い様だ」

永瀬も取調室から廊下まで漏れるような大声で言い返した。取調室の雰囲気は緊迫した。

「こっちも忙しいんだ、聞くべきことは早く聞いてくれ」

永瀬は聴取を促した。

聴取は戸塚警察署の刑事が行なった。最初から同じ話を繰り返した。森下も寺尾もいっさい口を挟まず、聴取の内容を聞いていた。聴取は途中で十分の休憩を挟んだだけで四時間行なわれた。

聴取が終わり、取調室を出ると、森下と寺尾が追ってきた。エレベーターに乗ろうとする永瀬の前に立ちはだかった。

「記事にする気かよ」森下が取調室とは打って変わって気安く話しかけてくる。

恫喝しても効果がないのがわかったのだろう。

「もう書いてある。後は入稿するだけだ」

本当は原稿はまだ一行も書いていなかった。警察に横やりなど入れてほしくなかった。

森下はため息なのか、深呼吸なのか、大きな息を吐いてから言った。

「仕方ねえな、いつ出るんだ」

「来週の火曜日発売」

「わかった」

森下は寺尾に目で合図を送った。関口譲治の周辺にも当然捜査の手が広がっている。

記事が掲載される前に、埼玉県警、群馬県警は捜査を進めておきたいこともあるのだろう。

「関口由紀夫は自殺なのか」永瀬は森下に聞いた。

戸塚警察署は自殺、事件、両方の可能性があると見て捜査中と記者発表していた。

「自殺のはずがねえだろう」森下は他殺であることをにおわせた。

「そうだろうと思ったよ」

「命がけで書くんだから、くどくど言っても仕方ねえが、あんたが思っている以上にホントにヤバいヤマなんだぞ。気をつけろよ。夜道は暗いと昔から決まってるんだからよ」

エレベーターに乗った永瀬の背中を、森下の太い声が追ってきた。

関口由紀夫の死を報じた新聞やテレビはなかった。しかし、月曜日午後からは週刊グローボ編集部にテレビ局からの問い合わせが相次いだ。発売の一日前には早刷りの週刊誌がマスコミ各社には出回る。

永瀬は枝野デスクと打ち合わせした通りの記事を書き、取材の最終段階で関口由紀夫の遺体第一発見者になった事実を書き加えた。

発売と同時に関口譲治組長は体調不良を訴えて、病院に入院した。病院名は明かされていない。取材は芳原雄志郎医師に集中した。芳原医師は最初は取材を拒否していたが、上信大学と医学部附属病院に抗議の電話が殺到した。

特に群馬県、埼玉県の県民は創流会組長が収監もされていない事実を知り、激怒した。

懲役四年の実刑判決を受けているが、執刀医の芳原医師の診断書、意見書によって関口組長は自由の身でいられる。芳原医師に対して批判、非難の声が集中した。大学、医学部附属病院側は記者会見を開かざるをえない状況に追い込まれた。

さらに関口組長は組員を養子にして腎臓を提供してもらい、芳原医師の執刀で移植手術を受けていた。そうした移植にほとんどの県民が疑問に思ったのだろう。

記者会見では永瀬に釈明したのと同じ内容の弁明を繰り返した。

診断書、意見書については、医師としての判断を記したまでで、関口譲治との個人的な関係はいっさいないと明言した。

記者会見を受けて新聞、テレビ、週刊誌、各メディアがその証言の真偽を取材した。関口組長とは個人的な関係はないと言い切ったが、三年前頃から、二人の付き合いは始まっていた。

伊勢崎、前橋、高崎の高級クラブで芳原医師は関口組長の接待を受けていた事実が明らかにされた。ホステス、中にはオーナーが顔にモザイクを入れ、声を変えて取材に応じていた。創流会の横暴さに声を潜めていた経営者が声を上げたのだ。接待の席に芳原医師がいたことが次々に明らかにされていった。多くの者が芳原医師は、関口譲治が創流会の組長だった事実を知っていたはずだと証言した。

上信大学医学部附属病院倫理委員会のメンバーにもマイクが向けられた。

「父と養子の関係は、個人事業主と従業員の関係。二人で協力して小規模の会社を創り上げてきて、個人事業主夫婦には子供はなく、将来は会社をその従業員に任せるつもりでいると、説明を受けた。事業主が暴力団組長で、従業員が組員だなんて説明を受けていない」

その中の一人が答えている。

メンバーの中には地元紙の記者、地元に事務所をかまえる弁護士もいる。関口譲治と聞いても、創流会組長だとは想像もしなかったようだ。

「病院側の説明は、二人は実の親子以上の仲で、今は個人の卸売業だが、将来的には大きくしていきたいと考えている、そのためにも透析ではなく、移植して通常の生活をしながら二人で会社拡大の夢を描いているということだった。関口譲治の名前を聞いても、まさか創流会組長だとは思わなかった」

審議に加わった弁護士は、説明に不十分な点、虚偽が含まれていた事実を明らかにした。倫理委員会の実態は二人を面接するでもなく、書類審査するだけだった。

関口組長はどこの病院に姿を隠したのか、マスコミは懸命に追った。しかし、入院先はつかめなかった。その分、連日のように芳原の姿がテレビに流れた。

永瀬と枝野は第二弾の記事をどうするか、気をもんでいた。次にどのような記事を書いたらいいのか、いいアイデアが浮かばなかった。枝野デスクは、永瀬の車を挟んだ玉突き事故は意図的に起こされた事実を報道しようと言ったが、関口組長と養子との間の移植に比べれば、トーンダウンするのは目に見えている。

石野調剤薬局には母親の聡子か、あるいは紘子、どちらかが出て、残った方が周若渓の相手をした。その日は紘子が自宅に残り、周若渓を兄の勤が学んだ小、中学校、高校を案内する予定になっていた。それくらいしか周若渓にしてやれることはなかった。

聡子が家を出て、朝食の片付けを終え、テレビのスイッチを入れた。朝のワイドショー番組は、上信大学医学部附属病院と創流会がらみのスキャンダルを放送していた。民放すべてが芳原雄志郎医師が検察に提出した関口組長の診断書、意見書を取り上げ、ドナーでもある養子の関口由紀夫が、都内の事務所で首を吊っていた事実について報道していた。

記者会見では、部屋の最前列に机が置かれ、上信大学総長と医学部附属病院の院長に挟まれて、芳原雄志郎泌尿器科部長が座っていた。大学の職員と思われるスタッフが部屋の隅に置かれたマイクに向かって挨拶をしている。

「今日はお忙しいところを当大学の記者会見にお越し下さり感謝申し上げます」

記者会見に至るまでの経緯を簡単に説明している。

真ん中に座っている芳原医師が、マイクを握った。一斉にストロボが光り、その光りの多さに芳原が一瞬たじろいだ。

予め発表する内容は検討してあったのだろう。芳原はメモ用紙を広げながら、自分の弁明を発表した。その様子を見ていた周若渓の表情が次第に険しくなっていく。

「どうしたの……」

「私、この医師、上海で見ました」

周若渓は芳原医師を他の誰かと勘違いしているのではと思った。周若渓の日本語の理解力は十分ではない。兄とのコミュニケーションも日本語より英語の方が多かったようだ。

「この人は、ここから三十分くらいのところにある上信大学のプロフェッサーで、ドクターでもあるの」

「この人、移植医ですね」

周若渓は記者会見の内容を理解している様子だ。

じっとテレビを見つめたままで、わからない言葉が出ると、翻訳を紘子に聞いてきた。三十分近い放送を、周若渓は講義を聞く学生のように見つめている。

記者会見の様子からスタジオにカメラが切り替わった。

「間違いありません。この医師、上海で見ました」

「それ、ホントなの」

「上海の工場に、この人、いました」

それでも紘子にはすぐに信じられなかった。芳原医師が上海の全日健康薬品を何故訪れるのか。

「勤さんとケンカしていました。きっと悪い人です」

「どんなやり取りをしていたのか、覚えているの」

周若渓は首を横に振った。

上海工場には日本人スタッフが数十人駐在している。周若渓のようなローカルスタッフは製造される薬品の一工程にかかわるに過ぎない。重要な決定事項は、日本人駐在員と一部の中国人幹部だけだ。

薬品の製造はどの過程でも管理は厳しく入室には除菌が義務付けられている。どのセクションも製造している状況が通路側からでも確認できるように、廊下と部屋は窓ガラスで区切られている。

「私が見たのは、廊下側からで、テレビに出ていた医師は、勤さんの胸倉をつかんでいました。周囲には日本人のスタッフもいましたが、あの医師が怖いのか、止めようとはしませんでした」

「いつ頃の話なの、芳原医師が上海工場を訪れたのは？」

「去年の十月二十二日です」

周若渓は即答した。紘子には日付まで正確に記憶しているのが不思議だった。

「父がいなくなっているのがわかり、その日に警察に探してほしいとお願いに行きました」

十月二十二日から、石野勤にも、周若渓にも、防波堤を越えて押し寄せてくる津波のように、次から次に不可解なことが起きていた。

二人は必死に周天佑の行きそうな場所を訪ね歩いたが、結局、見つけ出すことはできなかった。石野勤は何を思ったのか、その日から移植数の多い天津第一中央病院臓器移植センターと上海国際移植センターを頻繁に訪ねるようになった。表向きはゼンニッポリンのＰＲと販売促進という名目だった。しかし、周若渓にはそうは思えなかった。

その頃から、石野勤は上海工場の日本人幹部から呼び出され、注意を受けるようになったようだ。何の注意を受けているのか、周若渓にはいっさい話はしなかった。

「兄が周さんに残しておいたものをもう一度見せてくれますか」

兄の机の上に名刺入れが置いてあった。周若渓は部屋に戻り、名刺入れを持ってきた。勤が軟禁されていたホテルの清掃係がこっそりと持ち出し、周若渓に届けてくれたものだ。

名刺入れには、三枚の名刺と、血液の検査結果票が入っていた。メモ用紙と同じように、それらには勤が周若渓に何かを伝えたかったのか、意味があるように思えた。

一枚の名刺は、「李博文《リーブォウエン》　上海国際移植センター院長」のものだった。ゼンニッポリンの品質管理と、その有効性を中国の移植医にアピールする役割を負っていた勤が、李博文院長と会っても、何の不自然さもない。

「この李博文院長と周さんは会ったことがありますか」

周若渓は首を横に振った。

「でも、勤さん何度も会っていると思います。李医師は上海でナンバーワンと言われている移植医です」

もう一枚は「張夢華《チャンモンファ》　日中友好移植者支援協会」で、住所が二つ記載されている。一つは上海事務所で市内になっている。もう一つの住所は東京都新宿区西早稲田になっていた。

「この女性、私、知っています」

張夢華は全日健康薬品上海工場で従業員の健康管理を担当していた看護師だった。日本語も堪能で、いつの頃かわからないが、退職して日中友好移植者支援協会のスタッフに採用されたらしい。

「日中友好移植者支援協会って、何をする協会なのかしら」

「わかりません。でも、勤さんはとんでもない協会だと言っていました」

三枚目の名刺は、石野紘子もよく知る人物だった。「医療法人仁療会理事長　寺西透」だ。

芳原医師と同じ上信大学医学部で学んだ。伊勢崎、前橋、高崎に透析専門病院を開設し、それだけにとどまらず群馬県、埼玉県内に合計八つの透析専門病院を展開している。北関東最大の透析病院と言っていいだろう。

医師というより事業家と呼んだ方がいいくらい、経営者としての手腕には秀でているものがある。その強引さが時には医療関係者の間では話題になる。

埼玉県内のある病院で、長年透析医療に貢献し、患者からの信頼も厚い医師がいた。寺西透はその医師を仁療会に引き抜くために、一億五千万円の移籍費を支払った。その医師が病院を移籍すると、二百人以上の患者も仁療会の病院で透析を受けるようになったのだ。

寺西の自宅は藤岡市にあり、広い敷地に地元で産出される三波石をふんだんに使った庭園を造り、庭師によって手入れされた松やモミジ、楓の植え込みが配されて、四季によってその姿が変化した。周囲の人たちは「透析御殿」と呼んでいる。

「何故、寺西医師までが上海に行ったのだろうか」

寺西医師と石野勤が会ったのかどうかわからないが、名刺を持っているところから判断すれば、勤と会っている可能性は十分にあるだろう。

血液の検査結果票は周若渓の父親、周天佑から採血したものだった。

「何故、勤さんが父の検査結果票を持っていたのか、私にはわかりません」周若渓が言った。

兄と芳原医師が言い争っていたという目撃情報だが、周若渓が勘違いしているとは思えない。そして石野勤が奇妙なルートで帰国し、その翌日に下仁田町の不通橋から身を投げて亡くなっている。

テレビでは肝心なところは、週刊グローボの記事に依拠してニュースを放送していた。

紘子は週刊グローボをコンビニで購入した。記事を読み、取材をした永瀬和彦記者に、周若渓と一緒に会ってみたいと思った。

締め切り時間が迫ってくる。気持ちだけが焦るが、パソコン画面は真っ白で、まだ一行も書いていない。打ち合わせのために編集部を訪れた。反響が大きく、記事の第二弾を書かなければならない。三階の編集部で、枝野デスクと打ち合わせをしようとした時だった。受付から永瀬に来客だと連絡が入った。

「お約束はしていないようですが、どうしても芳原医師の件でお話ししたいことがあると、女性お二人が来られています」

「これから打ち合わせなんだけど、具体的な用件を聞いてもらえますか」

受付は二人と話をしているようだ。すぐに受付の声が聞こえる。

「一人の方は上海から来られた方で、全日健康薬品上海工場で芳原医師を見かけたそうです。詳しい話は会ってしたいと申されていますが……」

永瀬は三階に上がってもらうように受付に言った。

三階エレベーターホールの前で、永瀬は二人の女性を待った。すぐに二人連れがエレベーターから降りてきた。

「石野さんですか」

永瀬が尋ねると、コクリと頷いた。窓際のソファに二人を招いた。枝野デスクにも同席してもらうことにした。

「突然、何の約束もなくおうかがいして申し訳ありません」

女性は名刺を取り出した。「石野調剤薬局　薬剤師　石野紘子」と書かれていた。

「それでどのようなご用件でしょうか」

石野紘子が隣に座っている女性を紹介した。

「兄は全日健康薬品の上海工場に勤務していましたが、予定されていた日に帰国せず、二週間後、下仁田町の不通渓谷で遺体となって発見されました。今、富岡警察署が捜査していますが、自殺なのか事件なのかいまだにはっきりしていません。こちらは兄の恋人の周若渓さんで、兄の上海での様子を、私たちに知らせるために来日してくれました」

周若渓は緊張した面持ちで二人の話を聞いている。

「周さんは日本語はわかりますか」

永瀬が話しかけると、「少しはわかります」と答えた。

「テレビに芳原医師の記者会見の様子が流れ、周さんが上海工場で、兄と芳原医師が言い争っているのを見たというものですから……。すぐに永瀬さんが書かれたグローボの記事を読み、いても立ってもいられずに、とにかく会って私たちの話を聞いてもらおうと思いました」

永瀬も枝野デスクも、二人の突然の来社の理由がわかった。石野は昨年秋から今日に至るまでの経緯を説明した。

すべてを話し終えると、石野はバッグから小さな名刺入れを取り出した。

「兄が、おそらく万が一の時を考えて、周さんに託したのだろうと思います」

名刺入れの中からメモ用紙を取り出して、センターテーブルの上に広げた。

「法輪功、悪魔のゼンニッポリン」

石野は間違いなく兄の筆跡だと言った。

さらに三枚の名刺と周天佑の血液検査票を置いた。名刺は「李博文　上海国際移植センター院長」、「張夢華　日中友好移植者支援協会」、「医療法人仁療会理事長　寺西透」のものだった。

寺西透について、石野紘子が北関東最大の透析病院を運営する理事長だと教えてくれた。

残りの二枚は中国人の名刺だ。永瀬は張夢華の名刺を手に取ってみた。「日中友好移植者支援協会」には日本側の事務所も記されている。

名刺を枝野デスクに渡し、胸のポケットから手帳を取り出した。

「日中友好移植者支援協会の住所を読み上げてくれますか」

枝野が日本側の事務所の住所を読み上げた。「新宿区西早稲田○―△―×です」

「その住所はＮＰＯ移植難民救済会と同じですね。日中友好移植者支援協会という名前は、ＮＰＯ移植難民救済会の中国国内での名称かもしれない」

永瀬は石野紘子、周若渓からの情報を聞き、深い底なし沼に身体が沈んでいくような錯覚に陥った。

11　仕組まれた事故

関口由紀夫が不審な死を遂げる直前の様子は、新宿二丁目のパープルムーンの木戸浩が知っているはずだ。当然、警察が聴取に訪れていると思われる。石野紘子と周若渓、二人の訪問を受けた日の夜、永瀬は新宿二丁目にあるパープルムーンに飲みに行くことにした。

店はすぐに見つかった。店内に入ると同時に「いらっしゃいませ」という声が聞こえてくる。カウンターの中にいたのは木戸浩ではなかった。

「あれ、木戸さんはどうしたの？」

永瀬は常連客のような振りをして聞いた。

「私は大泉といいます。木戸さんに頼まれて、しばらくは雇われ店長をします。よろしくお願いしますね」

「あっ、そうなんだ」

カウンター席に座り、ビールをオーダーした。冷たいビールで喉を潤しながらつづけた。

「木戸さん、病気でもしたの？」

何気なく木戸の近況を聞きだしてみる。

「私もよくわからないのよ。しばらく店長してって頼まれて、実家に帰ったのか、ここ二、三日連絡が取れないの」

大泉がウソをついているとは思えない。

一時間ほどねばってみたが、木戸の情報は得られなかった。

翌朝、狭山警察署刑事課の森下と寺尾が井荻のマンションに突然やって来た。

「朝早くからすまねえな」

森下の口調は相変わらずぶっきらぼうだが、心底すまないと思っているらしく、睨みつける視線ではない。

二人を部屋の中に入れた。永瀬はまだ顔も洗っていなかった。

「どうしたんですか、こんなに早くから」

永瀬はあくびを噛み殺しながら聞いた。

寺尾が訪問の理由を説明した。寺尾は無精髭が伸び、眠っていないのか目は充血し、顔もあぶらぎっている。

「実は昨晩遅く木戸浩が狭山警察署に自首してきました」

「自首？」永瀬が聞き返した。

永瀬は自分の耳を疑った。

何をしでかしたというのだろうか。

「真っ青な顔してよ、午前一時過ぎに飛び込んできたんだ。で、こっちも緊急呼び出しを受けて、手分けして捜査しているっていうわけだ」

森下にも疲労の色が滲んでいる。

寺尾によると、木戸は今年一月、永瀬和彦の車を狙い撃ちにして、意識的に玉突き事故を起こしたと自供したらしい。犯行は相棒の関口由紀夫から誘われ、三百万円の報酬を関口から受け取ったというものだった。レンタカー契約時に加入した保険会社からの給付金は付録のようなもので、保険金詐取を目的にした事故ではないと、木戸は明らかにしたようだ。

「で、肝心の事故の目的については何と言っているのでしょうか」

永瀬が聞いた。

「金の出所も、依頼人も、目的も木戸は何も知らされていない、わからないと、狭山署では供述しています」寺尾が言った。

狭山警察署は事件ではなく、事故として処理している。突然、木戸が現れ、永瀬の車目がけて意識的に玉突き事故を起こしたと言われても、すぐに逮捕というわけにはいかないだろう。それで当事者の永瀬からもう一度聴取する必要が出てきたのだ。そんなところだろう。

しかし、森下、寺尾は刑事課暴力団対策係だ。事故の背後には創流会がからんでいると見ているのだろう。

「ホントに木戸は何も知らないのか」

知らないはずがない。自供通り、死んだ関口由紀夫から何も知らされていなければ、パープルムーンで客の相手をいつも通りにしていたはずだ。

「俺があれは事故だったと、木戸の自供を否定したらどうなるんだ?」

永瀬は意地の悪い聞き方をした。すでに事件性はないと狭山警察署は判断している。被害者が事故と言えば、木戸の身柄を拘束する理由はなくなる。

「言いたいことはあるんだろうが、正直に当時の様子を話しちゃくれまいか」

森下がペコリと頭を下げた。

森下は木戸の自供の内容をすべて明らかにしたわけではない。木戸は自分の身にも危険が及ぶと判断したから、狭山警察署に駆け込んだのだろう。警察署内であれば、首吊りに見せかけて、殺されることもない。

事故の経緯はすべて狭山警察署に話した通りで、ことさら新しい事実があるわけではない。関口と木戸の二人が旧知の仲だと知ったのは、永瀬が退院してからだった。それからは仕組まれた事故ではないかと考えるようになった。

木戸からの情報が永瀬は欲しかった。森下、寺尾に貸しを作っておけば、これからの取材に少しは役立つかもしれない。

「後続車両を運転していた関口が警察に通報してくれた。その礼を言いに行った時、関口と木戸が一緒にいるところを目撃したんだ。事故の前の晩には、二人は高崎の焼肉レストランでメシも一緒に食っていた。退院した後、そうした事実がわかり、あれは事故ではなく仕組まれたもんだと思うようになったんだ」

寺尾が永瀬の証言を手帳に書き留めている。

「高崎はどのような取材だったのでしょうか」寺尾が手帳を持ったまま永瀬に聞いた。

「岳田益荒男議員に健康不安説があり、二、三日追っていれば、それが事実かどうかわかると思って、ずっと尾行した」

「岳田議員の健康不安説はどうだったんですか」

「まあ、元気なんじゃないの、あんなに走り回った後、平気で東京に戻っていったから」

「岳田議員を追い回す前は、どんな取材をしてたのか、具体的に教えてもらえるか」

肝心な質問になると森下刑事が出てくる。

「移植を希望している患者から大金を受け取り、中国での移植を斡旋するＮＰＯが存在し、背後で暴力団がからんでいるという情報を入手したので、移植難民救済会を張り込んでいた」

「その暴力団の実態をつかんだんですか」寺尾がペンを握りしめて聞いてきた。

「そんな話を俺に聞いてどうするんだよ、あんたら刑事課の刑事だよな」

皮肉を込めて言い返した。

当然、死んだ関口由紀夫と創流会の関口譲治組長との関係、関口由紀夫とNPO移植難民救済会の頼近基との関係を捜査しているはずだ。創流会とNPO移植難民救済会との関係を知っている関口由紀夫が死亡したのは、口封じのためではないのか。

「鋭意捜査中」森下刑事が即答した。

「どこまで解明できたのか、教えてもらえないか」永瀬は森下に視線を送りながら尋ねた。

「着手したばかりだ」

そんなはずがない。しかし、それ以上何を聞いても森下は答える気はないのだろう。貝のように口を閉ざしている。

「それならこちらもそれなりの方法で調べさせてもらうさ。移植難民救済会は、日中友好移植者支援協会という名前で上海に支所を出して、おおっぴらに移植を斡旋しているようだ。次は関口由紀夫が何をしていたか、大々的に書くつもりだ」

永瀬は関口由紀夫とNPO移植難民救済会とがどのような関係なのか、まったく把握していなかった。しかし、すべての事実を知っているような口ぶりで森下に言い放った。

森下は苦い粉薬を口一杯に含んだような顔つきに変わった。

東京から戻った石野紘子はパソコンに向かった。

永瀬記者によると、関口譲治組長は上信大学医学部附属病院で治療を受けている。芳原雄志郎医師が出した処方箋で、伊勢崎市国定町にあるひまわり調剤薬局で薬を購入している。

ひまわり調剤薬局は群馬県地域医療協議会に加盟している。もちろん石野調剤薬局も名を連ねている。


六十五歳以上の人口が総人口に占める割合を示す高齢化率は長期的に上昇傾向で推移し、二〇一〇年は二三・〇％を記録している。今後二〇三〇年に三一・二％、二〇五五年には三八・〇％となることが予想される。目の前に迫っている高齢化に対して、地元の医師会、薬剤師、福祉関係者が一体となって、二〇一三年に群馬県地域医療協議会を立ち上げた。

県民の診療情報を一元管理するための組織で、総合病院、診療所、歯科医院、調剤薬局や介護施設を含めて医療、福祉関係者が患者のデータを共有し、より充実した医療を県民に提供することを目的としている。

医療関係者の中には、医療ミスが明らかになるのを恐れて、加盟に消極的な医師も決して少なくはない。共有する患者の情報は、病名、処置内容、検査結果、レントゲン写真のデジタル画像などだ。こうした情報の共有化が救急患者の救命率を高くする。患者の高齢化は深刻な事態を引き起こす。患者本人からそれまでの診療経過を聞きだしたり、緊急手術の同意を取り付けたりするのが極めて困難になる。

そうした患者が救急で病院に運び込まれてきた時、容態が悪ければ本人からの聞き取りは当然不可能だ。どんな薬を飲んでいたのかさえもわからない。

世話をする家族がいたとしても、同居しているとは限らない。正確な情報を得るまでに時間がかかってしまうケースが多くなる。しかし、救急搬送された病院で、群馬県地域医療協議会のデータベースにアクセスし、患者の名前を入力すれば、それまでの診療記録、投薬履歴がすぐに引き出せる。

また、高齢患者の多くは、複数の病院で、複数の医師の治療を受けている。薬剤師にとって患者への重複投与、過剰投与も見過ごせない問題だ。しかし、そうしたトラブルは情報を一元化することによって避けることが可能になる。

患者の個人情報で取り扱いには人権的な配慮が求められる。しかし、兄の石野勤は謎のメモを残したまま不審な死を遂げた。恋人だった周若渓は上信大学医学部附属病院の芳原雄志郎医師を全日健康薬品の上海工場で目撃している。

芳原雄志郎医師が行なった生体腎移植について、週刊グローボが、組員の関口由紀夫から関口譲治組長への臓器提供の倫理的な問題を報道した。芳原医師は上信大学医学部附属病院の倫理委員会にかけ、まったく問題はないと永瀬に語っている。その上、実刑判決を受けた関口譲治組長の診断書、意見書を検察に提出している。

芳原医師の診察を受けた後、関口由紀夫はひまわり調剤薬局に行き、二人分の薬をもらっている。おそらく片方は関口譲治が服用する免疫抑制剤だと思われる。

群馬県地域医療協議会のデータベースで調べれば、関口譲治組長の投薬歴はすぐに引き出せる。関口譲治は二〇一四年七月から免疫抑制剤を服用していた。

八〇年代に移植に革命を起こしたと言われるシクロスポリンの商品名はネオーラルで製薬会社はノバルティスファーマ、タクロリムスはグラセプターの名前でアステラス製薬から出されている。通常はどちらか一つが選択されるが、移植直後の関口にはグラセプターが処方されている。ステロイドはファイザーのメドロールが出されていた。通常は二剤併用で、移植維持期のレシピエントに処方される。

ノバルティスファーマからはネオーラルに次いでサーティカンが出され、ヨーロッパで急速に使用されるようになった。

全日健康薬品のゼンニッポリンは、グラセプター、サーティカンよりも免疫抑制効果があり、副作用が少ないとアジア、主に日本、中国、韓国、台湾、シンガポールで急速に広がっている。一年後、関口譲治は、グラセプターの服用から、ゼンニッポリンへと薬を替え、同時にメドロールの量が半減している。

紘子は群馬県地域医療協議会のデータベースからログアウトしようと思った。ログアウト画面で実行キーを叩こうとした時、マウスをクリックする手が止まった。

「群馬県内では、どれくらいの患者に免疫抑制剤が処方されているのだろうか……」

免疫抑制剤は通常一ヶ月分から三ヶ月分が患者に処方されている。免疫抑制剤のデータを集めれば、実際のレシピエントのおよその数はわかる。群馬県地域医療協議会に加盟していない調剤薬局は全体の三割程度だ。

群馬県内の臓器提供による腎移植件数は、毎年二、三例くらいだ。生体腎移植は二十数例、生体肝移植は五例あるかどうかだ。つまり一年の間に群馬県内で移植を受けた患者数は三十人前後と見ていいだろう。

県内で移植を行なっている施設は、H病院、G病院、O病院、そして上信大学医学部附属病院の四施設だ。

腎臓移植の場合、腎移植後五年生着率は生体腎移植で九四・六パーセント、献腎移植で八七・五パーセント、十年生着率は生体で八七・〇パーセント、献腎で七一・一パーセント。五年生存率は生体腎移植で九七・二パーセント、献腎移植で九三・四パーセント、十年生存率は生体で九二・七パーセント、献腎で八〇・八パーセントという極めて高い数字が出ている。移植技術の向上とともに、優れた免疫抑制剤が開発されているからだ。

免疫抑制剤を服用している患者数は、群馬県地域医療協議会のデータベースに登録されていたのは百八十九人だった。

紘子はデータを検索しているうちに、奇妙な事実に気がついた。

「どういうことなの……」

移植件数ではH病院が最も多く、次いで上信大学医学部附属病院、G病院、そしてO病院の順だ。群馬県地域医療協議会に加盟しているのは、県内にある調剤薬局の七割程度、そのデータベースから推計すると、群馬県内で行なわれている移植件数より三十例も多い数の処方箋が、調剤薬局に持ち込まれていることになるのだ。

他県から群馬県に転入してきたことも考えられるが、それにしてもレシピエントの数が多すぎるのだ。紘子はパソコンから離れられなくなってしまった。しかも免疫抑制剤の処方箋が出されているのは、移植件数一位のH病院を抜いて上信大学医学部附属病院が圧倒的に多いのだ。

他の三病院で移植手術を受け、交通の便などから術後のケアを上信大学医学部附属病院で受けるレシピエントがいるのかしもれない。しかし、それならば他の三病院からの免疫抑制剤の処方箋数が減るはずだ。ところが三年間、移植手術件数とほぼ匹敵する処方箋が出されているのだ。

明白なのは上信大学医学部附属病院から、移植件数に符合しない免疫抑制剤の処方箋が出されていることだ。そして、そのほとんどがネオーラル、サーティカン、グラセプターからゼンニッポリンに替えられていた。

移植手術を終えたばかりのレシピエントにゼンニッポリンが用いられるのは珍しいことではない。移植から一、二年が経過し、安定した移植維持期に入っているレシピエントの免疫抑制剤を替えるには慎重にならざるをえない。すでに身体がそれまで服用してきた免疫抑制剤に馴染んでいるからだ。

しかし、上信大学医学部附属病院から出される処方箋はゼンニッポリンが次第に増えて、ほぼすべてのレシピエントがゼンニッポリンとステロイドの二剤併用になっていた。

さらに奇妙なのは、二年前から上信大学医学部附属病院から出ている処方箋の数が漸減している。常識的にはレシピエントが死亡したと思われるが、そうではなかった。群馬県地域医療協議会のデータベースでは、免疫抑制剤の処方箋総数に大きな変化は見られない。

上信大学医学部附属病院から出される処方箋数の漸減の理由はすぐにわかった。医療法人仁療会の伊勢崎、前橋、高崎の各病院から処方箋が出されていた。この三つの病院は群馬県、埼玉県にある医療法人仁療会八病院の基幹病院と言ってもいい。泌尿器科を掲げているが、透析専門病院で移植実績はない。

医療法人仁療会の病院で透析治療を受けていた患者が、上信大学医学部附属病院で移植手術を受け、移植維持期に入り、医療法人仁療会の系列病院から免疫抑制剤の処方箋を出してもらうようになったのだろうか。しかし、それでも紘子には納得がいかない。二年前までは、医療法人仁療会の病院からは一通の処方箋も出ていないのだ。

透析専門の医師に、免疫抑制剤の十分な知識があるのだろうか。素朴な疑問が湧いてくる。

こうした事実と兄の死が関連しているとは思えないが、兄が残した「法輪功、悪魔のゼンニッポリン」というメモ書きと、周若渓が来日する時に持ってきてくれた三枚の名刺と血液の検査結果票が、兄に代わって懸命に語りかけているように思えるのだ。

週刊グローボの永瀬からは、どんな些細な情報でも提供してほしいと依頼された。紘子の方も、兄の死の謎を解く手がかりになりそうな情報は提供してほしいと頼んでおいた。

紘子は永瀬の携帯電話を呼び出した。半日かけて調べ上げた情報を伝えた。永瀬の反応は早かった。

「明日の午前中におうかがいしてもかまいませんか」

石野調剤薬局のパソコンから、横に永瀬をおいて群馬県地域医療協議会にアクセスするのは、他の薬剤師の手前控えなければならない。紘子は自宅マンションに来てもらった。石野調剤薬局は母親に任せて、紘子は周若渓と一緒に永瀬の到着を待った。

永瀬は午前十時過ぎにやって来た。三人はリビングのテーブルに着いた。紘子はノート型パソコンを起動させた。群馬県地域医療協議会には、ログインIDとパスワードを入力しなければ、データベースにアクセスできない。

データベースにアクセスすると、昨日電話で説明したことを、紘子はもう一度、具体的な画面を表示しながら説明した。永瀬も周若渓もモニター画面をじっと見つめ、紘子の説明に聞き入っている。

永瀬の表情が次第に強張っていくのがわかった。

「勤さんが残したメモですが、『法輪功』について、私はわかりません。ただ『悪魔のゼンニッポリン』に関してですが、この免疫抑制剤がすべての事件の発端のような気がしてきました」

永瀬は上信大学医学部附属病院の芳原雄志郎医師は、全日健康薬品から五年間で一億五千万円、その他の薬品メーカー二社から一億円、そして医療法人仁療会からも五千万円が寄付され、合計三億円が免疫抑制剤の研究費として渡っていると説明した。

「全日健康薬品と芳原医師とは、製薬メーカーと医師というだけではなく、もっと密接な関係が築かれているわけですね」紘子が確かめる。

「そうです」

寄付講座の期間は五年で、今年が五年目にあたる。さらに五年間の延長を芳原が望めば、芳原は全日健康薬品に対して寄付に見合う貢献をしなければならない。

「従来の免疫抑制剤からゼンニッポリンへの急激な切り替えは、その貢献の一つではないでしょうか」

永瀬が切り替えの理由を推理した。日本市場での、グラセプター、ネオーラルの市場は揺るがない。グラセプターの前身はプログラフで、アステラス製薬はその改良型とでも呼ぶべきグラセプターで、日本の移植医の信頼を勝ち取っている。ノバルティスファーマもネオーラルだけではなく、サーティカンで巻き返しを図っている。

「だからと言って、芳原医師が上海の全日健康薬品を訪れなければならない理由って、あるのでしょうか」紘子が疑問を口にした。

「ゼンニッポリンは免疫抑制剤としては後発になります。日本での実績を中国の医師にアピールするために、中国に行ったのではないでしょうか。中国でのゼンニッポリンのシェアは急速に伸びています。日本の移植専門医の講演は中国人医師に大きな影響力を持ちます」

周若渓の推測だ。

芳原医師の訪中は、全日健康薬品の要請を受けたものと考えるのが自然だ。中国でのゼンニッポリンの普及に一役買っているのが、石野勤が残したもう一枚の名刺、李博文上海国際移植センター院長ではないだろうか。

しかし、それだけなのだろうか。

もし、芳原医師が全日健康薬品の意向を汲んで動いていたとするなら、何故、上信大学医学部附属病院で治療を受けているレシピエントに堂々とゼンニッポリンの処方箋を出しつづけないのだろうか。その方が全日健康薬品への貢献度は高くなるはずだ。

同じことを永瀬も感じているのだろう。

「どうしてレシピエントを医療法人仁療会の病院に振り分けているのか、その理由がわかりませんね」

「医療法人仁療会からも、また五千万円を寄付してほしいから、レシピエントを回しているのではないでしょうか」

透析患者を取り巻く日本の事情を知らない周若渓が言った。

レシピエント一人を医療法人仁療会に回してもらうより、上信大学医学部附属病院から透析を導入する患者を一人紹介してもらった方が、医療法人仁療会には収益につながる。

「ニュースソースは絶対に明かしません。ある患者が免疫抑制剤を服用しているかどうか、データベースで見てもらえないでしょうか」

「このデータベースから個人情報が漏れたとなると、私一人の処分ではすみません。高齢化が急激に進む県内の医療にも大きく影響します」

個人情報が外部に流出すれば、法的な問題に発展する可能性がある。

「群馬県地域医療協議会のデータベースからの情報だということは秘匿してくれますね」

紘子は念を押すように永瀬に聞いた。

「群馬県地域医療協議会と石野さんの名前は絶対に秘匿します。どうしても調べてほしい人間がいます」

「わかりました」

紘子はノート型パソコンを自分の方に引き寄せた。

「名前を言ってください」

「タケダ」

「どんな字ですか」紘子がキーボードを叩きながら聞いた。

「岳田です」

「で、名前は？」

「マスラオ」

「エッ」

紘子はキーボードを叩く手を止め、まじまじと永瀬を見つめた。

「岳田益荒男です」

「群馬県選出の国会議員ですか」

「そうです」

紘子がキーボードを叩き、名前を「岳田益荒男」にして実行キーを叩いた。

ヒットした。

「出てきました」

名前の他に生年月日、住所なども記載されている。紘子はモニター画面を永瀬の方に向けた。永瀬が取材ノートを取り出し、生年月日、住所を確認している。

「岳田益荒男議員に間違いない」

岳田議員は、上信大学医学部附属病院で二〇一五年十一月五日に診察を受け、免疫抑制剤の処方箋をもらっている。しかし、腎臓移植を受けている事実は記載されているが、移植手術を行なった病院名は記されていない。半年後には医療法人仁療会の伊勢崎、前橋、高崎病院を順に回りながら処方箋を出してもらい、やはりひまわり調剤薬局で薬を受け取っている。

「何故、病院を転々としているのかしら……」紘子が思わず口にした。

「同じ病院に何度も顔を出すと、患者に見られ、健康不安説に拍車がかかるからでしょう」

永瀬が確信に満ちた声で言った。

岳田益荒男議員は二度目の腎臓移植を受けたようだ。永瀬はいつ頃から岳田議員に健康不安説が流れるようになったのか、現在に至るまでの大病をした経験があるのかを調べてみた。岳田議員は慢性腎不全のため、一九九五年に妻から臓器提供を受けて、腎臓の移植手術を受けていた。

移植から二十年が経過し、移植された腎臓が廃絶した場合、服用する免疫抑制剤も次第に減っていく。最後には移植された腎臓は萎縮し、免疫抑制剤も服用する必要はなくなる。透析を再開すれば、今度は尿毒素、リン、カリウムを排出する薬を服用しなければならない。

群馬県地域医療協議会の創立は二〇一三年、それ以前の手術歴、治療、投薬歴は群馬県地域医療協議会のデータベースでは調べようがない。

「二度目だとしたらいったい誰から腎臓を提供してもらったのかしら……」紘子は思わず呟いた。

紘子は日本臓器移植ネットワークにアクセスした。

群馬県での脳死、心停止からの腎臓移植件数は二〇一五年十月、十一月ともに〇件だった。

「死体腎移植でないのなら、ドナーがいるはずよ」

妻はすでに臓器を提供している。

「岳田議員には、確か医師になった息子さんと、医学部に通っているお嬢さんがいたと思うけど……」

しかし、子供から親への移植というケースは極めて少ない。

岳田益荒男の二度目の移植は生体腎移植ではないと、永瀬は端から思っているのか、勤が残した謎のメモに触れた。

「勤さんのメモには『法輪功』って書かれていたんですよね」

永瀬が今さらのように確認を求めてきた。

紘子は頷いた。

「法輪功関係者から摘出された腎臓は、誰に移植されるのですか」

永瀬は視線を周若渓に向けた。

「中国共産党の幹部やその家族、国軍の幹部というような噂、私聞いたことあります」

周若渓が答えた。

「勤さんの名刺入れに入っていた中国人女性の名刺ですが……」

紘子は周若渓と顔を見合わせた。

「日中友好移植者支援協会が日本のＮＰＯ移植難民救済会の上海支所になっていましたが、日本人に法輪功関係者の臓器が移植されているということはないのでしょうか」

周若渓は青ざめた顔で答えた。

「そんな恐ろしいこと、ホントに上海で起きているのでしょうか」

12　視察

岳田益荒男が死体腎移植を受けた可能性は低いだろう。では家族から提供してもらい移植を受けたのだろうか。それならば群馬県地域医療協議会のデータベースには、ドナー名が記述されていなくても、移植を受けた病院の名前くらいは記載されているはずだ。

家族からの提供であれば、岳田議員につきまとう健康不安説を払拭するには好都合で、家族の絆を前面に出してアピールすれば、選挙戦にもプラスに作用すると思われる。二十年前、妻から移植を受けていた。選挙の時にはこの事実を明かし、妻の内助の功を有権者にアピールするとともに、医療福祉問題に自分の政治生命をかけると訴えていた。

二度目の移植手術ではドナーを明らかにしていない。もし二人の子供のうちどちらかがドナーであれば、前回同様にその事実を政治利用するだろう。それをしていないのは、家族間の生体腎移植ではないからだろう。

岳田議員に腎臓を提供したのは誰なのか、そしてどこの病院で移植を受けたのかを、永瀬は明らかにしようと考えた。岳田益荒男議員の事務所に直接どの病院で移植を受けたのか、ドナーは誰なのかを聞くわけにはいかない。そんなことをすれば誰が個人情報を漏えいさせたのか、大騒ぎになるだろう。ニュースソースは秘匿しなければならない。

岳田は上信大学医学部附属病院で免疫抑制剤の処方箋を、二〇一五年十一月五日に出してもらっている。移植は当然それから一週間から三週間前くらいに行なわれていることになる。

二〇一五年九月二十七日に国会は閉会している。岳田議員の十月のスケジュールを追えば、何か手がかりが得られるかもしれない。岳田議員の健康不安説が再燃するのは、国会が閉会する前後辺りからだ。岳田議員のＨＰやローカル紙の報道から十月十八日までの足跡は正確に把握できる。

十月十九日以降、正確な情報を得るのが困難になるのだ。ただ、ＨＰには二十日から十一月三日までの二週間については、韓国、香港、マレーシア、シンガポールを視察と記されている。視察の様子を伝える写真の一、二枚をＨＰ上にアップしてもよさそうなものだが、視察に関する写真はまったくない。

帰国して二日後の十一月五日に上信大学医学部附属病院で芳原医師の診察を受けている。移植手術は十月二十日から二週間以内に行なわれていると見るべきだ。海外視察の記述が虚偽であれば、移植は国内の病院で行なわれ、出国が事実なら海外での移植ということになる。

国内での移植ならほぼ生体腎移植で、海外に視察に行ったと事実を隠す必要はない。やはり海外での移植の可能性が濃厚になる。アジアではフィリピンが臓器売買を認めていた時期があるが、国際的な批判に臓器売買を禁止した。二〇〇八年イスタンブール宣言が出されて以降、外国人への移植を認めているのは中国だけだ。

永瀬は年頭に四十八時間の岳田議員密着取材をしたが、健康に問題があるようには見えなかった。

現職の国会議員が中国で金銭がらみの移植を受けていたとなると、道義的な問題どころか国際問題に発展しかねない。いくら法的な拘束力はないにしてもイスタンブール宣言に違反していることは明らかだ。岳田益荒男にしてみれば、絶対に暴かれたくない事実だ。

それまでは度数の合っていない眼鏡をかけて、風景を眺めていたような気分だった。しかし、群馬県地域医療協議会のデータベースによって、岳田益荒男が腎臓移植を受けていた事実が明白になった。圏央道での事故は、ＮＰＯ移植難民救済会への取材を進める永瀬への警告ではないかと考えていたが、岳田議員に対する取材を止めさせたくて起こした事故なのかもしれない。

取材当初は、まったく関連性のない取材だと思っていた岳田議員の健康不安説と、中国での臓器斡旋と移植手術、この二つは密接に関連していて、それ以上探られたくないと、関口由紀夫と木戸浩を使って事故を偽装させたのではないだろうか。

交通事故で永瀬は重傷を負った。関口由紀夫と木戸は目的を達成した。事故を偽装して永瀬を殺せと命令したかどうかはわからない。しかし、二人に事故を起こすようにと指示を出した人間がきっといる。

創流会の関口譲治組長、上信大学医学部附属病院の芳原雄志郎医師、そして岳田益荒男議員、三人は永瀬に取材に動かれ、暴かれては困る事実を各々が抱えている。しかし、簡単にはその事実は暴き出せそうにもない。

芳原医師と上海の李博文医師は、国際的な移植学会で顔を合わせ、面識があっても不思議ではない。

では、岳田議員と中国との関係はどうなのか。芳原医師が仲介して岳田議員は中国側の移植医との関係ができたのかもしれない。もう一つ、ＮＰＯ移植難民救済会を介して、中国側の移植医と岳田が太いパイプで結ばれるようになった可能性も十分に考えられる。

ＮＰＯ移植難民救済会を張り込んでいただけで、永瀬は交通事故に遭遇しているのだ。ＮＰＯ移植難民救済会の頼近基はいったい何者なのか。具体的には何をしているのか、正確な情報をつかむ必要がある。

昨年秋からＮＰＯ移植難民救済会の事務所前で張り込み、訪問客から聞き出せたのは、高額な移植費用を取り、中国での移植を斡旋する組織だという事実だった。このＮＰＯを張り込んだことが、すべての発端だとすれば、頼近基を徹底的にマークすべきなのかもしれない。

頼近の住むマンションも調べ上げているが、頼近に漂う雰囲気はビジネスマンといった印象で、死んだ関口由紀夫と接点があるような人間には見えない。しかし、実際にはＮＰＯ移植難民救済会に訪れた患者に、三千万円を用意すれば中国で腎臓移植は可能と説明している。まさに臓器売買の斡旋ブローカーだ。

永瀬は岳田益荒男への直接取材をする前に、頼近基の正体を暴く必要があると思った。

枝野デスクと打ち合わせし、第二弾の記事は時間を空けてでも確実な記事を出そうということになった。

永瀬は面影橋近くにある一軒家を夕方から張り込んだ。相変わらずＮＰＯ移植難民救済会の事務所に出入りするのは、頼近一人だけで、時折、移植を希望している患者、その家族ではないかと思われる来客があるだけだ。

張り込みをして三日目、夕方になり、頼近は若い女性と二人で出てきた。患者ではなさそうだ。遠くから見ているだけでは、どんな話をしているのかはまったくわからない。しかし、二人の顔には時々笑みが浮かぶ。親しそうに見える。

永瀬は頼近には顔を覚えられてはいない。スマホを操作している振りをしながら、二人に接近した。二人は中国語で会話をしていた。女性は三十代半ばといったところだ。一見すれば父親と娘にしか見えない。

二人はそこから高田馬場駅方面に向かって歩き出した。数百メートル先の神田川沿いのビル七階に「関口」という表札を掲げただけの部屋があり、そこに関口由紀夫は出入りしていた。

どうやらそのビルに向かっているようだ。午後五時を過ぎたばかりで周囲はまだ明るい。幸運なことに梅雨時の晴れ間が見られた一日で、後ろ姿だが、頼近や中国語を話す女性の姿を写真に撮ることが可能だった。

信号待ちしているわずかな時間に、横顔を撮影することができた。やはり二人は例のビルに入っていった。エレベーターは七階で止まった。「関口」という表札がかかっているが、頼近も部屋のキーを持っているのだろう。

数分後、永瀬もエレベーターで七階に上がった。三号室の前を通ってみた。中から甲高い女性の声が聞こえてきた。二人はその時も中国語で話をしていた。

中国人女性は誰なのだろうか。永瀬はビルの出入口が見渡せる場所に身を潜めて、二人が出てくるのを待った。頼近は高田馬場駅から地下鉄東西線で阿佐ヶ谷に帰るのはわかっている。中国人女性はどこへ戻るのだろうか。

小一時間もすると二人はビルから出てきた。そのまま高田馬場駅方向に向かって歩き出した。頼近は階段を下りて地下鉄の駅に入っていったが、女性は駅前にあるSホテルに向かった。永瀬は女性をつけた。

すでにチェックインしているのか三基あるエレベーターの前に立ち、バッグからカードキーを取り出した。永瀬は最上階にレストランがあるのを確認し、女性と一緒にエレベーターに乗り込んだ。女性は五階のボタンを押した。永瀬は最上階の十二階を押した。他にも二人の客が乗り込んできた。女性は永瀬の尾行にはまったく気づいていないだろう。

頼近だけではなく、中国人女性に対しても謎は深まるばかりだ。頼近もビジネスマンといった雰囲気を感じさせるが、女性も中国社会でキャリアを持って活躍しているといった気配を漂わせている。暴力団と関わりがあるようには決して見えない。

二人の正体を探るにはどこから手をつけたらいいのか、永瀬にはまったく見当もつかない。唯一思いついたのが、石野勤が残した三枚の名刺の中に張夢華の名前があったことだ。張夢華の名刺には、面影橋近くにあるＮＰＯ移植難民救済会の支所として、上海の日中友好移植者支援協会と記され、張夢華は日中友好移植者支援協会のスタッフだ。そして、周若渓によれば、全日健康薬品上海工場でかつては従業員の健康管理を担当する看護師だったようだ。

　周若渓は張夢華とは面識がある。帰宅するのと当時に、頼近と一緒に写っている中国人女性の写真を永瀬は石野紘子に送信した。

　すぐに携帯電話が鳴った。石野紘子からだった。

「今、周さんに写真を見てもらいました」

「それで……」

「二人とも知っているそうです」

　予想外の反応だった。

「頼近基も知っているんですか」

「一緒に写っている男性は、中国人に会社を奪われた会社経営者だそうです」

　詳しい話を周若渓から聞きたい。

「それで周さんは、張夢華から直接に兄の話を聞いてみたいと言っているのですが……」

　二人は関口由紀夫が死んでいたビルの部屋に平然と出入りをしている。関口由紀夫の死に創流会が関係していることも考えられる。危険過ぎると永瀬は思った。石野紘子も制止している様子だが、周若渓の意志も固い。明日にでも上京しそうな勢いらしい。

結局、二人は次の日に上京した。万が一に備えて石野紘子と周若渓はツインの部屋に、そして永瀬も高田馬場駅前のSホテルに宿泊することにした。

すでに石野勤、そして関口由紀夫の二人が不審な死に方をしている。永瀬自身、玉突き事故で命を失いかけている。これ以上死者を出すわけにはいかない。情報提供が吉と出るのか、凶と出るのかわからないが、狭山警察署刑事課の森下に連絡を入れた。

翌朝、永瀬はSホテルの前で張夢華が出てくるのを見張った。午前十時少し過ぎに彼女はホテルから出てきた。そのまままっすぐに面影橋に近いNPO移植難民救済会に向かった。事務所にはすでに頼近が来ているのだろう。彼女はドアを開け中に入った。夕方まではこの事務所で過ごし、またビル七階の「関口」と書かれた部屋に立ち寄ってから、ホテルに戻るのだろう。

午後二時、石野紘子らとは別々に、永瀬はチェックインした。すでにチェックインしていた石野からすぐに会いたいと連絡があった。二人がチェックインしたツインルームに向かった。周若渓は頼近についても知っているという。いったい張夢華、頼近基とはどのような関係なのか。すぐにでも聞きたい。

部屋にはシングルベッドが二つ並び、窓際に小さな丸テーブルが置かれ、二人はそこに座った。永瀬はカウンターテーブルの前にある椅子を引き出し、そこに座った。石野紘子も周若渓も緊張しているのか、強張った表情をしている。

「一連の事件を組織犯罪と見て、群馬県警、埼玉県警が合同で捜査に乗り出しています。犯人を泳がすために捜査本部は立ち上げられていませんが、ここで私たちが会うということは警察に情報を入れておきました。お二人には密かに警察の尾行がつき、身の安全を守るように頼んであります」

二人は顔を見合わせ、少しだが安堵の表情を浮かべた。永瀬は早速頼近について、周若渓が何を知っているのか、それから聞き出した。

「張夢華が全日健康薬品で働く前は、頼近という男性が社長を務める会社で、やはり健康管理の仕事をしていたんです」

周若渓が頼近について語り始めた。

全日健康薬品上海工場は、薬品メーカーということもあって、従業員の健康管理には通常一般の企業以上に神経をとがらせていた。年に一度は全従業員の健康診断を欠かさなかった。そこで重大な病気が見つかれば生産ラインから外される。ウイルス性の風邪かどうか、疑われた時は張夢華の指示によって二、三日出勤を止められるケースも出てくる。全日健康薬品上海工場での彼女は重責を負っていた。薬品の品質管理を担当する周若渓とは必然的に接触する機会が多くなった。

頼近は埼玉県本庄市の工業団地で、頼近電気部品工業という自動車のヘッドライトを製造する下請け工場を経営していた。

自動車メーカーが中国に進出するのに伴い、頼近電気部品工業も上海金山工業地区に現地工場を建設した。

「張夢華は頼近電気部品工業の上海工場で働いていたそうです」

頼近電気部品工業上海工場は中国側の部品会社との合弁会社として創設された。しかし、二年もしないで、社名を変更する事態を迎える。中国側の合弁会社に資本と工場設備を乗っ取られた格好になってしまったようだ。頼近電気部品工業は安価な労働力に引かれ、本社を縮小して上海に進出した。

「頼近社長は結局金だけを投資した格好で、会社から追い出されてしまい、日本に帰国したそうです」

中国への進出がブームになった頃は、こうしたトラブルが日系企業に相次いだ。張夢華は解雇されたが、彼女の経歴は全日健康薬品では高く評価され、上海工場の健康管理部門を任された。

「その後、二年もしないで彼女は退職していきました」

張夢華が頼近と一緒に、それまでの仕事とはまったく異なる移植関連の事務所で働いているとは想像もしていなかった。

「車のヘッドライトを製造していた頼近社長が、何故移植斡旋ブローカーの仕事をするようになったのか、知っていますか」

「わかりません。張夢華は看護師ですから、その資格が活かせる仕事だとは思いますが、頼近社長に何があったのか、私にはわかりません。そのあたりの事情も張夢華に聞けばわかるかもしれません」

周若渓は自分の父とそして恋人、二人の死の真実を突き止めるためには、危険を冒してでも張夢華に詰め寄る気でいるのだろう。

周若渓は部屋に戻ってきた張夢華をつかまえて話をすると言ったが、その後、ホテルに滞在していることがわかれば、周若渓に危険が及ぶ可能性がある。次の日の朝、張夢華は朝食を摂るためレストランに現れる。その時偶然を装って接近することにした。

石野紘子も同席すると言ったが、永瀬も紘子も少し離れた席で様子を見守ることに決めた。その後の展開を考えると、張夢華に顔を覚えられない方が得策だ。

翌朝八時前には二階にあるレストランに周若渓は入った。離れた場所に石野紘子と永瀬が別々に座っている。永瀬の話では、警護のために刑事が周囲を警戒してくれているらしい。

周若渓には、張夢華は従業員の健康を心底心配していたという印象が強く残っている。貧しい農村の出身だと彼女自身が語っていた。その彼女が看護師資格を取るには、並大抵の努力ではなかっただろう。給与も通常の国内企業よりは高い全日健康薬品に入社できたのも、そうした彼女の生い立ちと努力家という性格が影響しているのだろうと思う。

周若渓は父親を殺され、恋人も日本に帰国した翌日には不審な死に方をしている。そして、張夢華が出入りしている部屋でも、ヤクザが死んでいる。いくら刑事に守られているとはいっても、背後から鋭いナイフを突きつけられているような恐怖を感じる。

張夢華がレストランに姿を見せたのは午前八時二十分過ぎだった。バイキング形式で張夢華はトレイに自分の好みの朝食を少しずつ取り分け、四人が座れるテーブルに一人で座った。周若渓は自分のトレイを持って、彼女が座るテーブルに歩み寄った。

「張夢華さんでしょう。私のこと覚えていますか」

周若渓はトレイをテーブルに置き、張夢華の前に座った。

「そうですが、全日健康薬品の周さんですか……」自信なさそうに答えた。

「覚えていてくれましたか」

周若渓は思わず懐かしそうな口調になった。それは張夢華も同じなのだろう。

「東京で会うなんて、こんなことってあるの……」張夢華は驚きを隠せない様子だ。

「そうですよね。お辞めになってから上海でお会いすることもなかったのに」

「東京には観光に来られたのですか」張夢華が聞いた。

周若渓は首を横に振り、来日の理由は答えなかった。

「張さんは観光に来られたのでしょうか」

「観光もしますが、仕事で来ています」

張夢華は少し誇らしげな顔をした。しばらくは互いの近況を報告し合うだけの会話だった。張夢華が朝食を摂り終えた頃合いを見計らって、周若渓は本題を切り出した。

「私が日本に来た理由なんだけど、正直に言うと恋人の死が信じられなくて……」

周若渓は全日健康薬品上海工場の駐在員と恋愛し、その駐在員が帰国と同時に殺されたとしか思えない死に方をしたと、張夢華に告げた。

「結婚も約束していたのに、最後は会えずじまいでした」

帰国直前、石野勤はホテルに軟禁状態になっていた。

「彼が私に残した遺品の中に、メモと名刺がありました。その名刺の中に、あなたの名刺もあってね、日本の住所も書かれていました」

「石野勤さんは知っているけど、全日健康薬品を退職してからは、お会いしたことはないわ」

張夢華は石野勤がどうして名刺を持っていたのか、思い当たるふしはまったくないようだ。

「彼の遺骨と対面した後、実は名刺に書かれていた住所を訪ねました」

張夢華は訝る顔に変わった。

「あなたと一緒に頼近さんが出てくるのを見かけました」

偶然の再会ではないことを張夢華は悟ったようだ。険しい表情に変わった。

「それで何が知りたいわけ」

「あなたが現在勤務している上海の日中友好移植者支援協会は、日本では移植難民救済会という看板を掲げていました。私の恋人は日本と中国で行なわれている移植ビジネスの秘密を知ってしまったために殺されたのではないでしょうか……」

「日中友好移植者支援協会には隠さなければいけない秘密なんてありません。妙な言いがかりは止めてくれない」

張夢華の口調も変わり、席を立ちたがっているのは明らかだ。

「中国国内では、死刑囚からの臓器提供が行なわれているようです」

「それがどうかしたの？」

「国際的に批判されています」

「させておけばいいのよ、そんなのは。第一、死刑囚はそれなりの罪を犯したから死刑判決を受けたんでしょう。当然家族にだって迷惑をかけている。臓器を提供してくれた死刑囚の家族には、中国では考えられないお金が支払われている。死刑囚も最後には家族にそれなりのお金が渡るのを知り、ホッとして死んでいける。臓器を提供してもらったレシピエントも健康を取り戻せる。私はそのビジネスのお手伝いをしているだけよ」

張夢華は日本人の移植希望者から何千万円もの移植費用を受け取り、中国の病院で死刑囚から臓器が摘出され、日本人にその臓器が移植されている事実を知っていた。

「頼近さんとはいつから、そうしたビジネスを始めたのでしょうか」

「最初から」

「頼近さんはヘッドライトメーカーの社長でしたが」

「そう、会社を中国人に乗っ取られるまではね。頼近さんは貧しかった私や家族にまで気を遣ってくれたホントにいい日本人。彼が窮地に立たされているのに、私や家族は何もしてやれなかった」

痛手を負って帰国した頼近から間もなく張夢華に連絡があったようだ。

「中国では死刑囚から臓器が提供され、それなりの謝礼をすれば日本人でも移植が受けられると聞いたが、本当かどうか調べてほしい」

看護師の友人を通じて、張夢華は移植の真偽を確かめた。頼近には慢性腎不全を患う友人がいた。その友人に可能なら移植手術を受けさせてやりたいという頼近の頼みで、張夢華は移植病院を奔走した。上海国際移植センターで外国人にも移植手術が行なわれていた。

「頼近さんの友人は無事に移植を受けて、透析から解放されて会社経営に邁進しているそうよ」

二人の移植ビジネスはその時から始まったようだ。

「あなたは国際的批判がどうしたこうしたと言いたいのかもしれないけど、移植は中国国内の大学附属病院、国立病院で経験豊富な移植医によって行なわれ、違法でもなんでもないわ。今回も次の患者さんを迎え入れるための打ち合わせで来日しました」

「死刑囚の中には、何人もの人命を奪った凶悪犯がいるかもしれません。でも、中には無実の罪で収監された者もいる」

「その話を私にされても困るわ。それは北京に行って、しかるべき人に言ってもらわないと、私にはどうすることもできない。それくらいはわかるでしょう」

話すのもうんざりといった表情を浮かべた。

「もういいでしょう。もうお会いすることもないわ、さようなら」

「待ってください」

周若渓が引き止めた。

「もう十分にお話ししたと思うけど、まだ何かあるのかしら」

張夢華は立ち上がり、トレイを持ちながら煩わしそうに言った。

「臓器は死刑囚だけではなく、法輪功関係者を秘密警察が連れ去り、彼らからも臓器を奪っているというのは事実なのでしょうか」

「そんなこと、私が知るはずがないでしょう」

「最後に聞かせてください」

「何よ」

「昨年十月末に、上海の病院で日本人に腎臓移植手術が行なわれていたはずです。日本人レシピエントが誰なのか、ドナーは誰だったのか、教えてください」

「ドナーになった死刑囚の名前なんか、私知らないわ。それにレシピエントの名前もあなたに教えるつもりはないから」

張夢華はトレイを持ってトレイ置き場に向かって歩き出した。

「十月末、私の父は消息不明になり、発見された時は、腐乱がかなり進んでいましたが、臓器の一部が摘出されていたと、地元の警察官がこっそり教えてくれました」

張夢華が首をひねりながら周若渓の方を振り向いた。

それまでの紅潮していた様子とはうって変わり、張夢華は貧血を起こしたように真っ青な顔をしていた。

13　看護師

朝食を終えた張夢華は憮然とした表情でSホテルを出ていった。おそらく面影橋近くのＮＰＯ移植難民救済会で、周若渓と会ったことを頼近に早速報告するだろう。その後の二人の動きを見極める必要があるが、周若渓までもがＮＰＯ移植難民救済会周辺にまで迫っている事実は、一瞬にして彼らのグループに伝わるはずだ。

周若渓は自分の部屋に戻った。その後ろを石野紘子、そして永瀬がつづいた。ツインルームに入ると、よほど怖かったのか周若渓は震えていた。

「さっきまではなんともなかったのに……」

手の指までがけいれんを起こしたように小刻みに震えている。

「大丈夫です。この部屋に近づく不審者がいれば、刑事が制止しますから」

永瀬が安心させるように言ったが、周若渓の震えは収まりそうにもない。石野紘子は冷蔵庫から冷たいジュースを取り出し、彼女に飲ませた。

「あー、怖かった」ため息交じりに周若渓が言った。

「それでどうだった」石野紘子が話の内容を尋ねた。

周若渓は張夢華から聞き出した話を石野と永瀬に細大漏らさず説明した。

「張さんが全日健康薬品で働いていた頃は、あんな人ではなかったのに……」

悔しそうに唇を嚙みしめながら周若渓が言った。

「時計からピアス、着ているお洋服、すべてがブランド品でした」

全日健康薬品上海工場での給与も高給だったが、全身をブランド品で着飾れるほどの給与ではない。日中友好移植者支援協会の報酬は周若渓の想像をはるかに超えるのだろう。

「張さんは死刑囚の遺族に金が渡り、本人も家族も納得している。臓器を提供された日本人も病苦から救われる、何が問題なのよって開き直っていました」

死刑囚の中には、何人もの人命を奪った者もいるのは事実だ。しかし、以前とは異なり、いくら当局が情報を統制しても、多くの中国人市民は政府がどこでどのような弾圧を誰に加えているのか気づいている。反政府活動家を逮捕し、強制収容所に送ったり、刑務所で拷問を加えたり、場合によっては死亡させている事実もインターネット上に流れてしまう。

「政治犯の臓器が摘出されている可能性もあるのではと、話してみましたが、そんな話は北京の関係当局に言えと、まったく取り合おうとしませんでした」

張夢華が青ざめるほど驚いたのは、去年十月末に移植手術を受けたレシピエントと、ドナーについて問い質した時だった。

「張さんは何か知っていると思います」

周若渓の話を聞き終えて、永瀬が確認する。

「今、前橋にいることは張夢華に伝えたのでしょうか」

「私が勤さんの実家でお世話になっていることは何も話していません。このホテルに泊っているとだけ伝えました」

群馬、埼玉両県警が捜査に動きだしているのは創流会も気づいているはずだ。しかし、彼らが何かをしかけてくる可能性は十分に考えられる。永瀬もそれを警戒しているのだろう。

「前橋まで私も同行します」

永瀬が前橋まで一緒に行くことになった。

三人はSホテルをチェックアウトし、東京駅に向かった。新幹線で高崎に向かっている最中に、永瀬の携帯電話が鳴った。永瀬はデッキに出た。その瞬間、周囲にいる乗客がすべて敵のように思えてくる。隣の席に座る周若渓が、石野紘子の手を握りしめる。

「大丈夫よ、こんなにたくさん人がいるところで襲ってきはしない」

安心させるように紘子が言った。

新幹線は大宮を出たばかりだ。次の停車駅の熊谷までは逃げ場がない。

すぐに永瀬が戻ってきた。

「狭山署の刑事からの電話でした」

永瀬が警察からの情報を話し始めた。

「張夢華はあれから移植難民救済会に顔を出し、すぐにホテルに戻ったそうです。今、成田空港に向かっているようです」

日本にいてはまずいと判断し、急遽帰国するのだろう。それにしても動きは予想以上に早い。

「群馬県警も二人の安全には最大限注意を払うそうです」

石野のマンション、石野調剤薬局周辺は刑事が警戒をしている。

「それで警察からの頼みというか、助言というか、周若渓さんにしばらく日本に滞在してほしいと言ってました」

事件が未解決なまま中国に帰国すれば、周若渓自身の身に危険が及ぶ可能性が出てくる。それを危惧しているのだろう。さらに頼近基と張夢華との関係、石野勤の上海での様子について、彼女から聴取したい意向だ。

「紘子さんやお母さんにはご迷惑をおかけすることになりますが、真相がわかるまで日本に滞在します」

「その方が君のためにもいいと思う」永瀬が言った。

新幹線が高崎に着き、三人は在来線に乗り換えて前橋に出た。自宅マンションの部屋に入るまで、永瀬が同行してくれた。

永瀬は携帯電話を取り出し、連絡を入れた。

「今、お二人を石野さんのご自宅まで送り届けました。後はよろしく」

刑事に電話しているようだ。

その後は相手の話を何度も頷きながら聞いていた。

「伝えておきます」

永瀬はこう言って電話を切った。

「前橋署がこのマンションと薬局の方を警戒しているそうです。ですが、夜間の外出は控えるようにしてくれとのことです。それと張夢華ですが、成田空港で出国手続きをしているそうです」

前橋警察署が警戒してくれるとわかり、周若渓も心強いのだろう。しかし、事件解決までは日本に滞在するしかない。

「永瀬さんも気をつけてくださいね」紘子が言った。

「私はこれから本庄工業団地に行って、頼近について取材をしてみます」

永瀬はこう言い残して、部屋を出ていった。

永瀬はＪＲ高崎線で本庄駅に向かった。本庄駅からタクシーで工業団地に出た。工業団地には中小企業のメーカーが集中している。この工業団地の一角に以前は頼近電気部品工業があった。本庄工業団地事業主協会の北浜理事長を訪ねた。

北浜理事長には予め連絡を入れておいた。午後は北浜ＩＴ産業にいるからと、会社で会う約束になっていた。工業団地内には町工場といった風情のメーカーがあちこちに立ち並んでいる。どの工場もその規模の割には駐車スペースが広く、従業員の車やオートバイが所狭しと駐車されていた。

北浜ＩＴ産業は三階建ての社屋で一、二階に生産ラインがあり、三階に事務所があった。エレベーターで三階に上がると、エレベーターホールには館内電話が置かれ、各部署の番号を記載した表が電話横にあった。「社長　北浜」の内線電話番号をプッシュした。

「週刊グローボの永瀬ですが」

「入ってください」

すぐに北浜の声がした。ドアを開けて中に入ると、二十人ほどの従業員がパソコンに向かってキーボードを叩いていた。奥まった窓際の席に座っている男性が手を上げている。北浜だろう。七十歳は過ぎていると思われる。

北浜の机に向かっていくと、席から立ち上がり、パーテーションで区切られた一角を指差した。商談用のスペースのようで、センターテーブルが置かれ、三人用のソファが向き合うように置かれていた。

「どうぞ」

北浜はソファに座るように永瀬に勧め、近くの机にいる女性従業員に「コーヒーを持ってきて」と頼んだ。

すぐにコーヒーが運ばれてきた。

「頼近電気部品について調べているんだって……」

「ええ、頼近電気が中国に進出し、撤退し倒産に至るまでの経緯を調べています」

「三日前にも前橋警察の刑事がそんなことを言ってきたよ」

前橋警察署も中国での移植について捜査を開始しているのだろう。

「なんだかわからないが、いろんな複雑な事情があって捜査している様子だった。何の捜査なのか前橋警察は何も教えてはくれなかったが、頼近さんが問題でも起こしたのかね」

北浜は頼近と親しかったのかもしれない。頼近の身を案じている様子がうかがえる。

「中国進出したのに、何故会社が倒産に追い込まれたのか、今の事業をどのような経緯で開始したのか。ご存じであれば教えていただきたいと思います」

「中国進出の理由は簡単だよ、人件費が安いから。同じ部品を国内で生産しても、一個当たりの単価は中国生産の方がはるかに安くてすむ」

　本庄工業団地でも高騰する人件費に経営者は頭を悩ませていた。多くの経営者が中国、あるいはミャンマー、ベトナムへの進出を考えた。現地工場建設の費用もかかる。そうした投資をしてまで海外進出し、果たして勝算はあるのか、経営者は誰しもが思い悩んだ。

「人件費は安いが初期投資はかなりの額になってしまう。それに商習慣の違い、文化の違いで、従業員をすぐには生産ラインにつかせるわけにはいかない。それなりの教育をしなければ無理、そんなことをしている間に合弁会社に会社だけではなく、生産技術をそっくり奪われてしまうなんていう事態が起き始めていた。それで皆慎重になっていたんだ」

　しかし、頼近電気部品工業は上海に進出した。

「このあたりは俺の想像だが、中小企業っていうのは、大手メーカーが進出した国に一緒に来てくれと言われると、簡単に嫌ですとは答えられない事情があるんだ」

　大手メーカーの申し入れを断れば、そうでなくてもライバルが多くしのぎを削っているのに、少しでも安い会社に仕事が回されてしまうかもしれない。その一方で、中国という巨大マーケットでの生産拡大をチラつかせて、中国進出を迫ってくる。

「中小の経営者っていうのは、皆その点で悩むんだ。結局、頼近さんは進出する道を選んだということだ」

その結果、中国側に投資して建設した工場、生産技術すべてを奪われてしまった。本庄工業団地で巻き返しを図ろうとしたが、倒産に追い込まれた。

「最後は悲惨だったよ。奥さん名義のマンションを守るために離婚し、子供さんは奥さんの方に引き取られたっていう話だ。そうこうしているうちに本庄の工場も敷地も他人の手に渡ってしまった。頼近さんの姿も見なくなってしまった」

間もなく頼近の噂が工業団地の経営者の間で囁かれるようになった。

〈尾羽打ち枯らした格好で高崎駅前のコンビニで弁当を食べていた〉

〈職業安定所から出てくるところを見た〉

北浜もこうした噂を耳にしていた。

「ところがだ、一年もしないでまったく違う評判を聞くようになったんだ」

〈ベンツを乗り回していた〉

〈新幹線のグリーン車に乗っているところを見た〉

「高崎駅前にタワーマンションができて、そこには群馬県の富裕層が入居しているって言われているんだが、そこに頼近さんは一人で住んでいるようなんだ。それだけではなくて、都内にもマンションを所有し、都内で仕事に出た時はそのマンションに滞在しているらしいんだ」

さらに北浜や他の経営者たちを驚かせているのは、あれほど辛酸をなめさせられた中国に、一ヶ月に一、二度はファーストクラスかビジネスクラスで往復しているという評判だった。

「倒産以後、頼近さんとは会っていない。多少の尾ひれは付いているのかもしれないが、大かたは事実だろうと思う。目撃者は本庄工業団地の経営者ばかりだから」

「どんな事業をしているのか、お聞きになったことはありますか」

頼近の中国進出の失敗から復活までは、出世成功のレジェンドとして本庄工業団地に流布していた。しかし、頼近の事業の内容を知るものは誰一人としていなかった。

岳田益荒男議員には健康不安説がつきまとっていたようだが、石野紘子は岳田議員に特別な関心もなく、永瀬と会うまでは健康不安説が出ていた事実さえ知らなかった。しかし、兄を失い、周若渓の父親も臓器を摘出された可能性が高く、創流会の関口譲治組長に腎臓を提供した養子の由紀夫もまた死亡している。

兄の死を無駄にしたくないという思いは日ごとに強くなっていった。

岳田議員は去年十一月から免疫抑制剤をひまわり調剤薬局で処方してもらっている。それ以前はひまわり調剤薬局から出されている薬はない。もし岳田議員が不調を訴えているようであれば、処方された薬から岳田議員の健康状態を推測することは可能になる。

紘子は群馬県地域医療協議会のデータベースで、岳田議員の投薬歴を調べたが、奇妙なことに何も出てこなかった。群馬県地域医療協議会に非加盟の調剤薬局で薬をもらっている可能性が考えられる。

移植するには透析期間が短い方が生着率もいいとされている。しかし、いきなり腎不全となり腎臓移植という経過を辿るとは思えない。透析治療に移行しなくても、それ以前は腎機能を維持しようと薬を服用するはずだ。その形跡すら群馬県地域医療協議会のデータベースからは見いだせなかった。

東京の病院で透析治療を受け、東京の調剤薬局で薬を手配すれば、当然群馬県地域医療協議会のデータベースには記録は反映されない。岳田議員は東京と高崎を何度も往復する生活を送っている。もし透析を受けていたとすれば、東京に透析治療を受ける病院があるはずだ。しかし、健康不安説報道に神経を尖らせる岳田議員が、東京の病院で透析治療を受けるとは思えない。やはり後援会メンバー、支持者が関係する病院で、透析治療も人目につかないよう配慮してくれる病院を選択するに違いない。

周若渓をほったらかしにして、紘子は群馬県地域医療協議会のデータベースにアクセスし、岳田議員の情報を収集していた。しかし、去年十一月以前の岳田議員のデータを引き出すことはできなかった。

母親が帰宅し、夕飯の準備を始めた。夕飯の準備がすべて整っても、紘子は自分の部屋でデータを検索していた。

「夕飯を食べてからにしましょう」周若渓が呼びに来てくれた。

食卓に着くがやはり岳田議員の件が頭から離れない。

「何をそんなに考え込んでいるの？」母親の聡子が聞いた。

紘子が岳田議員の投薬歴から病名を探り出そうと、群馬県地域医療協議会のデータベースを検索していると説明した。

腎機能が低下すれば、尿毒症、高リン血症、高カリウム血症を引き起こす。尿毒症には球形吸着炭が投与される。

リンが高い状態がつづくと二次性甲状腺機能亢進症の原因となる。高リン血症には沈降炭酸カルシウム、塩酸セベラマー、炭酸ランタン水和物が投与される。

カリウムの上昇は、唇、手のしびれ、脱力、不整脈を引き起こし、死につながる。野菜、果物、豆腐は制限される。高カリウム血症にはポリスチレンスルホン酸ナトリウム、ポリスチレンスルホン酸カルシウムなどを投与。こうした薬を用いてリンやカリウムは便として排泄する必要がある。

紘子が検索しても、これらの薬を岳田益荒男が服用していたという事実は見いだせなかった。

「群馬県地域医療協議会には、大きな病院は参加を拒んでいるでしょう。それに薬局も病院の意向には逆らえない。それで参加しない調剤薬局も多い。データベースから割り出すには当然限界があるのよ」

処方箋があれば前橋、高崎市内の薬局でなくても、埼玉県、東京都の調剤薬局でも薬は出してもらえる。

「岳田議員はどこの病院で腎不全の治療を受けているのかしら。もし透析治療を受けていたとしても、透析専門病院には出入りしないでしょう」聡子が言った。

目撃されれば透析治療を受けているのは一目瞭然だ。となると上信大学医学部附属病院で、しかも他の患者の目に触れない時間帯に透析を受けるか、あるいは個室で受けるしかなくなる。一日おきの透析のために個室を利用すれば、医療費は高額になる。それにそんなことをしてもいずれは健康不安説どころか、事実がマスコミによって暴かれてしまう。

「在宅透析でもしているんじゃないの」聡子が何気なく言った。

「在宅透析？」紘子は聞き返した。

「そうよ、在宅で透析を受けるのよ」

在宅透析を紘子は知らなかった。病院でなければ透析は受けられないとばかり思っていた。

透析は一日おきに週に三回受けなければならない。在宅透析は通院の手間が省け、自宅でリラックスした状態で透析を受けることが可能になる。回数も一週間に三回から六回、あるいは毎日行なうことも可能だ。

透析回数、透析時間を増やせば、当然尿毒素の除去量は多くなる。体内のカリウムやリン値が低下し、薬も減らすことができる。さらに食事や飲料水制限も緩和される。透析機器は透析施設から貸与される。

安全に自宅で血液透析を行なうためには家族の協力が不可欠だ。シャント血管への穿刺は原則的には自分でやらなければならないが、透析機器の操作、緊急時の処置、連絡は家族がしなければならない。

「そんな難しい在宅透析を、時間に不規則な国会議員の家族が介助してくれるとは思えないけど……」

「そうね、在宅透析の方が生命予後はいいという結果は出ているけど、透析中はそばに付き添って一時間ごとに血圧を測定しなければならないし、家族は睡眠が小刻みになり、十分な睡眠が取れなくなるわ」

「患者本人は元気になるけど、家族によほど理解がないとできないし、長期になると家族全員が疲弊していくのと違う？」紘子が疑問を投げかける。

二人の話を聞いていた周若渓が聞いた。

「日本では個人で看護師さんを雇うことはできないのでしょうか」

急成長を遂げた中国では、富豪の中には介護、看護のために看護師を雇う者もいるようだ。経済力のある岳田益荒男議員なら、私的に看護師を採用するくらいはできるだろう。

「薬から調べてもダメなら、看護師の面から調べてみたらどうかしら」

母親の聡子が張りつめた雰囲気を和ませようと、食卓に並べられた食事に箸をつけながら言った。

「そんなことできるの」

「わからないわ。でも、周さんも上海から来てくれたし、勤が私たちを見守ってくれているような気がするわ。ねえ周さんもそう思うでしょう」

母親の聡子は暗くなるばかりの食卓を懸命に明るくしようとしている。周若渓もそれに答えた。

「そうですよ、私たちは真実に通じる道を歩いていると思います」

そうであってほしいと紘子も思うが、兄を失った喪失感は日ごとに膨らんでいく。それは母親も、そして周若渓も同じだろう。特に周若渓は父親までも失っているのだ。

夕飯が終わると、母親は自分の部屋から携帯電話で友人に電話をかけていた。

翌日、紘子はいつもの通り石野調剤薬局に出勤した。母親は周若渓を連れて、友人と会うからと早々とマンションを出ていった。

石野調剤薬局の仕事を他の薬剤師に任せて、その日は早めに帰宅した。母親と周若渓の二人もすでに戻っていた。母親は群馬県看護師組合の元役員や現在役員を務めている看護師に会ったようだ。聡子は長年薬剤師として活躍し、看護師の友人も多い。

信頼できる友人にこれまでにわかった事実を周若渓と一緒に説明し、協力を求めたようだ。真相究明に協力すると友人は答えてくれたらしい。看護師の間では、医療法人仁療会系列の病院は、看護師の労働条件があまりにも厳しく、看護師がなかなか定着せずに異動の激しい病院という定評があることがわかった。

数日経過すると、母親に岳田益荒男に関する情報が寄せられた。それによると、岳田は二年前に医療法人仁療会前橋病院で透析を受けていたというのだ。すでにシャント施術は行なわれていた。しかし、その証言をしてくれた看護師もすぐに病院を辞めてしまい、岳田益荒男を目撃したのは一度だけだったようだ。

岳田議員が何度も病院で透析を受けていれば、その情報は透析患者には一瞬にして広まる。岳田議員が最も回避したい事態だ。人目を避けて個室に入院して透析を受けたとしても、それでも病院の出入りは目立つ。それに一日おきに入院していることがマスコミに知られれば、健康不安説は瞬く間に政界に流れ、大臣のポストはますます遠のいていく。

決定的な情報はやはり医療法人仁療会系列の病院で働いた経験のあるベテラン看護師から、看護師組合幹部の役員を通じてもたらされた。

「岳田議員は自分の健康に問題があるというのを知られたくないのか、病院での透析を数回経験しただけで、在宅透析に切り替えた。家族にも透析の介助は困難で、看護師を医療法人仁療会から一人紹介してもらい、去年まで岳田議員の専属で透析の看護にあたっていた看護師がいる」

その看護師は元の医療法人仁療会系列の病院に優遇された条件で戻れると思っていたようだ。

在宅透析でも治療費は保険適用になる。透析機器は貸与される。岳田はどのような手続きを取ったのか、高崎の自宅と、東京のマンション二ヶ所に透析機器を置き、在宅透析を受けていた。

岳田がどれくらいの回数で透析を受けたかわからないが、一週間に六回行なえば、専属看護師もそれに立ち会う。患者も大変だが、看護師にも精神的、肉体的に過度のストレスがかかるのは想像にかたくない。

「その専属看護師は医療法人仁療会の寺西透理事長に頼まれたので引き受けたようだけど、病院に戻るなら、新人として採用すると言われ、今は藤岡市の小さな診療所で看護師をしているらしい」

母親の聡子は、その専属看護師の名前を聞きだした。

「山杉多佳子っていうらしい」

看護師にも患者の守秘義務はある。岳田の病状をすんなりと話してくれるとは思えなかった。

「それと忘れないうちに言っとくわ」聡子が思い出したように言った。

「なに？」

「あまり上手ではない日本語で男の人から国際電話があったのよ。石野勤さんはいるかって」

「それで……」

「相手の方が理解してくれたかどうかはわからないけど、殺されて今警察が懸命に捜査していますって伝えたの」

「上海のお友達かしら」

「それがどうも中国の方ではなく、発音からなんとなく韓国の方のような気がするわ」

相手の男性は石野勤の死に激しく動揺している様子だったらしい。紘子はすぐに着信記録を確認した。国際電話は非通知だった。

14　怒り

永瀬は石野紘子から連絡を受けた。石野によれば、岳田議員は在宅透析を受けていた。東京のマンション、高崎の自宅、二ヶ所に透析機器を置き、看護師をつけて透析の看護をしてもらっていたらしい。専属で看護をしていた山杉多佳子の名前を伝えてきた。

「専属になる前は医療法人仁療会の病院で働いていたそうです。岳田議員の専属から外れ、元の病院に戻ろうとしたようですが、新規採用扱いになると聞かされ、違う病院で働く道を選んだようです。岳田議員の専属看護師になったのも、仁療会の寺西理事長の直々の頼みだったのに、新規採用扱いではあまりにもひどいと、山杉さんは仁療会にはいい印象は持っていないと思います」

それでも取材意図すべてを伝えるのはあまりにも危険だ。もし、山杉と寺西理事長がつながっていれば、永瀬の動きはすべて相手に知られてしまう。しかし、去年秋までの岳田議員の健康状態を山杉は最もよく知る一人だろう。

石野聡子らのネットワークによって、二年前は医療法人仁療会前橋病院で岳田議員は何度か透析を受けていた事実は確認されている。しかし、その様子を知られたくないのか、すぐに在宅透析に切り替えている。

在宅透析は家族でも介助は可能だが、岳田は山杉多佳子を専属の看護師として採用していた。

現在、岳田議員は、免疫抑制剤を服用していることから、最近移植手術を受けたのは事実だろう。在宅透析の必要はなくなり、山杉は解雇され、元の仁療会系列の病院には戻らず、藤岡市にある藤岡こども診療所の看護師をしていた。永瀬はどのように山杉に取材意図を告げたらいいのか悩んだ。

結局、小細工をせずに岳田議員が在宅透析をしていた二年間について、可能な範囲で構わないから話を聞かせてほしいと取材を申し込んだ。山杉は電話での取材依頼だったからなのか、それ以上詳しく取材目的を聞こうとはしなかった。

藤岡こども診療所を訪れた。入院施設はなく、午後六時でその日の診療はすべて終了する。診療所近くのファミレスで待ち合わせることにした。

山杉は軽乗用車から降り、ファミレスに入ってきた。入口ドアのところで携帯電話を取り出した。永瀬の携帯電話が鳴った。すでにテーブルに着いていた永瀬が立ち上がった。永瀬のテーブルに歩み寄ってくる。山杉多佳子はまだ二十代の看護師だった。

「お疲れのところを申し訳ありません」

永瀬はすぐに名刺を差し出した。山杉は名刺を持っていないとわびて、「藤岡こども診療所の看護師をしています」と名乗った。席に着き、彼女はコーヒーを注文した。運ばれてきたコーヒーを二口ほど飲むと聞いた。

「岳田議員の在宅透析の様子をお知りになりたいということですが、岳田先生に何ごとか起きているのですか……。三日前、群馬県警の刑事さんが訪ねて来られました。警察の方は何も理由は説明してくれませんでした。それで永瀬さんに会えば何か教えてもらえるのではと思って……」

詳細な取材意図を聞きもせずに会うことを何故了解したのか、その理由がわかった。

「群馬県警から何を聞かれたのでしょうか」

「在宅透析のお手伝いをしていた頃の岳田先生のご様子、それと正確には去年の十月二十日以降のスケジュールについて聞かれました」

岳田が韓国や東南アジアに視察に行った時期だ。

永瀬は岳田が腎臓移植を受けている可能性があることは伏せて、永瀬自身が不審な交通事故に遭遇し、重傷を負うまでの経緯を説明した。

「最初は偶然の事故だと狭山警察署も判断しましたが、ところが私に追突してきた車のドライバーが不審な死に方をし、前方を走っていた車のドライバーが自首してきて、事故ではなく計画的に私の車に追突したと自供したんです」

その交通事故と岳田議員の十月二十日以降のスケジュールがどう関係するのかわか

らずに怪訝な顔をしている。

「永瀬さんが大変な事故に遭われたのはわかりましたが、その事故と岳田先生の透析と関係があるのでしょうか」

　永瀬は説明をつづけた。最近になり、岳田議員には健康不安説が浮上している。岳田議員の健康不安説の真偽を確かめるために永瀬は事故に遭遇する前の四十八時間、岳田議員に密着取材をしていた事実を告げた。

「その帰宅途中でその事故に遭遇しました」

「まさかその事故が岳田先生の仕業とでも？」

「そんなことは常識的にはありえませんよね。だから私も警察も単なる事故だと最初は思いました。ところが事故を仕掛けた二人が、一緒にいるところを目撃されたり、保険金を詐取したりしているのが警察に知られ、捜査が振り出しに戻って再開されました。自首してきた木戸という男は、誰からの指示で事故を起こしたのか、その点は自白していないようです。それで県警は念には念を入れて、私の取材を妨害するためではなかったのか、木戸の背後関係を捜査しているのだろうと思います」

　永瀬はそれ以上の説明は避けた。

「私は被害者ということもあって、ある程度は警察から捜査の進展具合は聞いているのですが……」永瀬は言葉を濁した。

「岳田先生は健康問題を取材されたからといって、取材の妨害なんかしないと思います」

「そうですよね。岳田議員は二十年前に夫人から腎臓を提供され移植手術を受けています。ここ一、二年健康不安説が出てきては立ち消えになり、再浮上するというのを繰り返しています。それで四十八時間密着したのですが、透析治療を受けている様子はありませんでした。だから隠すべき健康問題なんて何もなかった」

「ところが警察が捜査したら、在宅透析をしているのがわかって、それで刑事さんが私のところにやってきたということですか」

山杉はようやく納得した様子だ。

「在宅透析も東京のマンションと高崎のご自宅の二ヶ所、透析には四時間くらいかかると聞いているのですが、在宅透析とはいえ山杉さんのお仕事も大変だったでしょう」

「以前勤務していた仁療会の寺西理事長から、専属の看護師をしてもらえないかと言われ、それで専属の看護師として在宅透析のお手伝いをしてきました」

「寺西理事長直々の推薦があったわけですね」

「推薦だなんて、そんな大げさなものではなくて、私が若くて透析治療の経験もそれなりにあったから、私にどうかと話がふられただけだと思います」

二年間、岳田議員の日程に合わせる生活がつづいた。

「去年十月二十日以降のスケジュールについて刑事から聞かれたようですが……」

「私にとっては二年ぶりの休暇でした」

岳田議員の在宅透析のスケジュールに合わせて、山杉もそれまでは東京と高崎の往復を繰り返してきたのだろう。

「岳田議員は韓国、東南アジアの視察に行かれたようですが、山杉さんは同行されなかったのですね」

「ええ、私はホントに休日を楽しんでいました」

「その間の透析はどうされたのでしょうか」

「秘書の方が視察先の大使館、領事館にお願いして、現地の病院で透析が受けられるように便宜を図ってもらったと聞いています」

透析を受けている患者は、シャントに二本の針を刺され、片方から血を透析機器に導き、水分、ミネラル、不純物をろ過し、もう一方の針から体内に血液を戻す。二本の針と管が鎖のように思えるようだ。一日おきの透析によって、日本国内の旅行でさえも時間的、距離的に限界が出てくる。

国会議員だからこそ在外公館の便宜供与が得られるが、一般の旅行客がこうした方法で海外旅行することは到底不可能だ。

「帰国された時の岳田議員の状態はどうでしたか」

「私は帰国されてから岳田先生には一度もお会いしていません。刑事さんからも同じ質問をされましたが、帰国当時の先生のご様子は知りません」

「それから一度も岳田議員とは会っていないのでしょうか」

山杉はコクリと頷いた。

意外だ、二年も在宅透析で世話になった山杉に会わないというのは。

「その後、在宅透析はどなたか他の方が担当されているのでしょうか」

永瀬は岳田が海外で移植を受けてきた可能性があることを伏せて聞いた。

「私が秘書の方から聞かされたのは、長い間ご苦労さまでした、議員はこれからは病院で透析を受けながら議員活動をつづけるという説明でした。だから透析は受けてないという刑事さんのお話も、永瀬さんの密着取材で四十八時間、どこの病院にも行かれていないというのが、どういうことなのか私には理解できません……」

山杉の疑問は当然だ。山杉も海外視察の間に移植が行なわれた可能性があると思っているのだろう。

「寺西理事長から直接お話しがあって、専属の看護師として在宅透析をお手伝いしてきたようですが、議員の在宅透析の仕事が終わり、仁療会病院に戻らなかったのには、何か理由があるのでしょうか」

「戻ってくる時には看護師長として迎えるからと寺西理事長に言われたのですが、いざ戻ろうとしたら、事務長からは空きがないからと断られました。寺西理事長との約束があると主張したら、いきなり看護師長で迎えるなんて土台無理な話で、新人としてなら採用可能だと言われました。そんな病院に戻っても仕方ないので、今の診療所で働くことに決めたんです」

山杉は穏やかな口調で答えたが、言葉の端々に不満と怒りを含ませていた。

石野紘子は免疫抑制剤の処方箋を出している病院、服用している患者を群馬県地域医療協議会のデータベースを使って可能な限り調べてみた。やはり群馬県内の総レシピエント数に見合わない処方箋が出ている。

その中に奇妙なレシピエントがいることに石野紘子は気づいた。最初の処方箋は上信大学医学部附属病院から出されていた。しかし、二回目の免疫抑制剤は埼玉県本庄市の本庄泌尿器科病院から出ていた。

患者は群馬県と埼玉県の境を流れる神流川流域の埼玉県側、児玉郡上里町に住んでいた。免疫抑制剤を服用していたのは金山泰男五十六歳だ。埼玉県側に住んでいるが神流川に架かる橋を渡れば、群馬県側に入る。児玉郡上里町、あるいは隣接する本庄市の主要病院に行くよりも、上信大学医学部附属病院の方が交通の便がいい。

この地域の住民は群馬県側の病院に通ってくる機会が多い。金山泰男が生体腎移植なのか、死体腎移植なのか、その点はデータからは探り出せない。上信大学医学部附属病院で移植手術を受け、二回目以降の免疫抑制剤は本庄泌尿器科病院で出してもらったのかもしれない。

上信大学医学部附属病院での術後のケア、処方箋、会計までの時間はどんなに早くても三、四時間はかかってしまう。上信大学医学部附属病院から本庄泌尿器科病院に紹介状が届けられ、そこで術後のケアが行なわれ、処方箋をもらっている可能性は考えられる。

でも変なのだ。本庄泌尿器科病院から金山泰男に出されている処方箋は一回だけで、藤岡市内の調剤薬局で免疫抑制剤が出されたのを最後に、処方箋はどこの病院からも出ていなかった。違う病院で処方箋を出してもらったとも考えられるが、移植の内容を知らなければ、どんなに規模の大きい病院の医師でも免疫抑制剤の処方箋など書きようがない。

石野紘子は患者を訪問してみようと思った。金山泰男は高齢者と呼ばれる年齢ではない。上里町に住む金山泰男の家を訪ねた。移植を受けていれば、ＱＯＬはほとんど健常者と同じで、働くことも普通にできる。紘子は、周若渓の世話を母親に頼み、石野調剤薬局の閉店後に金山の自宅に向かった。前橋からもそれほど遠くはない。

金山の家は周囲を田畑に囲まれた一軒家で農家だった。呼び鈴を押すと、中から四十代後半の女性が出てきた。紘子は名刺を出して、訪問の理由を説明した。

　女性は金山泰男の妻、玲子だった。

「薬剤師さんが、わざわざ前橋からありがとうございます。上信大学の先生とは大違いだ。まあ、上がりなさい」

　紘子は応接室に通された。家の中は広いが、灯りが点いているのは応接室だけだった。一人息子がいるようだが、農家を継がずに、都内のデパートに勤務しているようだ。センターテーブルの上には、ポットと急須、湯呑茶碗が置かれ、来客用に用意されていた。玲子はお茶を淹れ、紘子に差し出した。

「薬のことを心配して来てくれたようですが、結局、移植して二ヶ月も生きられなかった……」

「エッ」

　紘子は手にした湯呑茶碗をテーブルに戻した。

　金山泰男は半年前に死亡していた。腎臓移植は七〇年代とは異なり、移植された腎臓の生着率も高いし、生存率も九割は超えている。考えられる死因は、制御不能な激烈な抗体反応の発生だ。

「何があったのか、差し支えなければ教えてください」

　金山玲子は、夫が移植を決意するまでを話し始めた。金山泰男が透析治療を導入したのは三年前だった。その頃から透析は「機械に生かされている感じがする」と腎臓移植を望んでいた。

日本臓器移植ネットワークに登録し、ドナーが現れるのを待った。透析患者と情報を交換しているうちに、日本国内では臓器移植など夢物語でしかないことを知った。

「私は健康そのもので、私の臓器をあげるから」

玲子は自分の臓器を夫に提供すると、上信大学医学部附属病院の医師に申し出た。マッチングテストを受けたが、妻の腎臓を夫に移植することは無理だった。夫は長男からの移植は最初から考えていなかった。

「夫の父親も実は透析を受けていて、透析から十二年で他界しているんです。万が一長男が慢性腎不全にでもなったら大変だと、長男の前では移植の話など絶対にしませんでした」

泰男は長男で、弟の久治がいたが、久治自身が慢性腎不全に陥る可能性もあった。久治には子供が二人いた。

「俺も兄貴と立場は同じなんだ。申し訳ないが俺の腎臓は諦めてくれ。万が一、俺の子供が腎不全になったら、俺の腎臓は子供に移植してやりたい」

兄弟親戚からの生体腎移植の可能性はまったくなかった。

「俺の人生も、長くて十二年かと、父親と自分の人生を重ね合わせるようなことをいつも言っていました」

　慢性腎不全が発症した頃は、上信大学医学部附属病院に通院していた。人工透析を受けるようになると、紹介状をもらい、自宅から最も近い医療法人仁療会本庄病院で透析を受けるようになった。

「夫は朝起きて畑に出て、夕方には戻ってくる。自分で生産した野菜や米をＪＡに出したり、道の駅に並べたり、それが売れていくのを見ているのが楽しみでもあり、生きがいだったんです」

　透析はそうした生活を一変させた。泰男の生活はすべてが透析を中心にして動くようになった。昼間はなるべく以前と同じような農作業をして、夕方から医療法人仁療会本庄病院で透析を受けた。その夜から翌日の午前中まではぐったりし、以前のようには働くことは困難だった。

「移植の現実を知れば知るほど、移植はできないと諦めかけていたんですが、本庄病院の院長を通じて、仁療会の寺西理事長になんとかならないものかと、直接会って話をする機会を設けてもらったんです。その席で寺西理事長から移植を斡旋するＮＰＯを紹介してもらったんです」

「ＮＰＯですか……」

　紘子の心はざわついた。

「ええ、こちらは藁をもつかむ気持ちだったし、仁療会の理事長が紹介してくれるNPOなので信頼はしていました」

「そのNPOというのは、移植難民救済会のことですか」

「ご存じですか……。あそこに行かなければ、透析をつづけながらお父さんはまだ生きていられたと思うけど、運がなかったと諦めるしかないですね」

玲子は自分に言い聞かせるように言った。

夫婦してNPO移植難民救済会を訪れている。

「ちょっと待ってくださいね」

玲子は中座すると一枚の名刺を持って戻ってきた。

「この方が親切に中国での移植について説明してくれました」

名刺には「頼近基」と記されていた。

金山泰男は上信大学医学部附属病院で芳原雄志郎医師の診察を受け慢性腎不全と診断され、医療法人仁療会本庄病院で透析治療を受けるようになった。仁療会の寺西透理事長からNPO移植難民救済会を紹介された。

「中国での移植は、脳死のドナーからの提供もあるが、ほとんどが死刑囚から同意を得て行なわれる移植だと説明を受けました」

費用は往復の旅費、滞在費、医療費すべて含まれているという説明だった。

「三千万円の中には、死刑囚の遺族への謝礼も含まれているから、精神的な負担を感じる必要はないとも聞きました」

訪中してから二週間程度で移植は行なわれる。滞在中は専用の通訳が付き、入院中はもちろんのこと、中国を離れるまで通訳がついているので不便を感じることはない。透析を受けている患者は、透析を受ける施設も確保してあるので、移植手術までは透析可能。中国の土を踏んでから一ヶ月もすれば、移植を受けて日本に帰国できるという説明を夫婦は受けた。

しかし、移植を受けるには、HLA、血液型などレシピエントのデータが必要になる。移植に必要なデータは、上信大学医学部附属病院で検査が行なわれ、そのデータがNPO移植難民救済会から中国側に予め送られる仕組みになっているようだ。

「死刑囚がいるからといっても、うまく適合するドナーがそんなに簡単に見つかるものなのでしょうか」

紘子が疑問を思わず口にした。

「そうですよね、死刑囚がたくさんいるからといっても、マッチングに問題のある死刑囚の臓器では移植はできませんものね」

金山玲子も疑問に感じたのだろう。玲子は頼近に質している。

「私どもが斡旋したケースは、いずれも二週間程度で適合するドナーが現れています」

頼近からはそれ以上の説明はなかった。実際にはレシピエントのＨＬＡに合致する死刑囚が選ばれ、刑が執行されているのだろう。そうでなければ二週間という短期間で適合するドナーが見つかるはずがない。

金山泰男は一人で訪中した。毎日のように電話が入り、訪日から半月後には頼近の説明通り移植を受けていた。

「移植の日が決まるまではホテルの部屋に滞在し、臓器提供の日が決まるのと同時に、病院に入院したそうです」

金山泰男が移植を受けたのは上海国際移植センターだった。宿泊したホテルには、やはり移植を待つレシピエントが他にも三人いた。二人は腎臓移植を、もう一人は肝臓の移植を待っていた。

「ホテルで待機していた人とすぐに仲良くなったそうです。先に上海に着いていた人は、移植を受け皆元気になって日本に帰国していった。そうしたレシピエントを見ているので、傍で見るほど不安はなかったようです」

待機していた腎臓移植待ちの二人は、金山泰男と同じで上信大学医学部附属病院で慢性腎不全と診断され、シャントの手術を受け、医療法人仁療会系列の病院で透析を受けている患者だった。

先着の三人は移植手術を受け、無事に日本に帰国していった。

「透析していた二人が回復する姿を見ていたので、一日も早く手術を受けたいと思ったそうです」

　金山も移植を受けて帰国した。

　上海で処方してもらった免疫抑制剤は二週間分、帰国した翌日に上信大学医学部附属病院を訪ね、移植の報告と術後のケアを兼ねて芳原医師に診察してもらった。

「その時は順調に回復していると言われ、一ヶ月分の免疫抑制剤をもらいました。二回目は大変だろうからと、自宅に近い本庄泌尿器科病院を紹介されました」

　しかし、帰国から一ヶ月が経過した頃から尿に血が混じるようになった。金山泰男は本庄泌尿器科病院を訪ねた。

「夫は芳原医師から紹介状が届いているとばかり思っていましたが、本庄泌尿器科病院では治療できないと言われたんです」

　金山泰男は中国で移植を受け、血尿が出るようになってしまったので、診察してほしいと症状を訴えた。本庄泌尿器科病院の秋元正院長と金山夫婦二人が会った。

「芳原医師からは何の連絡もない。移植の経過もわからずに、移植例のない当院が免疫抑制剤をお出しするのは困難です。すぐに大学病院の方で治療を受けてください」

　こう言われて二人は上信大学医学部附属病院に向かった。

　しかし、すでに診察時間は終了し、芳原医師も不在だった。当直の泌尿器科の医師はカルテを見て、本庄泌尿器科病院で治療を受けるようになっていると、芳原医師に取り次ごうともしなかった。

翌日朝早く金山泰男は再び本庄泌尿器科病院に駆け込んだ。一晩で金山の症状は想像もしていないほど悪化した。秋元院長は免疫抑制剤の処方箋を書いたが、すぐに芳原医師の診察を受けるように言った。

上信大学医学部附属病院で診察を受けるとそのまま入院するように言われ、治療のかいもなく三日後に金山泰男は亡くなってしまった。

「死因は何だったのでしょうか」

「急性の免疫拒絶反応だったそうです」

しかし、それならば移植した腎臓を取り出し、透析を導入すれば命を失うことはない。

「突然患者さんが来られて、中国で移植を受けてきた、免疫抑制剤をくれ、血尿が出た、治療してほしいと言われても、移植経験もない当院が責任を持って対応できるはずがありません。移植にまで至る経緯をお聞きすると、すべての責任は芳原先生の側にあります」

本庄泌尿器科病院の秋元院長からはこう言われた。

それに対して芳原医師は、

「患者が異常に気づいて本庄泌尿器科病院に駆け込んでいるのに、秋元先生は診療拒否をして医師法違反は明らかだ。あの時点で適切な処置をしていれば、患者さんは助かったはずです」

と主張し、二人の言い分は真っ向から対立した。

「私にはどっちが正しいのかわかりませんが、夫が死んだのは、そういう運命だったと思って諦めるようにしているんです」

玲子は何もかも諦めていた。

15　修正申告

中国で移植を受けたレシピエントが死亡していた。死亡させた責任を芳原雄志郎医師は、本庄泌尿器科病院の秋元院長になすりつけているらしい。

移植手術を受けたレシピエントに、適切な免疫抑制剤の処方と術後の十分なケアが行なわれていれば、移植臓器が廃絶に追い込まれることも、生命が失われることも、今では極めて少なくなってきている。しかし、中には稀に激烈な抗体反応を起こし、免疫反応を抑え込めないケースも出てくる。金山泰男はそうした例なのかもしれない。

秋元院長が芳原医師にいい印象を抱いているとは思えない。上信大学医学部附属病院、医療法人仁療会、そしてＮＰＯ移植難民救済会が水面下で進めている中国への渡航移植について密かに取材を進めていると理由を伝えて、永瀬は秋元院長に取材を求めた。秋元は匿名を条件に取材に応じた。永瀬は本庄泌尿器科病院を訪ねた。

秋元院長は三者が連携しながら、中国に慢性腎不全患者を送り、移植を受けさせている事実をすでに知っている。永瀬はＮＰＯ移植難民救済会の存在に気づき、取材をしている最中に大きな交通事故に遭った事実を告げた。

「背後で創流会が関与していると思っています」

院長室のソファに深く腰を沈めた秋元の顔が次第に強張っていくのがわかる。

「それで私は何をお話しすればよいのでしょうか」

金山泰男がこの病院に回されてきた経緯を知りたいと率直に伝えた。

「どのようにお聞きになっているのか存じ上げませんが、上信大学の病院からも、芳原先生からも紹介状も何も届いてはいないのです。金山さんは突然、当院を訪ねて来られて、中国で移植を受けてきたので、免疫抑制剤を出してほしいと唐突に言って来られたのです」

「金山泰男さんの妻によれば、芳原先生からこの病院を紹介され、話はしておくからこちらの病院で免疫抑制剤を処方してもらうようにと言われたそうですが……」

「今申し上げたように大学病院からも、芳原先生からもいっさい何の連絡もありませんでした。それは当院の医師、看護師、職員すべてに確認をしました。当院は透析を専門に扱う病院で、私自身は移植については多少の知識はありますが、移植の経験はまったくありません。突然、免疫抑制剤を出してくれと言われても、すぐには対応なんてできません。詳しく事情を聞いた上で、大学病院か、仁療会の方で出してもらった方がいいでしょうと、初診の時は免疫抑制剤をお出ししていません」

秋元の説明を聞きながら、医師として誠実な対応を取っていると永瀬は思った。

帰国後、上信大学医学部附属病院で診察を受け、免疫抑制剤もまだ十日分は残っていると金山自身は言っていた。金山は本庄泌尿器科病院からすぐに上信大学医学部附属病院に向かった。

秋元院長は芳原医師が的確な治療をしてくれるだろうと思っていた。

しかし、翌朝、血相を変えて金山夫婦が開院と同時に飛び込んできた。秋元院長は、友人の移植医に連絡を入れ、処置、そして薬について助言を仰いだ。

「昨日、当院を出た後、上信大学の病院に行ったが、診察してもらえなかったと、奥さんは言っていました。芳原医師が出した同じ薬を出すように処方箋を書き、すぐに大学病院に行って精密検査を受けるように、私はお二人に説明しました」

秋元院長は芳原医師に電話で金山泰男の状況を伝えた。しかし、すべてが手遅れで金山泰男は死亡した。

「金山泰男さんがどのようにして中国で移植を受けたのかはわかりませんが、中国で移植を受けたレシピエントに、どの病院も対応には慎重にならざるをえません。海外で移植を受けたレシピエントについては、厚労省から通達も出ているのです」

「厚労省からですか……」

秋元院長によれば、厚労省からもちろん診療拒否の通達が出されているわけではない。しかし、臓器移植対策室長から都道府県等衛生主管部長、局長宛てに、二〇一〇年に「無許可での臓器斡旋業が疑われる事例について」と題した通達が出されている。

〈管下の医療機関で無許可斡旋業が疑われる事例が発生した場合は、当室あて御連絡いただく旨、周知願います〉

「こうした通達が県の衛生主管部を通じて、私どもの病院にも届いているのです」

日本では一九九七年、臓器移植法が施行された。脳死を人間の死として認めて、脳死後の臓器提供が可能になった。しかし、脳死後の臓器提供には、本人の書面による意思表示と家族の承諾を必要としていた。

臓器提供の意思表示は民法上の遺言とみなされ、遺言可能な年齢は十五歳以上と定められている。その結果、小さな臓器を必要とする子供への移植は、日本ではまったく不可能だった。移植のチャンスはアメリカやヨーロッパに求めるしかなかった。

二〇一〇年、臓器移植法が改正された。本人の意思が不明な場合でも、家族の承諾があれば臓器提供が可能になった。したがって十五歳未満の脳死であっても、家族の承諾が得られた場合には移植が可能だ。

しかし、子供の臓器提供は相変わらず少ない。海外での移植を望む親は多い。渡航移植の前に大きく立ちはだかるのは、二億円から三億円もの移植費用だ。アメリカで移植を受ける場合、病院側に高額な預託金を積まなければならない。この金額によって移植の優先順位が上がるとみられている。

二〇〇八年にイスタンブール宣言が出されたものの、アメリカは移民の国で、前年度移植実績の五パーセント枠を限度とし、外国人への移植を認めているのだ。つまり前年度に二十人の移植を行なっていれば、一人は外国人枠が得られる。

心臓移植のための募金が行なわれ、実際アメリカで移植を受けてきた子供について、無許可斡旋の疑いがあると報告された例はない。もっぱら中国で移植を受けたレシピエントを対象にしているのは明らかだ。

イスタンブール宣言を受け、中国での移植を止めることを目的に出されたと誤解されそうな通達だ。

「無許可斡旋業というのが、どのような組織を指すのかもわからないし、渡航移植へ世界的な批判が高まる中で、実態を把握するために出されたとも思える。渡航移植の出口の栓を締めたとも取れる通達です」

「金山さんの件は厚労省に報告されたのでしょうか」

「そんなことはいっさいしていません。移植難民救済会がどのようなNPOなのかも知らないし、詳しいのは芳原先生で、金山さんのケースは、芳原先生の責任は重大だと思います。奥さんと長男が来られ、事実関係を知りたいというので、すべてを話して納得してもらったと思っています」

金山泰男は急激に症状を悪化させ、死に至っている。妻はずっとそのそばにいた。秋元院長の言葉にウソがないのは、妻が最もよく理解していただろう。

怒りの矛先は芳原医師に当然向けられる。しかし、秋元院長は、遺族と芳原医師との間にどのようなやり取りがあったのかは知らなかった。金山の妻の口から断片的に語られた芳原医師の対応はずさんの一語だった。

秋元院長に紹介状を書いたと芳原医師は主張したが、そのコピーもなかった。長男の厳しい追及に最後は電話で本庄泌尿器科病院に口頭で伝えたと、芳原医師の主張は二転三転した。交渉を重ねるたびに芳原医師の不誠実な態度が浮き彫りになったようだ。

「これは私の推測ですが、芳原先生や寺西理事長の紹介で中国に行き、移植を受けたのは金山さん一人ではないと思います」

秋元院長によれば、中国で移植手術を受けたレシピエント複数が、群馬県、埼玉県の泌尿器科病院に免疫抑制剤の処方箋を求めて、訪れているという。

「他の病院ではどうされているのでしょうか」

「多分、患者の頼みを受け入れて免疫抑制剤の処方箋を出していると思います。すべての医師が嫌だと思いながら、処方箋を書いているんです」

何故断らないのか、永瀬には不思議に思えた。断っても芳原医師が最適な処方箋を出してくれるはずだ。

「断りたくても断れない事情が、それぞれにあるんです」

上信大学医学部附属病院は、群馬県、埼玉県北部に住む市民にとっての拠点病院だ。慢性腎不全により透析を導入した患者の多くは、医療法人仁療会病院を紹介され、そこで透析治療を受ける。一つの病院に集中し、癒着しているという批判を避けるために芳原医師は、一部の透析患者を小規模、中規模の病院へ紹介する。

「そうした病院にとっては、上信大学病院から紹介されてくる透析患者の診療報酬も病院経営にはなくてはならない収入なんです。芳原医師には逆らえない」

それが免疫抑制剤の処方箋を出す理由のようだ。

それにしてもと、永瀬は思う。そんな無理強いをするのであれば、上信大学医学部附属病院で引き受けるなり、あるいは仁療会系列の病院にレシピエントを送ればそれですむ話ではないか。

「自分のところで行なってきた移植手術をはるかに上回る処方箋を出すのは、厚労省通達の手前、まずいと考えたのでしょう。仁療会のところに分散しただけでは怪しまれると考えたのかどうかはわかりませんが、それで私たちのような小さな病院にまでレシピエントを押しつけてきたのではないでしょうか」

秋元院長の推測が事実であれば、中国で移植を受けたレシピエントこそ災難だ。移植を成功させても、術後のケアに大きな不安をかかえることになる。

「中国で移植を受けたレシピエントが死亡したのは、金山さんが最初でしょう。その責任を何としても私に押しつけたかったみたいです」

　秋元院長は金山泰男の遺族に対して事実を伝え、責任は芳原医師にあると、その姿勢を最後まで崩さなかった。

　芳原医師が直接電話をかけてきた。最初は懐柔策だった。「本庄泌尿器科病院で十人の透析患者を引き受けてほしい」と言う一方で、「すまないとひとこと金山さんの遺族に謝罪してもらえませんか」と言ってきた。芳原医師は透析患者をまるで貢物扱いにしていた。

「そんな話を承諾できるはずがない」

　秋元院長は一蹴した。

　次は患者を装った正体不明の脅迫電話だった。

「ヤクザとしか思えないような男が電話をかけてきて、院長を出せと対応にあたった女性職員を脅かした」

　怯える女性職員に事務局長が交代した。

「移植を受けた患者がお宅の病院で死んだ件で、院長と話がしたいと事務局長にすごんだそうです」

　秋元院長はその電話に対応した。

「金山さんの遺族とは言いませんでしたが、遺族のような振りをして謝罪しろの一点張りでした」

「金銭の要求はあったのでしょうか」

「金の話はいっさいありません。金の話を出せば恐喝になると、相手は十分にわかって電話をかけてきていると思いました。こちらも金の要求をすれば、裁判を起こしてくださいとひとこと言って電話を切るつもりでいました」

怒鳴ったり、穏やかな口調になったりで執拗に謝罪を求めてきた。金山泰男が死に至るまでの正確な経緯は認識していた。

「遺族か、あるいは医療関係者に知り合いがいて、詳細を聞かされているとしか思えませんでした」

医療関係者とは芳原医師を指しているのだろう。女性の受付から電話を代わった事務局長は機転を利かせた。

「いざという時、警察に被害届を出すのに必要になります」

秋元院長との電話の内容を録音していた。

「その録音を聞かせてもらえますか」

秋元院長は事実を知ってもらった方がいいと判断したのだろう。自分の机の引き出しからＩＣレコーダーを取り出してきた。秋元院長が録音内容を再生した。会話の内容は、秋元院長が説明した通りで、二十分程度の会話だった。

相手の声に、永瀬は聞き覚えがあった。

本庄泌尿器科病院の秋元院長に会った二日後だった。見落としてしまいそうなほど小さな記事が全国紙に掲載された。一段記事で、ＮＰＯ移植難民救済会が、二億円の使途不明金があり、その二億円が申告漏れになっていたと自ら修正申告を行なったという内容だ。

国税局の指摘を受け、修正申告をするケースはいくらでもあるが、自ら二億円もの修正申告をするケースは珍しい。いったいＮＰＯ移植難民救済会に何が起きているのか。

その後、狭山警察署に自首した木戸浩の動向がどうなっているのか、まったくわからない。群馬県警、埼玉県警が合同で捜査に動き、事故は永瀬を狙った仕組まれた事故で、逮捕できたのは、自首してきたネズミ一匹では両県警の沽券《こけん》に関わる。世間に醜態をさらすようなものだ。

永瀬は狭山警察署刑事課の森下刑事を訪ねた。案内されたのは、風通しも悪く、タバコのヤニの臭いしかしない取調室だ。

「捜査は進んでいますか」

「木戸の件なら、検察に身柄を送ったぞ」

送検され、木戸は検察庁で取調べを受けているのだろう。決まり切った返事が戻ってきた。木戸浩などネズミどころかトカゲの尻尾程度の取扱いなのだろう。聞きたいのは自首した木戸がどうなったかではない。

「NPO移植難民救済会が修正申告したようですが、刑事課が絡んでいるんですか」

「絡むわけねえだろう。あれは国税の仕事だ」

森下は突き放すように答えた。やはり決まり切った返答しか返してこない。

「NPO移植難民救済会の二億円もの使途不明金、誰に流れていたかわかっているんでしょう。教えてくださいよ、私は被害者として聞いているんだ」

「あんたは偽装事故で殺されかかった被害者だが、俺たちが追ってるヤマの被害者っていうわけでもねえから、捜査中の話なんかできるわけねえだろう」

「中国で移植を受けた患者が死亡して、そのボロが世間に飛び出さないように、創流会がある医師を脅迫しています」

「そんな話を出されても、話せねえもんは話せねえんだよ」

森下は席を立とうとした。

「これを聞いてもそんなことを言っていられますか」

永瀬はポケットからICレコーダーを取り出した。永瀬は交通事故に見せかけて創流会の組員に殺されかかった事実を秋元院長に告げた。それを知り秋元院長は脅迫を受けた電話録音を快くコピーしてくれたのだ。

〈あんたが診療拒否さえしなければ、患者は死ななかったんだ。遺族に謝れば許してやるって、こっちは言ってるんだ〉

〈芳原先生の口利きで上海で患者さんは移植したと言っています。戻られてからも上信大学が責任を持って治療に当たるのが当然です。遺族の方も納得しています。あなたは誰なのですか〉

〈そんなことはどうでもいいんだよ〉

〈よくありません。もしお金を要求したいのであれば、裁判を起こしなさい〉

秋元院長が挑発したところで永瀬はＩＣレコーダーのスイッチを切った。

「中国で移植を受けてきたレシピエントを地元の病院に押しつけ、その患者が死亡している。院長を脅迫しているこの男が誰だか、俺は知っているんだ。この院長にはどうしても黙っていてほしいことがあるみたいだ。まあ、刑事課は関心がないみたいだから、東京に戻ります」

今度は永瀬が席を立った。

森下刑事も同時に席を立ち、取調室のドアの前に立ちはだかった。顎をしゃくり、座るように合図した。再び永瀬と森下が向き合って座った。

「何が知りたい」森下が永瀬に顔を近づけ聞いた。

「二億円の申告漏れって、あれは何ですか」

「使途不明金だ。移植難民救済会から、三人に法外な謝礼が渡されている」

「それならもらった三人が税金申告の所得金額を修正すればいいでしょう」

「それができないから頼近が使途不明金として処理した」

二億円は頼近の所得とみなされ、追徴課税されるだろう。

「どうして頼近はそんな割りの合わないことをする必要があるんですか」

「移植ビジネスをつづけられれば、追徴金くらいなんでもねえからよ」

「美味い汁を吸っている三人って誰ですか」

「俺の口からは言えねえよ。当ててみな」

「芳原雄志郎医師」

名前を聞き、森下は黙って頷いた。

「二人目、寺西透理事長」

同じように森下は頷いた。

「三人目は……」

ＮＰＯ移植難民救済会から分け前を受け取るべき人間が思いつかなかった。答えるのを躊躇っていると、森下はＩＣレコーダーを指した。

「創流会の関口組長か」

森下が頷いた。

ＮＰＯ移植難民救済会が中国での移植を希望する患者から吸い上げた金は、頼近、芳原、寺西、関口組長で分け合っていた。

「さすが刑事課だ」

「あんたと枝野デスクのおかげだ」

森下が言わんとしていることが永瀬には理解できなかった。

「関口由紀夫だよ」

「はぁ……」

関口がビルの一室で首を吊っているのを永瀬と枝野デスクが発見した。

「関口由紀夫は、組長と移植後もめていた」

自首した木戸浩が自供したのだろう。腎臓を提供した見返りは一千万円だった。関口由紀夫は中国に行けば三千万円で腎臓移植が受けられるのは当然知っている。三千万円もらえると思っていたが、渡されたのは現金一千万円。

「文句を言ったら、いずれ創流会はお前のものだと言われ、それを真に受けて本人は納得したらしい」

しかし、他の組員は移植がすんだ後は、養子縁組を結んだとはいえ、関口由紀夫を下っ端の組員程度にしか扱わなかった。

上信大学医学部附属病院で芳原医師の診察を受けた後、ひまわり調剤薬局で薬を受け取り、組事務所に入ろうとしても、関口由紀夫は中にも入れてはもらえなかった。それどころか薬を渡した瞬間、追い払われるようにしていたのを永瀬は目撃していた。

「騙されたのがようやくわかったんだろうな、関口由紀夫にも」

関口譲治の後を継ぐなどというのは、口から出まかせだったのがわかった関口由紀夫は、創流会を窮地に追い込み、関口譲治を刑務所に追い込む計画を立てた。

「NPO移植難民救済会のパソコンを調べ上げたが、どのくらいの金が動いているのか、税務署に申告している表の金の動きがわかっただけだ」

「あの部屋のキャビネットか」

森下がコクリと頷いた。

「関口」と表札がかかっていた部屋の壁には、スチール製のキャビネットが二段に重ねて置かれていた。中身は裏帳簿だった。

「三人の名前が記載されていたんですか」

「今どきのヤクザはそれほどバカじゃねえよ」

金はロンダリングされ、三人のふところに消えていた。

「関口由紀夫はその帳簿を持ち出そうとして、組員に殺された」

犯人もすでに判明しているような口ぶりだ。犯人は遺体を持ち出すこともできなかったし、裏帳簿もそこに置いて逃げるしかなかった。

「偶然、窓の外の様子でも見たんだろうよ、犯人は。あんたらが部屋に来るのがわかり、首を吊ったように見せかけて、現場から逃走した」

永瀬と枝野デスクが部屋に入ったのは、その直後だった。

犯人は裏帳簿を持ち出せず、警察がまんまとそれを入手した。

「これだけ話したんだ、今度はそっちの番だ」

永瀬は電話のやり取りは本庄泌尿器科病院の秋元院長と、脅迫しているのは殺された関口由紀夫の声だと告げた。二人の会話の内容を知り、目の前に永瀬がいるのに、将棋盤を見つめる棋士のように森下は考え込んでしまった。

「裏帳簿の金の流れで、創流会の役目がよくわかったよ」

永瀬は少し大きな声で言った。それでも森下は考え込んだままだ。

「秋元院長のように、免疫抑制剤の処方箋を書かない医師には、組員を使ってすごんで見せたんでしょう。秋元院長に聞けば、脅された泌尿器科医はすぐに割れます」

「わかった」

ふとわれに返ったように森下が言った。

「でも、どうして関口組長は養子縁組なんていう方法で移植を受けたんだ。中国に行けば二週間で移植が受けられる」

「いくら中国とはいえ、前科がある関口組長は入国できねえだろう」

関口組長には、傷害、恐喝、覚醒剤取締法違反などの前科があった。関口は組員から臓器提供してもらうしか移植の道はなかったのだ。

「もう一つ、教えてくれますか」

「何だ、まだあるのか」森下が煩わしそうに言った。

「木戸は事故について何て自供しているんですか」

「事故は関口組長が六百万円で依頼したようだ。報酬は二人で分けている」

「俺の命は六百万円かよ。中国の腎臓より安いのか」

「まあ、そういうことだ」

森下が笑いをこらえながら答えた。

「もうすぐどえらい地雷をヤツらは踏むことになる。情報は可能な限り流すから、トカゲの尻尾切りで終わりになるような報道の仕方はやめてくれよ」

「トカゲの尻尾の目途はもうついているんですか」

「見損なわないでくれ。トカゲは何も知らずに前橋や高崎で飲み歩いているよ」

石野勤、関口由紀夫殺害の実行犯は、すでに判明しているのだろう。

全面解決に向けて捜査は大詰めを迎えている。永瀬の情報で、創流会の脅迫を受けた病院、医師をしらみつぶしにしていくだろう。

16　遺志

岳田益荒男は次期組閣の時には、大臣の椅子に座ろうと活発に動いていた。自由民政党内でも、次期厚労相として手腕を発揮してほしいと岳田待望論まで出ていた。健康不安説は何だったのか。地元で支持者を集めて講演会を開き、連日のようにやって来る陳情団にも耳を傾けていた。誰もが岳田議員の精力的な動きに目を疑った。

その変貌ぶりに自由民政党内には、岳田をからかうような噂が流れていた。

「岳田議員は毎晩生肉を食っているらしい」

真偽を同僚議員に聞かれると、岳田は真顔で答えたようだ。

「……らしいとは失礼な。五〇〇グラムの生肉を、毎晩歯で食いちぎって食べています。胃に流し込むのはもっぱらスッポンの生き血の赤ワイン割り。よかったら一度食事に招待しますよ」

ほとんどの議員が食事の誘いを断り、そそくさとその場から去っていくらしい。岳田の武勇伝は国会議員の間に瞬く間に伝わり、本人もまんざらでもない様子だ。

しかし、岳田益荒男の健康が回復したのは、まことしやかに伝えられている生肉の食事でも、スッポンの生き血でもない。岳田議員は上海で移植手術を受け、透析から解放されて自由に議員活動ができるだけなのだ。

石野勤が亡くなってから、二ヶ月が経過した頃だ。たどたどしい日本語で電話がかかってきた。最初、電話を取ったのは、石野勤の母親の聡子だった。

「石野勤さん、いますか」

日本に戻った日に、不審な死を遂げ、現在警察が捜査中だと、聡子が告げた。英語が話せるかと聞かれたが、聡子は英語が話せない。自分は話せないが、娘が話せると伝えた。その日の電話はそれで終わった。

さらに二週間後、再びたどたどしい日本語で電話があった。相手はソウル在住の金《キム》鎬然《ホヨン》医師だった。紘子が受話器を取り、石野勤が死に至る経緯を説明した。

「石野勤氏の死には私にも責任があります」

金鎬然医師は紘子に謝罪した。しかし、その理由を金鎬然医師はなかなか明かそうとはしなかった。

金鎬然医師によれば、上海からソウルに入った石野勤は、金鎬然の名前だけを頼りに、ソウル市内と近郊の町を探し回ったようだ。そして石野勤はついに金鎬然医師を見つけ出した。

「あなた方のお父さんが、何故移植を受けられなかったのか、大学を卒業した彼が、何故全日健康薬品に就職したのか、その理由を本人から聞きました」

紘子は、何故兄の勤が金鎬然医師を探したのか想像もつかなかったし、金鎬然医師が電話をかけてきた理由もわからなかった。

金鎬然医師は謝罪の言葉を繰り返していた。

「私にはあなたのお兄さんのような勇気がなかった……」

紘子は、母の聡子も、そして来日中の恋人の周若渓も、真実を求めて苦しい日々を送っていると告げた。周若渓が来日していることを知ると、受話器からは金鎬然医師が生唾を飲み込むような呼吸音だけが聞こえてきた。

「兄の死に何か思いあたるようなことがあるのなら、どんな些細なことでもいいから教えてください」

紘子が懇願した。

「私も上海国際移植センターで、腎臓移植を受けました」

上海国際移植センターには日本からだけではなく、その他の国からも腎臓移植を受けようとする慢性腎不全の患者が訪れているのだろう。しかし、移植を受けた韓国人の金鎬然医師を、何故兄は探しだしたのか。

「石野勤氏はドナーとなった中国人のＨＬＡ、血液型、年齢などのデータを欲しがっていました」

金鎬然医師は循環器系の内科医だった。

「私は移植を受ける前に、自分の目でドナーのデータを確認しました。そのデータを見せてほしいとソウルに来られたのです」

〈そのデータがあれば、ドナーが恋人の父親かどうか、確認できるんです。秘密は守るから、どうかデータを提供してください〉

勤からそう言われ、金鎬然医師は激しく動揺した。

「ドナーについて、彼から話を聞き、私は大罪を犯したと思いました」

金鎬然医師は敬虔なカトリック信者だった。

石野勤は、周若渓の父親、周天佑から採血したHLAデータを持っていた。そのデータと金鎬然医師の持つドナーのデータが一致すれば、ドナーは間違いなく周天佑と判明する。

「恐ろしくてデータが出せなくなってしまったのです。ドナーが死刑囚ではなく、法輪功の実践者というだけで臓器を摘出されて……。その方の臓器が私に移植された」

金鎬然医師は国際心臓病学会で知り合った中国人医師を介して、八百万円で腎臓移植を受けていたのだ。

ドナーから摘出された腎臓は、同じ日に金鎬然医師と、日本人のVIPに移植された。石野勤は自分が調べ上げた事実を金鎬然医師に告げた。

「石野氏はドナーの職場に赴き、健康管理のセクションの人間に金をつかませ、検査結果を持ち出してきたのです」

上海国際移植センターの医師らから、レシピエントは金鎬然医師と日本人ＶＩＰだったと聞き出していた。日本人ＶＩＰの移植手術には、日本から来ていた日本人医師も立ち会っていたという。

手術に立ち会ったのは、芳原医師だろう。工場に出入りする芳原医師を、周若渓も目撃している。

調査をつづけているうちに、日本人ＶＩＰは岳田益荒男だと石野勤は気づいてしまった。岳田益荒男の移植は秘密裏に行なわれ、全日健康薬品上海工場の日本人スタッフでも、知っていたのは上海工場に駐在する高梨克也社長だけだっただろう。

石野勤に帰国命令を出し、ホテルに軟禁したのは、それ以上事実を知られ、石野に事実を公にされてしまえば、岳田議員は失脚するし、全日健康薬品は計り知れない打撃をこうむることになる。

全日健康薬品側は、ドナーが石野勤の恋人、周若渓の父親だとは想像もしていなかっただろう。石野を日本に返してしまえば、それ以上波紋が広がることはない。しかし、石野は直接日本には戻らず、ソウルに飛んだのだ。

「私が中国で移植を受け、しかもドナーは何の罪もない法輪功の実践者であることが、韓国国内で明らかにされてしまえば、医師として生きていくことはできなくなります。

それが怖くて、石野勤氏を追い返してしまいました」

それでも石野は執拗に金鎬然医師にドナーのデータ提供を求めた。結局、金鎬然医師からの協力は得られずに、ソウルから成田空港に戻った。そして、その翌日に遺体となって発見されたのだ。

日本に帰国せずに、ソウルに向かったのが日本側の全日健康薬品に伝わったのだろう。ソウルで石野勤に金鎬然医師と会われては困る人間がいた。

岳田益荒男は金鎬然医師がドナーのＨＬＡや血液型のデータを持っているなどとは気づいていないだろう。しかし、岳田議員、金鎬然医師は個室に入院していたが、フロアーは同じで、顔を合わす機会も多かった。そして、二人とも透析を導入していた。

岳田が日本の国会議員であることを金鎬然医師が知っていたかどうかは不明だ。しかし、同じ日に移植を受けた日本人ＶＩＰについて、石野が岳田議員の写真を見せて確認すれば、すぐにわかってしまう。

岳田議員は石野勤の口封じを迫られた。石野勤殺害に全日健康薬品が積極的に加担したとは思えないが、全日健康薬品を通じて石野の動きは、岳田議員に伝えられた。

岳田議員が自ら石野を殺害したということはないだろう。ただ、創流会に口封じを頼んだのは想像に難くない。ここから先は群馬、埼玉の両県警が暴いてくれる。

「私は二度も大きな過ちを犯してしまった」

金鎬然医師は、日本でも移植の機会はほとんどないという現実を、韓国の移植医を通じて知ったらしい。それで追い返してしまった石野のことが気かがりで、石野の実家に電話を入れたようだ。周天佑、そして石野勤を死に追いやった罪に、金鎬然医師は恐れおののいた。

石野紘子と電話で話した一週間後、金鎬然医師から手紙が届いた。

「いずれ神の裁きが下ると覚悟しています。遅きに失しているのは十分承知していますす。これを石野勤氏の霊前に供えてください」

封筒の中にはメモリーカードが入っていた。中に保存されていたのは、周天佑のHLAに関するデータだった。石野勤が三人の名刺と一緒に残していたデータとまったく同じ内容が記載されていた。

もう一つ写真のデータが保存されていた。金鎬然医師が上海国際移植センターに入院中に撮影されたスナップ写真だった。

そのデータを見て事件の全容はほぼつかんだと、永瀬は確信を持った。

永瀬は枝野デスクを新宿の京王プラザホテルのカクテルティーラウンジに呼び出した。活字にする前に高沢編集長に記事の内容を知られると、掲載を拒むことも考えられる。最後の最後まで記事は伏せておく必要がある。

永瀬はこれまでに取材した内容、そして森下刑事からの情報、金鎬然医師から提供されたメモリーカード、これらを枝野デスクに報告した。

「岳田益荒男は上海で腎臓移植を受けている。その直前に法輪功実践者が何者かによって殺害され、臓器を摘出された。上海国際移植センターで二つの腎臓のうち一つが岳田議員に移植されている。岳田議員の健康不安説を取材中に、俺は偽装交通事故で殺されかかった。犯人二人のうち一人は首を吊っているところを発見され、もう一人は狭山警察署に自首した。背景には、透析医療の利権がからんでいる。日本国内では一向に進まない移植医療に目をつけ、暴力団も暗躍している。この辺りまで書いたとしても、狭山警察署の森下刑事には仁義を通したことになる」

「関口組長、芳原医師、NPOの頼近はどうなるでしょうか」

「森下刑事の話だと、石野勤、関口由紀夫を殺した犯人はすでに判明しているようだ。おそらく創流会の鉄砲玉の仕業だろう。トカゲの尻尾を逮捕しても、それは関口組長、芳原医師の思うつぼ、それがわかっているから関口組長、芳原医師、頼近の三人の関係、そしてその三人と岳田議員のつながりがはっきりするまでは泳がしているのだろうと思う。でも、記事が出れば岳田は間違いなく政界から追われる。警察もほぼ全容はつかんでいると思う。ただ、相手は国会議員なんで、念には念を入れて捜査していると思う。それよりも……」

永瀬には高沢編集長が掲載を許可するとは思えなかった。

「その点はご心配いりません」

枝野デスクはいつものように涼しい顔で答えた。

「俺はフリーなんで追い出されても、どこかでなんとか食っていくけど……」

しかし、枝野デスクはそういうわけにはいかない。彼にも編集者としての人生がある。大きなトラブルになるかもしれない記事に巻き込むわけにはいかないと思った。

「もし掲載が難しいと思うのであれば言ってくれ。どこか他のメディアに持ち込むから」

「そんなことを言わないでください。グローボに永瀬さんが命がけで取材した記事が出せないようであれば、私だってそんな部署にいたくありませんよ。私のことはお気遣いなく」

枝野デスクも記事を掲載するために腹をくくっているようだ。

「A政権はこの夏、第三次内閣に向けて活発に動いています。その最中にドカンと岳田議員に取材をかけましょう」

枝野デスクが岳田議員の番記者から聞き出した話では、岳田益荒男の厚労相はほぼ決まったという情報が流れているらしい。

「早速、取材をかけてみる」

永瀬は岳田益荒男議員に取材を申し込んだ。

取材は格闘技と同じだ。しかもどちらかがギブアップするまでつづけられる金網デスマッチだ。永瀬はそのリングに上がっていくような気分だった。

岳田は多忙を極めている。週刊グローボが正面玄関から取材を申し込んでも、時間を割くとは思えない。長岡晃三秘書が陳情や来客、そして取材などの日程を調整している。

衆議院議員会館に電話を入れた。すぐに長岡が応対に出た。

「週刊グローボの永瀬といいます」

一瞬、間があった。

「お忙しい時に恐縮しますが、岳田議員に直接おうかがいしたいことがあります。取材の時間を取っていただけないでしょうか」

「取材ですか。実は各社から取材の依頼があり、ここ二週間は取材のための時間が取れないような状況なんです。二週間後にもう一度電話をいただけないでしょうか」

長岡秘書の対応にはそつがない。

「そんなにお手間は取らせません。昨年十月二十日からの海外視察ですが、ソウルから上海に行っておられます。上海での日程について、二、三確認させていただくだけですから」

これで長岡には永瀬の取材の意図が伝わるはずだ。岳田議員のＨＰには、ソウルから上海に向かったことなどいっさい記載されていない。

「具体的にはどのような質問をされるのか、メールでかまいませんから送っていただけますか。その内容を見て議員と相談して取材の諾否についてこちらから電話させてもらいます」

長岡は電話を切った。

メールを要求したのは、永瀬がどこまで事実を把握しているのか、それを知りたいのだろう。岳田が上海で移植を受けた事実を全面否定するのは間違いない。

〈昨年の海外視察を終えた後、岳田議員はそれまでの健康不安説がウソのように、精力的に公務をこなされています。一部に生肉を食しているという話までが飛び交っていますが、上海で腎臓の移植手術を受けたという噂が自由民政党内で囁かれています。この風評についてのコメントと、実際移植は受けられたのか、事実をご本人から確認させていただきたい〉

岳田は閣僚の椅子に座ろうと必死だ。自由民政党内にはそれを喜ばない対立派閥の議員もいる。意識的に風評を流す議員がいても不思議ではない。風評の出元を知りたがるだろう。上海に行ったことは秘密にしてあるはずだ。それを永瀬が知っていた。どうやって調べたのか、情報源は誰なのか、それも岳田には気になるところだろう。

上海での移植は全面否定すれば、それですむと岳田は考えるに違いない。

メールを送信してから一時間後に、返信メールが入った。取材は二日後の午後二時から、取材時間は二十分と書かれていた。

衆議院議員会館には約束の十分前に着いた。長岡秘書がすぐに対応した。狭いスペースで秘書二人が向き合うように机を並べ、その奥の扉を開けると議員の執務室だ。長岡は名刺を受け取ると、議員執務室に入った。岳田議員と打ち合わせをしている様子だ。

部屋から出てくると、「議員がお会いします。次のスケジュールもありますので二十分で終わらせてください」と、時間の確認を求めてきた。

岳田は肌の色つやもよく、身体中から精気が溢れていた。ソファにゆったりと身を沈めるように座り、正面に座った永瀬を穏やかな眼差しで見つめた。

「私の健康にずいぶんとお気遣いをいただいているようですね」

岳田は唇の端に微かな笑みを浮かべ、皮肉を言ってきた。一月に四十八時間密着取材した時よりもずっとふくよかな体形になっている。

「生肉を食らいスッポンの生き血をすすっているという噂もありますが、議員の健康の理由は他にあると思っています。時間も少ないので早速聞かせていただきたいと思います。昨年の海外視察ですが、ＨＰ上では韓国そして東南アジアに行かれたようになっています。私どもの取材では、東南アジアには行かれずに、ソウルから上海に行かれています。何故そのような虚偽を掲載されているのでしょうか」

「確かにソウルから上海に行っています。それは中国政府の要人と密かに会う機会が得られたからです。その席で北朝鮮の情報を聞くことができました」

「どうしてその事実を実績として公表されないのでしょうか」

「中国政府の要人が誰なのか、それを明かすことはできません。最初から非公式の会談で、上海に行った事実も明かしたくないので、ＨＰには公表しませんでした」

「なるほど、そうでしたか。上海ではその要人に複数回会われたのでしょうか」

「はい。会いました」

「出発から帰国まで二週間ですが、その間に要人から北朝鮮の情報を収集したというわけですね」

「そうです。そんな機会はめったにあるわけではありませんから、金正恩が何を目指しているのか、今後どう動くのか、核開発から拉致問題まで可能な限り聞いてきましたよ」

その程度の質問なのかと、岳田は永瀬を嘲笑するような笑みを浮かべている。

「ところでその二週間の透析はどこでされていたのでしょうか」

予期していなかったのだろう。笑みが一瞬にして消えた。秘書室に向かって大きな声で言った。

「冷たい水を持ってきてくれ」

長岡がペットボトルをすぐに持ってきた。水を半分ほど一気に飲みほした。どう答えるべきなのか必死に考えているのだろう。しかし、透析は受けていないと自ら答えたのも同然だ。透析患者は夏でも水分摂取は厳しく制限される。透析患者の中には水を自由に飲めない苛立ちから、清涼飲料水のテレビコマーシャルにコップを投げつけたくなると告白する者もいた。

永瀬は答えを待った。

「私が透析をソウルや上海で受けていたかどうかも含めて、このインタビューで答えるつもりはない」

「説明するまでもなく岳田議員は公人で、まして次の厚労相就任が有力視されています。健康についてコメントするのは義務だと思います。答えられないというのであれば、せめてその理由だけでも聞かせてください」

岳田は残っていたペットボトルの水をすべて飲みほした。透析治療に触れられるのがよほど嫌なのだろう。額からも大粒の汗が流れ出している。

「なんと言われようと、そのような質問に答えるつもりはない」

「そうですか。でも、私どもが総力を挙げた取材では、奥様から提供された腎臓を移植し、その腎臓が廃絶してからは、岳田議員は在宅透析を受けています。その事実も否定されるつもりですか」

　総力取材というのはまったくのウソだった。取材に動いているのは永瀬一人なのだ。しかし、岳田議員はそうは思っていないだろう。上海に行った事実をどのようにして突き止めたのか、知っている者は家族と秘書の長岡だけなのだ。後は全日健康薬品の限られた者しかいない。

　岳田議員は沈黙した。そして探るような目で永瀬をじっと見つめている。

「視察から戻られて、しばらくすると議員はそれまでとは打って変わって活発に、精力的に地元で講演をこなし、支持者、後援会回りをしています」

　一月に四十八時間密着取材をした事実を告げた。岳田の反応を見るためだ。

「あの密着取材で、議員は完全に健康を取り戻したと思いました。その帰りに私は交通事故に遭いました」

　岳田の表情は変わらない。事故の詳細は十分に承知しているはずだ。

「玉突き事故で、私は二台の車に挟まれ重傷を負いました。事故を仕掛けてきたのは創流会の組員でした」

　動揺している顔を見せてはいけないと思っているのだろう。しかし、表情は険しい。

「そうですか。一月に私の密着取材をしてくれていたのですか。お気の毒でした」永瀬の労をねぎらうように岳田が言った。しかし、眉間に皺を寄せ、刺すような目で永瀬を睨みつけている。「交通事故は怖いですからね、これからも十分に気をつけて取材してください」

取りようによっては脅しとも思える言葉を吐いた。

「そうですね、気をつけるようにします」

永瀬も平然として答えた。

「ところでNPO移植難民救済会とはどのようなご関係なのでしょうか」

「なんですか、それ」

「ご存じありませんか」

永瀬がNPO移植難民救済会の事務所の所在地、会の役割を説明し、日本側の代表、頼近基の名前を出した。

岳田は首を横に振った。何も知らないと言いたいのだろう。しかし、知らないはずがないのだ。年末までNPO移植難民救済会の張り込み取材をしていたが、その取材を中断して、枝野デスクの依頼で永瀬は岳田議員を密着取材した。しかし、議員は上海での移植を感づかれたと早合点したのだろう。取材を妨害するために、関口と木戸に事故を起こさせたのだ。NPO移植難民救済会を知らないわけがない。

「創流会という暴力団は知っていますか」

「それは私の地元に拠点を持つ指定暴力団です」

「議員は関口組長との付き合いはあるのでしょうか」

岳田があると答えるはずがない。そんなことは百も承知でしている質問だ。

「失礼なことを聞く記者だな、君は。無礼にも程があるぞ」

「非礼は十分に承知しています。それでも聞くのが私の仕事です。どうかご容赦ください」

謝罪したが、岳田と関口組長との間には交流があるからこそ、組員の関口由紀夫を使って永瀬を事故に見せかけて襲撃させたのだ。岳田は健康不安説を探られるより、NPO移植難民救済会を張り込んでいた永瀬が密着取材を開始したことで、上海での移植の事実が明らかにされてしまうのではと過剰反応して、永瀬の襲撃を依頼したのだ。

「取材時間も少ないので先に進めさせてもらいます。四十八時間密着させてもらった結果、議員は透析治療から解放されているという事実がわかりました。去年の十月十九日までは在宅透析を受けていたにもかかわらず、現在は透析を受けていない。何故なら上海で腎臓移植手術を受けているからです」

「そうした事実はありません」

「中国での移植手術は否定されるんですね。では、現在も在宅透析を受けているとおっしゃるのでしょうか」

岳田は何も答えずに顔を紅潮させた。

「透析をされているのなら、腕を見せてくれますか」

透析を受けていればシャントが作られている。

「そんなことまで何故しなければいけないのだ。ふざけるな」

岳田はついに怒鳴り声を上げた。

「透析を受けずに精力的に活動されているとするなら、奥様の腎臓が廃絶せずにずっと機能しているということになりますが、今も免疫抑制剤を服用されているのでしょうか」

「ああ、飲んでいるよ。ゼンニッポリンを毎朝決められた時間に飲んでいる」

「全日健康薬品の矢口政彦本社社長とは面識があるのでしょうか」

「何度か食事をご一緒したことはある。私の政治活動を理解してもらい、バックアップしてもらっている」

全日健康薬品からは毎年のように多額の政治献金が行なわれている。

「上信大学医学部附属病院の芳原雄志郎医師とのご関係はどのようなものなのでしょうか」

「私の主治医であり、よき相談相手になってもらっている。有力な支持者の一人だ」

「芳原先生は上信大学の寄付講座教授で、全日健康薬品から寄付金が交付されていますが、岳田議員が口利きをしたことはないのでしょうか」

「そんな法に触れるようなことを私がするとでも思っているのか。これ以上の取材は断る」

岳田はソファから勢いよく立ち上がり、「長岡、終わったぞ」とドアに向かって叫んだ。同時に長岡が執務室に入ってきた。

「最後に一つだけ聞かせてください」

座ったまま永瀬は動こうとしなかった。

長岡が永瀬の左腕をつかみ、立ち上がらせようとした。

「上海国際移植センターの李博文院長の執刀で、移植を受けたのではありませんか」

「そんな医師は知らん」

仁王立ちの岳田は、いまにも永瀬に殴りかかりそうな形相をしている。センターテーブルの上に置いたノートを取り、仕方なく永瀬もソファから立った。長岡が強引に左腕を引っ張った弾みで、ノートに挟んでおいたカラー写真が岳田の足元に落ちた。

長岡の手を強引に振り払った。岳田が足元の写真を手に取り、視線を落とした。

「出て行け」

岳田は写真を引き千切ると、それを永瀬に向けて投げつけた。執務室に幾枚にも引き千切られた写真が散乱した。

「それでも上海での移植を否定されるつもりですか」

「こんなモノがどうしたっていうんだ」

岳田議員の声は震え、上ずっていた。

17　逮捕

永瀬は、岳田益荒男議員から上海での移植について取材したことを狭山警察署の森下刑事に告げた。

「掲載はいつになる」

「一週間後。そちらは」

「一ページ二万円の記者に出しぬかれたくねえからよ」

森下が答えた。群馬、埼玉の両県警が動きだすのは一週間以内だ。

「仁義を通してくれた礼にもう一つ、教えてやる。石野勤殺しで、木戸浩を再逮捕する。石野は関口由紀夫と木戸に、不通橋から突き落とされたんだ」

森下刑事は木戸浩の自供内容を永瀬に伝えた。黒幕はもちろん創流会の関口譲治組長だ。

「ただし、これは関口譲治逮捕まで公表は待てよ」

「組長の後、芳原医師、岳田議員まで行くんですか」

「そのつもりだが……」

電話はそれで切れた。

創流会の関口譲治組長はしょせん暴力団で、金になれば何でもやる。臓器移植ビジネスに群がる連中にどこまで迫れるのか、両県警の捜査に期待するしかない。

永瀬は枝野デスクと打ち合わせをして、岳田益荒男議員の中国での移植に焦点を絞り記事を書き上げた。ドナーは周天佑で、移植から一ヶ月後に腐乱した状態で遺体が発見され、殺人と見られていることも書き加えた。

金鎬然医師から提供された写真は、金鎬然医師の顔だけはモザイクをかけ、実名も伏せることにした。

原稿を書き上げ、やはり光明社編集部ではなく西新宿にある京王プラザホテルのカクテルティーラウンジで枝野デスクと会った。

「原稿を読みました。あの原稿を永瀬和彦の署名入りの記事で掲載します」

「高沢編集長が校了段階でクレームを付けてくると思うから、差し替え用の記事を用意しておいた方がいいと思うけど」

枝野デスクは「わかりました」と答えてから言った。

「後は任せてください。それよりも今回は間を置かずに第二弾を出したいと思います」

「次は警察の捜査の手が入ったのと同時に書きたいと思うが、中国での移植をビジネスとして斡旋する組織があり、そこに芳原雄志郎、寺西透らが関わっている事実を書こうと思っている」

「全日健康薬品も石野勤殺人に関与していると思いますが、警察は踏み込むのでしょうか」

「関口譲治を逮捕すれば、誰から石野勤殺しを頼まれたのか、自供するでしょう。収監は不可能という診断書、意見書を書いた芳原医師が逮捕されれば、もはや関口組長には逃げ場がなくなる。それに検察も今度こそ絶対に逃がしはしないでしょう」

「芳原、寺西、頼近の三人の移植ビジネスを暴く記事を次に掲載しましょう。これからの入稿作業は少し変則的になりますが、私を信頼して一任してください」

枝野デスクはこう言い残して編集部に戻っていった。

永瀬はまず芳原医師を再度取材することにした。岳田議員から永瀬の情報はすでに流れているだろう。取材を申し込んだとしても、素直に応じるとは思えない。上信大学医学部附属病院を張り込み、診察を終えた時、取材をかけるしか手はないだろう。その後、寺西理事長の透析御殿に向かえばいい。

上信大学医学部附属病院に着いたのは午後四時を少し過ぎた頃だった。梅雨明け宣言が出されていた。病院の待合室で一人座り、芳原医師が出てくるのを待ちつづけた。

午後七時になろうという頃だった。背広姿に革の鞄を手にした芳原医師が足早に玄関に向かって歩いて行く。椅子から立ち上がると、芳原医師も永瀬に気づいたようだ。さらに歩調を速めた。永瀬が遮るように芳原の前に立ちはだかる。

「また君か。取材で答えるべきことはもう答えたはずだ」

「先日はお世話になりました」

永瀬は頭を下げた。

「用事があるんだ。そこをどきたまえ」

「お手間は取らせません。私の質問に答えてください」

「断る」

芳原医師は永瀬を突きとばして、玄関に向かって歩き出した。その前に永瀬が立ちはだかる。

「芳原先生のところから、移植を希望する患者を頼近基の主宰するＮＰＯにどれくらい送ったのでしょうか」

「そんなことは知らん」

「岳田議員もその一人ですか」

「知らないと言っているだろう」

「この三年間、この病院で移植を受けたレシピエント数より三十人も多い方に、先生は免疫抑制剤の処方箋をお書きになっています。これらはすべて先生がＮＰＯの頼近に紹介し、中国で移植を受けた患者ではないのですか」

「そんなことを君に答える義務は私にはない」

「免疫抑制剤の処方箋が何故多いのですか。それもすべてゼンニッポリンです。全日健康薬品に何か恩義でもあるのでしょうか」

芳原は唇を噛みしめ黙り込んでしまった。全日健康薬品からの寄付講座への寄付金はその年で終わり、講座を継続するためにはさらに全日健康薬品からの寄付を募る必要がある。

「答えてください」

芳原医師は無言だ。

「厚労省通達の手前、中国で移植を受けてきたレシピエントの処方箋が、上信大学医学部附属病院から出ているのはまずいと判断して、仁療会や群馬、埼玉の泌尿器科病院に振り分けているのと違いますか」

「しつこいなあ、君も」

「本庄泌尿器科病院の秋元院長は、芳原医師は無責任すぎると怒ってますよ」

「君、これ以上つきまとうと警察を呼ぶよ」

「どうぞ。それに芳原先生にはすでに刑事の尾行がついているのではないでしょうか」

芳原医師はやはり身辺を気にしているのだろう。ビクッとして、永瀬が目の前にいるのに、待合室や玄関前に視線をやった。玄関前で二人の男が、芳原医師と永瀬のやりとりをじっと見つめている。

「頼近は最近になって、修正申告をしていますが、ＮＰＯの使途不明金の一部は先生の懐に入っているのと違いますか」

「失礼だぞ、君」

「そうでしょうか。もらっていないのなら否定されてもかまいません。いずれ真実は明らかになりますから」

芳原医師は玄関前の二人が気になって仕方ないのだろう。永瀬の取材は受けたくないのだろうが、玄関を出るのを躊躇している様子だ。

「芳原先生は、上海国際移植センターで行なわれた岳田議員の移植に立ち会われていますね。何故ですか。岳田議員から依頼があったのでしょうか」

「そんな根も葉もない……」

芳原医師の言葉を制して永瀬が声を張り上げた。

「デマとは言わせませんよ。あなたが岳田議員の移植に立ち会ったと証言する者もいるし、あなたが上海の全日健康薬品工場を訪れ、日本人駐在員とやり合っているところを見た従業員もいる。ホントのことを話してくれませんか」

芳原は玄関前の二人の動きがよほど気になるのだろう。何度も目をやる。唇を噛みしめ、何も答えようとしない。

「上海工場で激しくやり合った石野勤は覚えていますよね」

それまで苛立ち、怒りを永瀬にぶつけていた芳原医師だが、態度が急変した。ネクタイを緩め、何度も生唾を飲み込み、喉が波打っている。唇もチアノーゼのように青紫色に変わった。

「あなたと関口組長はつうかあの仲ですよね。刑務所に入らなくてもいいように診断書、意見書を書いてやる見返りに、関口組長に、あなたの意向に逆らってレシピエントに処方箋を書かない病院、医師を医師法違反だと脅迫させていた」

「違う」

殺された関口由紀夫は秋元院長を脅迫していた。秋元はその声を録音していた。いずれ警察によって事実は明らかにされる。

「石野勤を殺してくれと頼んだのは、芳原先生ではないのでしょうか」

「違う。そんなことを私はしていない」

「医師を脅迫してくれと頼んだが、石野勤を殺してくれとは頼まなかったと言っても、果たして警察が信じてくれるでしょうか」

芳原の鞄がゆらゆらと揺れ始めた。芳原医師は事実が次々に暴かれていく恐怖からなのか、あるいは逮捕が目前に迫っていると感じているせいなのか。身体を震わせていた。

「あなたでなければ、岳田議員ということになりますが、しかし、岳田議員は手術直後で、芳原先生が全日健康薬品上海工場を視察している頃は、まだ上海国際移植センターのベッドで横になっていたはずですが」

「私ではない」

「石野勤と面識があるのは、岳田議員ではなく芳原先生、あなたです。中国での移植ビジネスを石野勤に知られたと思って、殺しを依頼したのではあれば殺人教唆ですよ」

それ以上、永瀬に追及されたくなかったのだろう。芳原は玄関には向かわずに泌尿器科診察室の方に向かって歩いていった。

玄関前にいた二人が芳原を追って泌尿器科診察室に急いだ。二人は話をするでもなく、診察室前の椅子に座り込んだ。やはり芳原医師を尾行している群馬県警の刑事なのだろう。

芳原医師は泌尿器科診察室にこもり、岳田議員、寺西、頼近に電話をかけて情報を集めているだろう。しかし、刑事の尾行を知り、集まって対応策を練ることは不可能だ。

医療法人仁療会の寺西透理事長は、芳原からの緊急連絡で早々と自宅に戻るだろう。

永瀬は藤岡市にある透析御殿と呼ばれている寺西透の豪邸に向かった。高崎から乗ったタクシーの運転手に、仁療会の寺西理事長の自宅というだけで、「わかりました」

とすぐに答えた。それほど透析御殿は有名なのだろう。

開かれている鉄扉の門をくぐり、玄関までのアプローチは外灯が立ち、その明かりで庭の植え込みや、三波石をふんだんに使った庭園が見えた。家は鬼瓦屋根の典型的な日本家屋で、インターホンを押すと、女性の声がした。週刊グローボの永瀬と名乗ると、すぐに女性が玄関にやって来た。

「お上がりください」

玄関を入り、奥までまっすぐ廊下が伸びていて、左側は大広間になっているのか、障子で仕切られていた。右側の玄関に隣接する部屋だけが扉になっていて、お手伝いさんと思われる女性がドアを開け、「ここでお待ちください。寺西先生はすぐに来られます」と言って、部屋から出ていった。

その部屋だけが洋間らしく、部屋の隅に大型のテレビが置かれ、真ん中に黒革のソファが置かれていた。

入れ替わりにスーツ姿の寺西が入ってきた。

「冷たいものを持ってきてください」

寺西がお手伝いさんに伝えた。すぐによく冷えたグラスに注がれたビールが運ばれてきた。

「どうぞ」

寺西が永瀬に勧めた。

永瀬はビールには手をつけずに言った。

「芳原医師からすでにお聞きおよびかと思いますが、中国での移植と、その利権がらみで二人の人間が死んでいます。その取材を進めています」

寺西は永瀬の話を聞きながら、ビールをおいしそうに一気に飲んでしまった。

「あなたもどうぞ、冷たいうちに。毒は入っていませんから」

寺西が冗談交じりに言った。

「それで、私は何を答えればいいのでしょうか」

「芳原医師との関係についてまず質問させていただきます」

「どうぞ、なんなりと」

寺西は自信に満ちた声で答えた。

「最近五年間、仁療会から芳原医師の寄付講座に多額の寄付をされていますが、どのような理由からでしょうか」

「芳原先生の研究を支援したいという思いからです」

「移植が進めば、透析患者が減って、病院の収益が減るのではないでしょうか。それなのに芳原医師の援助をされるというわけですか」

「永瀬さんは、移植医療と透析医療は利益相反だと思っていらっしゃるのでしょうか」

「そういう一面も否定できないかと……」

「いいですか。よく考えてみてください。医療というのは患者のためのもので、病気を治すためにあるものです。透析では慢性腎不全の患者は治せないのです。ささやかですが、収益の一部を芳原先生の寄付講座で使ってもらうのは、透析患者のためでもあるのです。それ以外にどんな理由があるというのですか」

寺西は理にかなった説明をした。

「上信大学医学部附属病院から透析患者を多数仁療会で引き受けているようですが、その見返りに寄付をしているのではないかと」

「それこそ下衆の勘ぐりというものです」

寺西は思ったよりも冷静で、平然と構えている。

「永瀬さんは透析患者が毎年どれほど亡くなり、どれだけの方が新たに透析を導入するか知っていますか」

「毎年一万人の割合で透析患者が増加しているのは承知しています」

「その通りですが、実際には三万七千から三万八千人の患者が透析に入り、その一方で二万八千人前後の透析患者が死亡しているのです。何人もの患者を見送ってきました。透析医療にも限界はあるのです。移植医療の発展を考えて、私は芳原医師に寄付をさせていただいています。ご理解いただけたでしょうか」

永瀬は何も返事をしなかった。

「では質問をつづけさせていただきます。NPO移植難民救済会への患者の紹介はどのようにお考えになっているのでしょうか。イスタンブール宣言の精神に反すると思いますが」

「そうですね、その通りです。しかし、死体腎移植のチャンスなんて巡ってきません。移植を切望する患者、すでに両手、両足にシャントを作り、後は首に作って透析をつづけるしかない患者、透析がもう限界にきていて、もう少し生きていたいんだという患者に懇願され、私はNPO移植難民救済会に患者を紹介しています」

透析治療を受けるためのシャントは、手術痕の癒着、度重なる穿刺、血管の引きつれなどによって、狭窄、閉塞、瘤などが生じる。その場合は新たにシャントを作らなければならない。それにも限界がある。

「そうした患者に向かって、中国に行くな、イスタンブール宣言を守りなさいというのは、このままおとなしく死んでいきなさいと言っているようなもの。そんなことできますか。患者に座して死を待てというのが忍びないから、紹介しているに過ぎません。そこから先は自己責任でやってもらっています」

「NPO移植難民救済会から特別な謝礼を受け取ったことなどはないのでしょうか」

「何に対する謝礼とおっしゃっているのでしょうか」

「三千万円という高額なお金を払ってでも、中国で移植を受けたいという患者をNPO移植難民救済会の頼近基氏に紹介している見返りです」

「そのような金は一銭たりとも受け取ってはいません。お金にも困っていません」

ＮＰＯ移植難民救済会の頼近基は修正申告をしている。芳原、寺西、関口組長に支払った謝礼は、頼近は自分の収入として国税に納付、受け取った三人の名前は挙がっていない。

「ＮＰＯ移植難民救済会を通して中国で移植を受けてきた患者が日本に戻り、免疫抑制剤の処方箋を求めても、いくつかの病院で診療拒否が起きています。仁療会は積極的にそうした患者に免疫抑制剤を出しています。それに対するＮＰＯからの謝礼金とも考えられます」

「そこまで言うのなら、きちんと私が受け取ったという証拠を見せてから、質問すべきです。あなたの言っていることはすべて想像による質問です」

寺西は、永瀬のわだかまる思いや疑問をきれいに拭き取るかのように言い放った。

「これで十分にお話しをさせてもらったと思います」

寺西は応接室のドアを開けて、大きな声で言った。

「持ってきてくれ」

さきほどのお手伝いさんが分厚い封筒を運んできた。群馬銀行の封筒だった。封はされていなかった。中身が少し見えるようにして、センターテーブルに置き、永瀬の方に差し出した。中に入っているのは札束だとすぐにわかった。

「永瀬さんが何を書かれてもかまいません。しかし、私と仁療会の病院名は伏せてください」

寺西は深々と頭を下げた。

永瀬は出されたビールにはまだ一口も手をつけていなかった。永瀬はビールを飲みほし、ソファから立ち上がった。

寺西は永瀬を見上げるようにして、封筒をさらに永瀬の方に押し出した。永瀬はそれを寺西に突き返した。

「お気持ちに見合うような記事を書かせてもらいます」

そう言って応接室から出て、玄関で靴を履いた。振り返ると寺西が立っていた。

「覚悟はできているんだろうな」

「長い時間、取材に付き合わせて申し訳ありませんでした」

アプローチを出ると、通りがかったタクシーを拾い、高崎駅に戻った。

記者生活を十年以上つづけているが、札束を積まれた経験は初めてだった。帯封の付いたままの百万円の束が三つ重なっていた。

枝野は永瀬が命がけで取材し、書いた原稿の入稿作業を密かにつづけた。

関口組長が組員を養子にして、養子から腎臓を提供させ、上信大学医学部附属病院で移植手術を受けた。執刀したのが芳原医師だった。関口は恐喝罪で実刑判決を受けたが、収監に耐えられないと芳原医師は診断書、意見書を検察に提出し、関口組長は一年以上も収監されずに自由の身だ。

この取材を進めている最中に、組員で関口組長の養子となった関口由紀夫が首を吊って死んでいるのが、新宿区のビルの一室で発見された。

この事実を報道しただけで、高沢編集長は創流会の報復を恐れていた。その苛立ちからなのか「今週のみせしめ」の声は大きく、三階の編集部中に響いた。

永瀬が酒席で記者組合結成を話題にして以来、彼は仕事量を減らされた。それは誰の目にも明らかだった。このままでは優秀な記者を他社に持っていかれるだけだ。記者組合結成の情報を高沢編集長にリークしたのは、やはり契約記者の川崎清子だ。高沢編集長から頼まれたのか、あるいは自分で勝手にしていることなのか、枝野デスクが担当している記事の進行状況までも高沢編集長に漏らしているようだ。

枝野は永瀬原稿を早々と印刷所に送り、ゲラ刷りにして校正をすませてしまった。それとは別に移植とはまったく関係ない四ページの記事を印刷所に回し、その原稿を入稿するよう進行させた。記事は「危ない輸入野菜と海産物」だった。取材を担当したのは川崎清子だった。

毎週火曜日発売の週刊グローボの最終締め切りは金曜日の深夜だ。土曜日から印刷に入る。しかし、土曜日の午前中までなら記事の差し替えは可能だ。

金曜日から土曜日に日付が変わり、仕事を終えて飲みに出る者、帰宅する者、編集部から部員が次第に減っていく。高沢編集長は午前一時過ぎに編集部を出た。午前三時過ぎ、編集部に残っているのは、枝野デスクを含めて三人だった。

枝野は光明社の前でタクシーを拾い、市ヶ谷にある印刷会社に向かった。輪転機が回り始める直前、週刊グローボの印刷担当に「危ない輸入野菜と海産物」と永瀬原稿の差し替えを指示した。

夜が明ける頃、輪転機が回り始めた。

記事のタイトルは「中国　臓器移植大国　三千万円で腎臓を買った国会議員」、記事中、仮名は金鎬然医師だけで、その他はすべて実名で通した。

中国で臓器移植を受けたのは岳田益荒男議員で、上海国際移植センターで李博文医師が執刀、上信大学医学部附属病院の芳原雄志郎医師も手術に立ち会っている。芳原医師は実刑判決を受けた創流会の関口組長の診断書、意見書を検察に提出した医師で、これによって関口組長は収監を免れている。

芳原医師の紹介でＮＰＯ移植難民救済会に多くの慢性腎不全の患者が送られ、ＮＰ

Oを介して中国に渡り、移植手術を受けている。ドナーは死刑囚、あるいは法輪功関係者で、岳田議員のドナーになったのは法輪功実践者の周天佑で、移植から一ヶ月後に腐乱した遺体が発見され、殺人と見られている。

中国での臓器売買に気づいた全日健康薬品の上海駐在員は事実を追求し、日本に帰国したのと同時に、不審な死を遂げていた。

移植を終えた後、日本に帰国したレシピエントは、上信大学医学部附属病院で免疫抑制剤の処方箋を出してもらっていた。しかし、同病院で移植手術を受けたレシピエント数よりもはるかに多い数の処方箋が出され、それをカモフラージュするために、レシピエントを仁療会系列の病院に振り分けていた。

医療法人仁療会の寺西透理事長も、患者から相談を受け、NPO移植難民救済会を紹介している。

厚労省から出された「無許可での臓器斡旋業が疑われる事例について」の通達の手前、免疫抑制剤の処方箋が上信大学医学部附属病院、医療法人仁療会系列の病院に集中するのはまずいと判断した芳原医師、寺西理事長は、群馬県、埼玉県の泌尿器科病院に中国で移植を受けたレシピエントを分散させた。

突然、レシピエントから免疫抑制剤の処方箋を求められ困惑する医師の中には、責任が持てないと処方箋を断る者もいた。そうした医師、病院に対して、創流会は「診療拒否」だと脅迫し、処方箋を強要した。

ＮＰＯ移植難民救済会は二億円もの使途不明金があったとして、修正申告を行なっている。こうした資金が医師、暴力団に渡っている可能性もあり、医療、暴力団、中国での移植を斡旋するＮＰＯ、中国を舞台にした移植のブラックトライアングルが形成されていると記事は最後を結んでいた。

写真には金鎬然医師から提供されたデータを使用した。一つは、ソウルの金鎬然医師と岳田益荒男議員の二人が、李博文医師を真ん中にして写っているものだ。金鎬然医師の顔だけは判別できないように画像処理した。二つ目はＨＬＡ、血液型の検査結果票だ。

石野勤が入手した周天佑の血液検査結果票には、周天佑の名前が記され、最後には検査技師の直筆のサインが記されていた。金鎬然医師から提供された検査結果票には、周天佑の名前は削除されていたが、検査の日付、検査結果も検査技師のサインもまったく同じものだった。枝野はこの二点を大きく掲載した。

週明けの月曜日午前十一時頃には、翌日に発売される週刊グローボが編集部に届けられる。

高沢編集長のうろたえている姿を枝野は思い浮かべていた。

18　露見

週刊グローボ発売一日前、永瀬は午後一時からのプラン会議に出るために光明社に向かった。三階でエレベーターを降りた瞬間、高沢の怒鳴る声が聞こえた。すでに「今週のみせしめ」が始まっていた。

誰がターゲットになっているのか。高沢編集長の机の前に立たされていたのは枝野デスクだ。編集長の横には川崎清子が怒りに満ちた表情で、枝野を睨みつけていた。

「共犯者が来た。こっち来いよ」高沢が永瀬に向かって声をかけた。

永瀬が編集長の前に枝野と並んで立った。

「永瀬さんは今回の差し替えについては何も知りません」

「差し替えって……」

訝る永瀬に枝野デスクが差し替え入稿の経緯を説明した。川崎清子が何故立ち会っているのか、その理由もわかった。

永瀬のハラはすでに決まっていた。ただ枝野デスクが左遷されるのは、何としても回避しなければと思うと、言いたいことも言えなくなる。

「あなたはいつも勝手なことばかりして、編集部に迷惑をかける」

川崎清子が永瀬に言い放つ。

問題をこじらせているのは、君だろう。いつもそうやって裏で編集長に取り入って、そんなにまでして週刊グローボにしがみつきたいのか。永瀬は怒鳴り飛ばしたい衝動を懸命に抑えた。

「何で差し替えたのか、お答えしますよ。永瀬さんのこの記事の方がはるかにグローボの記事として掲載するのにふさわしいからです」

枝野デスクもこれ以上週刊グローボに残る気持ちもないのだろう。編集長の叱責を受けるばかりではなかった。

「それを決めるのは編集長の俺だ」

「その編集長の判断が正しいとは思えないから、今回のような手を使わせてもらいました」

枝野デスクは反論した。

「こんな野菜が危険だ、海産物が危険だなんて記事は、他の媒体がすでにやりつくしているでしょう。二番煎じ、三番煎じの記事より、私のこの記事の方がよほどいいと思いませんか」

川崎清子の鼻っ柱を指で弾くような調子で、永瀬も言った。

「失礼ね、あなたは」

川崎が眉間に縦皺を寄せてくってかかってきた。相手にしても仕方がない。永瀬は川崎を無視した。

「これから起こる事態はお前たち二人で処理しろ」

高沢編集長がさらに大きな声で怒鳴った。

「わかっています。最初からそのつもりですから」

枝野デスクも負けてはいない。それが高沢の怒りをさらにかき立てた。

「覚悟しておけ。すべて上にあげるからな」

左遷をチラつかせた。

高沢編集長の声をかき消すように、「これを観てください」と、高沢編集長の叱責に辟易している編集部員が、編集長席に向かって声をかけた。

編集部の隅に置かれたソファの近くにはテレビが置かれ、必要な番組はすぐに録画できるようになっている。気がつくと、ほとんどの部員がテレビにくぎ付けになっていた。永瀬も枝野も、テレビに走りよった。

「まだ話は終わっていない」

背中から高沢の声が追いかけてきた。

昼のワイドショー番組を中断して臨時ニュースが流れていた。

「上信大学医学部附属病院　芳原医師を逮捕」

テロップが流れる。

〈上信大学医学部附属病院前からの中継です。群馬県伊勢崎市に拠点を置く指定暴力団の創流会。その関口譲治組長について虚偽の診断書を作成したとされる事件で、群馬県警は虚偽有印公文書作成、同行使の容疑で芳原雄志郎医師を逮捕したもようです。さらに同大学医学部附属病院などを家宅捜索し、診療記録などを押収、現在捜査員が段ボール箱に詰めた押収資料を車に積み込んでいるところです〉

段ボール箱が次々にワゴン車に運び込まれていく。

病院玄関の様子が映し出された。中から両脇を押さえられて芳原医師が出てきた。手錠はかけられていないが、顔を隠すようにして玄関前に止められた警察車両に乗り込んだ。女性リポーターがマイクを握りながら実況を伝える。

〈関口組長が収監されれば、移植臓器は廃絶する恐れがあるという診断書、意見書を芳原医師は検察に提出していましたが、群馬県警は複数の専門家から意見を聞き、収監に耐えられるという見解を聞きだしていました。慎重に捜査を進めていましたが、虚偽と判断されたために、ついに逮捕に踏み切りました。また芳原医師は今回の逮捕容疑だけではなく、中国での移植にも絡み、移植を希望する患者を斡旋業者に紹介するなどして不当な利益をあげて、また移植を受けてきたレシピエントに対して免疫抑制剤を出すように群馬県、埼玉県内の泌尿器科医、泌尿器科病院に圧力をかけ脅迫し

た疑いももたれています〉

どのチャンネルに替えても、芳原医師逮捕のＬＩＶＥ中継が放送されていた。伊勢崎市にある創流会本部にも大挙して機動隊が入っていった。三階のビルから関口組長が手錠をかけられ玄関から出てくる姿が映し出された。男性のキャスターが伝える。

〈関口組長はたった今、殺人と殺人未遂の容疑で逮捕されました。組事務所も同時に家宅捜索されています。関口組長は、全日健康薬品の元上海駐在員だった石野勤さん、そして臓器提供してくれた養子の由紀夫さん、この二人の殺人、さらには当初からこの問題を追及していた週刊グローボの永瀬和彦記者に対する殺人未遂、これらの事件に深く関与しているとみて、捜査本部は厳しく追及していくものとみられます〉

創流会本部ではもう一人、三浦弘樹組員が殺人容疑で逮捕された。

永瀬は枝野デスクと思わず顔を見合わせた。二人で面影橋近くにあるビルを訪ね、三階にある「関口」の部屋で、関口由紀夫が首を吊って死んでいるのを発見した。そのビルに入る直前、ビルのエントランスから落ち着き払った表情で出てきた男と遭遇した。そつなくグレーのサマースーツを着こなし、淡いブルーのネクタイに真っ白なワイシャツで、営業マンといった印象だった。

逮捕された三浦弘樹はサングラスに派手なポロシャツ姿だった。

「ずいぶんと印象が違いますね」枝野も驚きが隠せない様子だ。

「あれだけ違うと防犯カメラ映像だけでは判別は難しいだろうなあ」

狭山警察署刑事課の森下が「想像している以上にヤバい」と言った言葉が、今さらのように蘇ってくる。

群馬県警は、それだけではなく寺西透理事長の自宅、そして医療法人仁療会病院の令状を取り、家宅捜索に入った。

群馬県警、埼玉県警には複数の泌尿器科病院、泌尿器科医から、脅迫の被害届が提出された。本庄泌尿器科病院の秋元院長が本庄警察署に被害届を出したのをきっかけに、次々と被害届が出された。免疫抑制剤の処方箋を出すのを躊躇った病院、医師らに脅迫電話が舞い込んでいた。診察を受けようとしたレシピエントはすべて上信大学医学部附属病院、あるいは仁療会の系列病院からＮＰＯ移植難民救済会を通じて中国に渡り、移植を受けた患者ばかりだった。

寺西理事長は任意で取調べを受けているが、脅迫への関与があれば当然逮捕されるだろう。

家宅捜索はそれだけではなく、警視庁の協力を得て、ＮＰＯ移植難民救済会にも入った。上信大学医学部附属病院、医療法人仁療会系列の病院から回されてきた慢性腎不全患者がどのようにして中国で移植を受けるのか、徹底的に捜査のメスが入り、金の流れがはっきりするだろう。

　頼近基が、永瀬が遭遇した偽装交通事故、そして石野勤の殺人にも関わっているのか。警察は徹底的に調べ上げるだろう。任意での取調べだが、頼近も厳しい尋問を受けるのは間違いない。

　さらに大がかりな家宅捜索が中央区新富町にある全日健康薬品本社にも入った。狭山警察署刑事課の森下刑事によれば、上海の駐在員だった石野勤は関口由紀夫と木戸浩によって殺害された。石野の帰国日程をどうして、二人は知っていたのか。日本側に通報したのは上海の全日健康薬品の高梨社長ではなかったのか。石野殺害の関与が疑われる。

　本社の矢口社長からも任意で事情を聞いているようだ。

　これだけ大がかりな捜査を展開すれば、中国への渡航移植、そして石野勤殺人、関口由紀夫殺人の全容は明らかになるだろう。

　各局、一斉捜査のもようを中継で放送した。

「すごい記事ですね。大スクープですよ」

　若手の部員が永瀬、枝野に賛辞を贈る。誰もテレビから離れようとしない。

　午後二時を過ぎると、週刊グローボの早刷りはマスコミ各社にも届けられる。新聞社、通信社、テレビ局からの電話が編集部にかかり始めた。電話を取った部員が大声で、「A新聞社からです。『中国　臓器移植大国』の記事に関する問い合わせです」と枝野デスクに言った。

枝野が電話を代わった。

「記事に掲載されている写真ですか。まず岳田議員が写っている写真に関しては、弊社が左側に写っている方に画像処理を施したデジタル画像であればご提供できます。周天佑のHLA、血液型の検査結果票についても提供しますが、光明社週刊グローボ提供のクレジットを記載することが条件です」

枝野デスクが電話を切ると、高沢編集長が顔を紅潮させて怒鳴った。

「勝手なことをするな。俺が編集長だ、俺が決めることだ」

その声を無視するように、他の部員が「Yテレビ局から同様の問い合わせです」と言った。

「私が対応する」永瀬が答えた。

「お願いします。条件は同じでやってください」

こう言うと、枝野デスクは編集長の机の前に向かって歩いていった。

「たった今、これから起きる事態は、私と永瀬記者で処理しろと言ったばかりではありませんか」

いつも温厚な枝野が言葉を荒らげた。三階の編集部員が一斉に編集長に鋭い視線を向けた。高沢は何か言おうとしたが、ため息をつき、椅子に深々と座りなおした。

写真の提供を求めるマスコミ各社からの電話は一時間ほど鳴りっぱなしだった。

マスコミ各社の意図は明白だ。

明日、第三次Ａ内閣の組閣人事がほぼ決まる。明日の岳田議員の部屋は各社の記者で足の踏み場もなくなるだろう。各社、中国での移植について追及するだろう。中国で移植を受けてきた岳田議員は厚労相のポストを果たして射止めることができるのか。

「明日は私たちも議員の部屋に行きましょう」

枝野デスクも、高沢編集長に言いたいことを言ったせいか、吹っ切れた様子だ。

「まあ、罵声を浴びせかけられるでしょう」

永瀬も明日の取材が楽しみだった。

岳田議員が上海で移植を受けた事実は否定しようがない。今のところ永瀬の偽装交通事故、石野勤殺人に関与したという証拠は挙がってはいない。しかし、永瀬に真っ先に口をつぐんでほしいと考えたのは岳田議員だ。木戸浩の自供だけではなく、関口組長までが逮捕された。ＮＰＯ移植難民救済会を張り込んでいた永瀬の情報がどのようにして関口組長に伝わり、関口由紀夫、木戸浩が組んで起こした事故の経緯が、いずれ明らかになる。

石野勤は法輪功実践者から臓器が摘出され、日本人やその他の外国人に臓器移植が行なわれている事実を知ってしまった。中国の臓器移植を支えているのは、全日健康薬品が開発に成功した免疫抑制剤ゼンニッポリンだ。国会が閉会して一ヶ月もせずに岳田益荒男議員はソウル経由で上海入りを果たしている。

石野勤が全日健康薬品に就職した動機を考えれば、ＮＰＯ移植難民救済会と組んでレシピエントを送ってくる芳原医師に強い調子で詰め寄ったのは想像に難くない。全日健康薬品の命令にも従わず、石野勤は上海国際移植センターで移植手術を受けたのが、岳田議員だった事実を調べ上げた。石野勤の告発を何よりも恐れたのは岳田議員だろう。

警察当局の関心は、中国で移植を受けたかどうかよりも、永瀬の偽装交通事故、そして石野勤殺人への岳田議員の関与だろう。

組閣人事は総理官邸から各議員に電話で伝えられる。枝野デスクが岳田議員の番記者から得た情報によれば、厚労相に任命されれば午後二時から三時くらいの間に知らせが来るだろうということだった。

二人は週刊グローボ発売の火曜日午後一時に議員会館に入った。衆議院議員会館前で、石野紘子、そして周若渓と待ち合わせた。二人も岳田益荒男議員に会いたいと、メールで永瀬に伝えてきたのだ。

枝野デスクは野党議員の面会に行くようにして、四人で入館手続きをした。岳田議員の部屋の前は各社の記者、テレビ局のカメラマンで廊下は塞がれたような状態になっていた。

石野紘子と周若渓の二人は、野党議員の部屋で待機してもらった。枝野デスクと永瀬の二人は他社の記者に混じりながら、時間が過ぎていくのを待った。用事があって秘書が部屋を出てくる以外は、岳田議員の部屋はドアが閉められたままだ。

二時が過ぎ、三時になっても首相官邸からの電話は岳田議員に入りそうにもない。午後三時半過ぎだった。各社の記者の携帯電話が一斉に鳴りだした。

厚労相には別の議員が任命されたようだ。

「永瀬さんのあの記事を読めば、A首相も任命はできなくなるでしょう」

枝野が勝ち誇ったように言った。

岳田議員の部屋のドアが開き、長岡秘書一人が廊下に出てきた。永瀬は携帯電話で石野紘子にすぐに来るように伝えた。

廊下に出てきた長岡秘書を記者が取り囲む。

「A総理からお声がかかるのを岳田も心待ちにしていましたが、今回はどうやら他の方が任命されたようです。しかし、岳田は今後も国民のために、全力で医療福祉問題をライフワークにして取り組んでいく所存です。今日は皆さんの直接取材に応じる時間はありませんので、お引き取り下さるようお願いします」

「K通信社の斎藤といいます。厚労相任命は今回流れたようですが、昨日まで岳田議員が有力視されていました。このような結果になったのは、週刊グローボの記事が影響していると、岳田議員本人はお考えなのでしょうか。出てきてご本人の口から語ってもらえませんか」

取材に来ていた新聞社、テレビ局からも同様の要求が一斉に上がった。

「Yテレビの南です。週刊グローボは、岳田議員は上海国際移植センターの李博文医師と一緒の写真を掲載しています。その他にもドナーと見られる方のHLA、血液の検査結果票も掲載しています。このままノーコメントで通すのならそれでもかまいませんが、それはあの記事を全面的に認めたことと、私たちは理解します。それでもかまわないのですね」

南記者が確認を求めた。

長岡秘書は込み上げてくる胃液を飲み込むような表情に変わった。

「少しお待ちください」

長岡秘書は議員室に戻った。

十分ほど間があった。長岡秘書が出てきた。

「では、十五分ほど皆さんの質問に答えます」

部屋に入りきらないほどの記者、カメラマンが議員の執務室に入った。その中に永瀬、枝野、石野紘子、周若渓も紛れ込んだ。石野、周若渓はカメラマンの後ろで、岳田からはまったく見えない。

「お時間がないので早速質問させていただきます。今回厚労相に任命されなかったのは、週刊グローボの記事が影響しているとお考えですか」

「それは私に聞かれても困ります。A総理にお聞きになってください」

「では、あの記事についてお聞きします。上海で腎臓移植を受けたのは事実なのでしょうか」

「受けたかどうかについて、私の健康上の問題をここで明かすつもりはありません。しかし、あの記事は悪意に満ちた捏造記事で、弁護士と相談の上法的に責任を問うつもりです」

「Fテレビです。おうかがいしたいのは、法的責任を問うかどうかではなく、イスタンブール宣言に反する移植を岳田議員が上海で受けたのは事実なのかと聞いているのです。質問にお答えください」

「ですからそれは法廷ではっきりさせます」

「移植を受けたかどうか、ただそれだけをはっきりさせてほしいと言っているのに、何故この場で明らかにできないのですか」

「上海に行ったのは、週刊グローボの記者にも説明しましたが、中国政府の要人と秘密裏に会談する機会が与えられたからです。その席で北朝鮮情報、拉致被害者の情報が得られるからで、移植のために行ったわけではありません」

岳田は各社の記者から腎臓移植を受けたかどうかを執拗に聞かれたが、事実を語るのを懸命に避けている。身の破滅はそこまで迫ってきているのに往生際が悪い。

「記事には上海国際移植センターの院長と岳田議員が一緒に写った写真まで掲載されています。先ほどのお話しだと、政府要人との会談ということですが、何故李博文院長とお会いになったのでしょうか。それと画像処理されている左側の人物は、岳田議員と同日に移植を受けたレシピエントとなっていますが、どなたなのかご存じなら教えてください」

「画像処理された方は上海国際移植センターの医師でしょう」

岳田議員は、ソウル在住の金鎬然医師のプライバシーを守るために、名前も公表できなければ、顔写真も掲載できない事情を百も承知でウソを平然と述べている。

「周天佑さんという方から二つの腎臓が摘出され、この写真に写っている方と岳田議員に同じ日に移植され、ドナーのＨＬＡ、血液型の検査結果票を全日健康薬品の石野勤駐在員が入手したとしています。もう一人のレシピエントが所持していた同様のモノを週刊グローボが入手しています。同じものを岳田議員もお持ちだと思いますが」

「君、社名をいいたまえ」

「M新聞の外山といいます」

「想像の質問に答える義務はないが、そんなものは持っていない」

岳田議員の口調はしだいに荒くなっていった。他のマスコミ関係者は週刊グローボ以外の情報を持っていない。質問の調子がトーンダウンするのも仕方ない。

「週刊グローボの永瀬です。先日も同じ質問をさせていただきましたが、もし、移植を受けていないと言うのなら、今も透析治療を受けているはずです。昨日、あるいは一昨日か、透析を受けたシャントをここで見せればすむ話です。何故、それをしないのでしょうか」

「君の取材を受けると言った覚えはない。出ていきたまえ」

長岡秘書が記者をかき分けて永瀬に近寄ってくる。

「私を殺そうとしたのか、あるいは重傷を負わせて記事を書かせまいとしたのか、殺された関口由紀夫と木戸浩は私に偽装事故をしかけてきました。木戸は自首して、事故の報酬として六百万円を受け取り、二人で分けたと自供しています。そのお金は議員から出ているのではないでしょうか」

「長岡、そいつを早く出せ」

岳田議員は廊下にまで響き渡る声で怒鳴った。しかし、部屋の中はほとんど身動きができない状態だ。

「私にも質問させてください」

石野紘子の声でざわついていた部屋が一瞬にして静まり返った。

「全日健康薬品の上海工場に駐在し、帰国したと同時に兄は何者かによって殺されました。兄は上信大学医学部附属病院から移植難民救済会に患者が回され、中国人から摘出された腎臓が三千万円という高額なお金で日本人の患者に移植されている事実を知り、岳田議員の移植に立ち会った芳原医師とも上海工場ではげしくやり合っていました。移植の事実を知られて困るのは、芳原医師ではなく岳田議員ではないでしょうか。兄の死に岳田議員は何か思うことはないのでしょうか」

石野紘子は記者をかき分け、岳田議員を睨みつけながら問い質した。カメラが岳田議員ではなく、石野に向けられた。

「何度も繰り返しているように、私が上海で移植を受けた前提でなされる質問には答えようがない。週刊グローボは捏造記事だと何度も言っているだろう」

記者をかき分けて、岳田のスーツの袖をめくり上げ、シャントを見れば透析を受けていないのは一目瞭然だし、上半身裸になってもらえれば、妻から臓器提供を受けて移植された手術痕の他に、昨年十月に行なった新たな手術痕が確認できるはずだ。しかし、そんなことができるはずもなく、これ以上の追及は捜査権のある警察に委ねるしかないと、永瀬は思った。

他の記者も諦めかけ、質問もつづかなくなった時だった。

「私、中国から来ました。周天佑の娘、周若渓と申します」

周若渓の声に記者が脇によけ、スペースを開けた。周若渓が石野紘子の横に並んだ。

「私の父、臓器摘出されて、殺されました。永瀬さんは、父の腎臓、岳田議員に移植されたと記事書きました。記事は真実です。岳田議員、移植していないと言っています。それウソです」

「もうこれ以上、この話についてコメントすることはないけど……」

岳田がうんざりといった顔を見せた。

「岳田議員、張夢華、覚えていますか。移植難民救済会の上海支所スタッフです。岳田議員の入院中、通訳を務めた女性です」

「上海に滞在中にはたくさんの人と会っている。いちいち名前を全部覚えているわけではない」

岳田議員は切って捨てるように答えた。

「張さん、上海警察に行ってすべて話しました。日本人に移植されている臓器は死刑囚から提供されたものだと、彼女はずっと思っていました。死刑囚、悪いことたくさんした人、その家族にもたくさんの迷惑かけました。その家族に大金が支払われます。だから中国の臓器移植は問題ないと思っていたと言います。でも、岳田議員に移植された腎臓、私の父のモノです。父は悪いこと何もしていません。刑務所にも入っていません。殺され、臓器摘出されました。そのこと張さんもわかって警察に行きました」

「そんな話をされても、私は何も答えられない」

長岡が時計を見た。

「約束の十五分は過ぎました。これで記者会見は終わりにさせていただきます。退室してください」

「あの字は岳田議員のサインですか」

周若渓は執務室の壁にかけてある額縁に納められた色紙を指差した。「拓魂」と書かれていた。その横に「岳田益荒男」署名も入っている。「拓魂」は岳田の座右の銘で、どんな荒れ地も鍬を振り下ろして肥沃な土地に変えてきた日本人の魂を象徴する言葉で、岳田は依頼されると支援者にこの言葉を好んで記していた。

何故、そんな質問をするのか、石野も永瀬も周若渓の真意を測りかねていた。

「張さん、メールを送ってきました。これ、上海国際移植センターで移植手術を受けた時の手術承諾書です」

永瀬が周若渓からスマホを受け取った。

送られてきた画像は中国語で記載されていた。最後に「MASURAO TAKEDA」と記載された文字の上に、額縁の色紙とまったく同じサインが記されていた。

「この書類が移植手術の承諾書がどうかは翻訳してみないとわかりませんが、彼女の言う通りであれば、いくら岳田議員が否定されても、中国での移植は事実です」

部屋にいる記者が岳田議員ではなく、スマホに集まってきた。

「一階の待合室に移動しましょう」

枝野デスクが記者たちに岳田の議員室を出るように促した。

石野、周若渓、そして永瀬が最後に部屋を出た。後ろを振り返ると、部屋の中央ですべての糸が切れた操り人形のように岳田はその場に座り込んでいた。

議員室を出ると石野紘子が周若渓に聞いた。

「どうして張夢華さんは移植手術承諾書を送ってくれたのかしら」

「張さんの家も貧しくて、そのことを知って父は彼女を家に呼び、それほどのごちそうではありませんでしたが、父の手料理を振るまったことがありました。その父が犠牲になったことを知ったからでしょう。許してくださいとメールには書かれていました」

二人のやり取りを聞きながら、永瀬はホッと救われたような気分になった。

エピローグ　移植ツーリズム

各紙、各テレビ局が議員室でのやり取りの様子を報道した。岳田議員がウソの証言をしているのは誰の目にも明らかだった。週刊グローボ提供の写真と周若渓の元に届いた張夢華のメールに添付されていた移植手術承諾書。岳田議員は完全に逃げ場を失っていた。週刊誌も一斉に取材に動き始めた。

「今週もガツンといきましょう」

枝野デスクは永瀬に続報を書くように言った。二人の打ち合わせは編集部ではなく、京王プラザホテルのカクテルティーラウンジになっていた。

「高沢編集長が誌面を割くのだろうか」

「これだけ大騒ぎになっています。誌面を割かないとは言えないでしょう」

枝野デスクは七ページの大特集を組むと意気込んでいた。

張夢華からのメールが日本で大きく報道された影響なのだろう。新華社通信が周天佑殺人の犯人を逮捕したと報道した。共産党上海支部長、上海国際移植センターの李博文院長をはじめとして、周天佑殺害の実行犯、臓器摘出した医師らが一斉に逮捕された。日本人患者が払う高額な移植費用に、共産党幹部、医師、軍人、裁判官らが私腹を肥やすために群がってきていたのだ。汚職と腐敗撲滅を掲げる習近平主席は巧みに岳田議員への臓器移植を政治利用した。

「死刑囚移植を海外から厳しく批判されていた中国政府は、一刻も早く事態を収束させたいのでしょう」

中国当局の発表によれば、日本人ＶＩＰに適合する死刑囚が見つからず、急遽ドナー探しが始まり、最適なドナーだったのが周天佑だったと明らかにした。

枝野デスクが通信社からの情報を伝えながら言った。

新聞各紙は岳田益荒男議員に対する捜査の進捗状況を見守った。東京地検が捜査に乗り出したという情報も流れ始めていた。

「全日健康薬品本社を家宅捜索した結果、岳田議員の移植費用三千万円は、上海の全日健康薬品が頼近に支払っていた事実を突き止めたようで、岳田議員、全日健康薬品を贈収賄でやるようです。これから事実は明らかになると思いますが、他のメディアがどんなに頑張っても永瀬さんがいちばん詳しく取材しています。この問題の全体像を次の号で書いてください」

永瀬に対する偽装交通事故については、被害者ということもあり森下刑事から概略が伝えられていた。ＮＰＯ移植難民救済会への張り込み取材が頼近の耳に入ったのは、訪れた患者が永瀬の取材を受け、それを不審に思い頼近に伝えたからだ。

頼近から芳原医師にその情報が伝えられ、芳原も岳田議員に伝えたのだろう。その永瀬が高崎にまで来て密着取材を始めたのだ。岳田議員も永瀬の取材に神経を尖らせた。岳田はかなり焦ったのだろう。

誰が事故を起こして永瀬を黙らせるように最初に命じたのか、今後の捜査のなりゆきを見守るしかないが、芳原医師は岳田議員から指示されたと主張しているようだ。関口組長は芳原、岳田の二人から頼まれたと言っている。肝心の岳田は否定しているらしい。

「こうなってくると、罪のなすり合いですね」

枝野デスクが呆れ返った様子で言った。

「同じことが石野勤殺人でも起きているようだ」

上海の全日健康薬品は石野勤が成田空港ではなく、ソウルに向かったことにすぐに気づいた。それを本社に連絡している。メールでの連絡は可能で、一日も早く帰国するように上海工場から石野に連絡が入れられた。全日健康薬品は石野がソウルに向かった理由については何も知らなかった。

石野は独自に調査を進め、岳田議員と同時期に移植を受けたのは、ソウルからやってきた金鎬然医師だと突き止めていた。上海のホテルで移植待ちの日本人からも話を聞き、黒幕である芳原医師、寺西理事長、張夢華らの名刺を入手していた。

芳原ももう一人のレシピエントがソウル在住の医師だと知っていた。岳田も石野のソウル入りを芳原から聞き、慌てた。二人はこれ以上石野勤に詮索はされたくなかった。

石野勤はソウルで金鎬然と会ったが、目的は達成できなかった。石野は全日健康薬品に帰国日を伝えた。メールの連絡ではパソコンに残るとして、成田空港に石野が着いた頃を見はからって、公衆電話から石野の携帯電話に下仁田町の不通橋に来るように誘いだしたのだ。

「電話はどうやら関口由紀夫がかけ、人目につく所では、芳原医師、岳田議員二人とも会いたくないと言っている、不通渓谷の不通橋なら誰にも見られずに会えるからそこに来てほしい、芳原医師と岳田議員がそこで待っていると告げた。そこで真実を語る、慢性腎不全患者のつらさもわかってほしいと説明したようだ」

「芳原医師、岳田議員が創流会とまさか関係があるとは思っていないから、石野は信じてしまったということでしょうか」

枝野が確かめるように聞いた。

待っていたのは関口由紀夫と木戸浩だった。

「偽装交通事故についても、関口組長に積極的に依頼したのは、芳原だ、岳田議員の方だと、互いになすりつけているようだ」

「しかし、全日健康薬品は何故岳田議員や芳原に気を遣うのでしょうか。岳田の移植費用を肩代わりし、芳原には一億五千万円も寄付している」

「全日健康薬品にしてみれば、そんなのははした金でしかないのだろう。それよりも岳田が厚労相になった時の先行投資、芳原医師にしたって、ゼンニッポリンの最良の宣伝マンだ」

永瀬を交通事故で黙らせ、石野の口を封じるのにも成功した。移植ビジネスはこのまま順風満帆で進むはずだった。計算外だったのは、養子となった関口由紀夫が創流会でいつまでも下部組員扱いにされ、腹を立てたことだ。

関口由紀夫は面影橋近くのビルに借りた部屋に保管されていた裏帳簿を持ち出そうとした。

それを知った関口組長は関口由紀夫を殺害した。しかし、その直後部屋に訪れた永瀬、枝野によって首を吊っている関口が発見された。関口由紀夫はその部屋の管理を関口組長から任されていた。関口由紀夫の遺体が発見され、そこにあった帳簿から中国渡航移植の実態と、それにともなう金の動きが警察当局に把握されたのだ。

「頼近には何の容疑もかけられていないのでしょうか」

「元々小さな工場の経営者をしていただけに、そのあたりは慎重で、殺人などの犯罪にはいっさい関わっていないようだ。中国での移植にしても、海外斡旋を取り締まる法律がないのだから、罪に問われることはない」

「でも、芳原や関口組長に金は流れているんでしょう」

「それも使途不明金で処理している。これだけの騒動になっても、法的にはまったく問題がない」

「なかなかのやり手ですね」

移植を希望する慢性腎不全患者がいる限り、ＮＰＯ移植難民救済会を閉鎖するつもりはないとマスコミに表明している。

「アメリカの禁酒法時代にマフィアを壊滅させたのは、司法の力ではなく税務署だったと聞いたことがありますが、日本ではそうはいかないのかもしれませんね」枝野がため息をつきながら言った。

「俺もそう思うよ。税理士をやっている友人から聞いたことがある。窃盗犯が泥棒で得た金を収入として税務署に申告した場合、警察から逃げるのにタクシーを使えば、それは必要経費として認められるのが、日本の税制だって」

ＮＰＯ移植難民救済会は日本の移植事情が改善されない限り、これからも継続して中国に患者を送りつづけるだろう。

週刊グローボは完売した。営業部からは来週号は十万部多く印刷するようにと、高沢編集長に注文が出たらしい。

その週の入稿は以前のように編集部で行なった。

梅雨が明け、真夏日がつづいていた。石野紘子から連絡をもらった。周若渓が上海に帰国する。事件の全容解明はまだだが、周天佑殺害に関わった犯人はすべて逮捕された。周若渓の命が狙われる危険はなくなった。帰国する日、永瀬は見送るために成田空港に向かった。

石野紘子と周若渓は別れるのがつらそうだ。紘子の母親、聡子も一緒だった。

「勤と結婚していれば、あなたは私の娘です。これからも娘だと思っています。いつでも日本に来なさい。あの部屋はあなたのためにずっと空けておきます」

聡子が言うと、周若渓は無言で聡子を抱きしめた。

「ホントにお世話になりました。周さん、今度は私と母が上海に行きます。その時は、兄と行ったレストランに連れて行ってくださいね」

石野紘子が言うと、二人は固く握手しながら、

「もちろんです。是非上海に来てください。待っています」

と応じた。

「永瀬さんのおかげで父を殺した犯人も捕まりました。勤さんも喜んでいると思います。ありがとうございました」

「いいえ、私の方こそあなたの協力があったからこそ、岳田議員や芳原医師を追いつめることができました。ありがとう」

その時、息を切らしながら枝野デスクが着いた。

「間に合ってよかった」

枝野も周若渓と固い握手を交わした。

やがて出国手続きをするために出発ロビーから出国カウンターに向かった。三人はもはや家族なのだろう。泣きながら別れを惜しんでいた。

「こんなつらい事件に巻き込まれ、なんとか三人で乗り越えたんだから絆は強いのでしょうね」

別れの様子を見ながら枝野が呟いた。

「それに比べて、光明社のゴタゴタにはうんざりですよ」

「何かあったの」

「ここに来ようとしたら、役員に呼び止められて、今回の経緯を詳しく聞かれました。高沢編集長にはかなりひどいことを言われていたようですが、一応聞かれたことにはきちんと答えておきました」

「記事のために、枝野デスクまで巻き込んでしまい、申し訳ない」

「そんなこと永瀬さんが気にする必要はありません。それに左遷される様子もなく、私はこのまま週刊グローボに残れそうです」

　それを聞き、永瀬は胸をなでおろした。

「今回の記事は永瀬さんのジャーナリスト魂の勝利です」

　枝野がうれしそうに言った。

「そうだろうか……」

　永瀬自身、スクープ記事を達成したという喜びは当然ある。

「肝心なところは石野勤、周天佑の潔い生きざまに助けてもらったような気がするんだ」

　永瀬が殺された二人の名前を挙げたことが奇異に思えたのだろう。

「どういうことですか」

「命がけで真実を追求して殺された石野勤に心動かされて、金鎬然も医師として生きていけなくなるのを覚悟でデータを送付してくれた。張夢華にしても、沈黙を選択することもできた。でも周天佑のやさしさを裏切ることはできないと、上海警察に出頭し事実を明かし、岳田議員の手術承諾書を送ってくれた。最初は功名心から開始した取材だけど、俺たちは二人に導かれてここまで来られたように思うんだ」

　永瀬には二人に記事を書かせてもらったようにも思えるのだった。

「そうですね。決定的な証拠は石野勤と周天佑の二人が突きつけたようなものですね。

一日も早く編集部の混乱を収拾して、今回のようないい記事を世に送り出していきたいものですね」

枝野が言った。

通常の人事は十月に発令されるが、八月に入った段階で週刊グローボの人事だけが動いた。

高沢忠生編集長は、新企画部部長というポジションに異動になった。新しく設けられた部署で、高沢には部下もなく、机一つだけが校閲室の片隅に置かれた。事実上の更迭だった。

「今回の件で、役員が部員からいろいろ聞いた結果、あのような人事になったようです」

新編集長には副編だった田島徳司が就任し、枝野デスクは副編のポストに就いた。

記者の契約更改時期は毎年三月だが、週刊グローボの担当役員から川崎清子に「次の契約更改はしない」と通告されたようだ。

「問題の多い記者だけど、契約更改はしないんだ……」

「今回の件だけではなく、あの人には様々な問題がつきまとっていましたから」

「まあ、仕方ないか」永瀬はひとり呟いた。

コンビニのアルバイトをしなければならないほどの貧乏暮らしだが、人を裏切って汚れた報酬を得るよりはまだましだと永瀬は思った。

「実態を知った担当役員から高沢前編集長が不当に減額した原稿料は戻すようにと指示されました。これからも来期も組んでいい仕事を一緒にしてください」

枝野デスクの話を聞き、コンビニの深夜のバイトもしなくてすむと思った。

「山高きが故に貴からず、ですよ。記者も編集者も同じではないでしょうか。残念ながら長きが故に貴いとはいかないようです。志を忘れたジャーナリズムの行く末はあんなもんなんでしょう。あまりカッコのいいものではないですね」

枝野の話を聞きながら、真実を語ることのできない石野勤や周天佑の声を活字にできるようなジャーナリストでありたいと思った。志を忘れないでいられるような記者でいつまでもいたいと永瀬は思った。

本作品は当文庫のための書き下ろしです。
本作品はフィクションであり、実在の個人・団体などとは
一切関係がありません。

文芸社文庫

叫ぶ臓器

二〇一八年十月十五日　初版第一刷発行

著　者　麻野涼
発行者　瓜谷綱延
発行所　株式会社　文芸社
〒一六〇-〇〇二二
東京都新宿区新宿一-一〇-一
電話　〇三-五三六九-三〇六〇（代表）
〇三-五三六九-二二九九（販売）
印刷所　図書印刷株式会社
装幀者　三村淳

ISBN978-4-286-20312-6